A Descoberta

Amauri Cadore

Editora
Compactos

2012

"A beleza salvará o mundo"
DOSTOIÉVSKI

Agradecimentos

Agradeço a Jaime Fiamoncini, amigo que me escolheu pensando em ver concluída a tarefa que ele não assistira.

Ao professor Pietro M. Bardi, que deu a confiança necessária e a certeza que seria um caminho difícil, mas não impossível.

A Gianmario Finadri, que quando a missão parecia impossível me deu a mão para atravessar os momentos nos quais quase não tínhamos mais condições de executá-los.

À minha esposa e amiga Lola, às minhas filhas e aos meus filhos, que me acompanham, me dão forças e motivação em todos os momentos.

A DEUS, que sempre me acompanha, me ilumina e quando eu menos esperava me deu a segunda vida, plena e saudável, para que eu cumprisse a missão que o destino me confiou.

CAPÍTULO I

As montanhas da pequena cidade erguiam-se misteriosamente. O mistério que refletiam talvez fosse a luz do sol a se esconder, talvez fosse o sentimento que arranca do peito de cada ser o leve gemido de beleza do entardecer.

A pequena cidade não tinha ruído nervoso, aprontava-se para receber uma noite calma, de lua a mostrar um céu transparente cravejado de estrelas. No lado contrário, montanhas tentavam concorrer em altura com a torre humilde do convento franciscano plantado na colina central.

Mas Ângela, esta sim esteve agitada o dia inteiro, nem conseguiu ouvir o insistente cantarolar dos sabiás. Enfim seu coração lhe convencera, juntamente com seu cérebro, de que este era o momento para deixar sua casa e procurar o silêncio do convento. Andou muitas distâncias dentro do seu próprio lar, da sala ao quarto de dormir, da manhã ao entardecer, como que desejando sempre a certeza de que o pacote amarelado estivesse seguro e escondido debaixo da velha cama de carvalho.

O relógio da parede disse, em som de veludo, cinco horas.

Ângela abriu a porta da frente e lhe bateu a certeza de que ao abri-la novamente, quando retornasse do convento, estaria bem mais leve, menos angustiada, menos preocupada. Decididamente iria cumprir o que prometera a si mesma e a seu pai: deixar com Frei Edmundo o embrulho amarelado, valesse o que valesse, mesmo que sentisse, no decorrer do tempo, aquele fluído misterioso, aquela recordação mágica de um objeto que ficara tanto

CAPÍTULO I

tempo em seu quarto de dormir.

Passos decididos ignorando até alguns cumprimentos de pessoas sentadas no banco da praça, vestida em saia preta longa a lhe cobrir delicadamente o corpo até os pés e mostrando blusa branca com bolsos pretos, deixando seus longos cabelos negros deslizarem pelos ombros. Ângela devorava a estrada. Seus olhos miravam a torre do convento e seus braços prendiam o pacote coberto de papelão desgastado pelo tempo, um segredo que não queria revelar a ninguém, apenas tinha pressa de deixá-lo com Frei Edmundo. Seu ar sério, seus passos ligeiros poderiam indicar a quem prestasse atenção aos seus movimentos uma preocupação, uma angústia a doer em seu íntimo.

Deixando para trás o último lance da grande escadaria, Ângela estava parada e envolvida pela enorme porta de madeira do convento. Voltou-se, deu um leve sorriso às montanhas e apertou a campainha. Os minutos de espera lhe pareceram uma eternidade. O silêncio do convento transformava-se em movimentos de folhas beijadas pelo vento fraco da tarde.

Aprontou-se para logo dizer, sem temor, que precisava falar com Frei Edmundo. A porta rangeu deixando aparecer por baixo de um hábito marrom, lavado pelo tempo de uso, um homem de ar meditativo, com sandálias longas e folgadas.

— Bom dia, Frei...

— Bom dia, senhora. Sou Frei Anselmo, em que posso lhe ajudar?

— Sou Ângela. Preciso falar com Frei Edmundo.

— Deseja falar com Frei Edmundo? Deverá aguardar! Vou verificar se ele está. Perdoe-me, Senhora Ângela, volto num instante, mas devo fechar a porta.

Exalando nervosismo, Ângela o desculpou sorrindo, enquanto aproximava o pacote para junto de seu corpo. O vento soprava ansiedade. E se Frei Edmundo não estivesse? Deixaria o embrulho com Frei Anselmo? Não, claro que não! Ela sempre cumpria aquilo que determinava para si.

Os cinco minutos de espera premiaram Ângela com o badalar das seis horas produzido pelos sinos. Quando o último som viajava à distância do mais longínquo fiel, para dizer-lhe a hora da ave-maria, a porta deixou sair o velho frade de cabelos grossos esbranquiçados, olhos sábios, face avermelhada e sorriso aberto:

— Ave, Ângela! Que grata surpresa! Mas o que houve?

— Frei Edmundo, que bom vê-lo!

Ela sentia um alívio em seu coração, até que enfim um início de paz. Ela olhava para Frei Edmundo com carinho e seu pensamento a cutucava em voz suave, como que lhe sussurrando: "Coragem Ângela, coragem, diga ao Frei o que a traz até aqui, diga-lhe a importância de sua missão, diga-lhe que terá de confirmar o pedido do seu pai".

— Da mesma forma! Que bom vê-la! Em que posso servi-la?

— O senhor sabe o que me traz aqui! Conforme tinha lhe prometido, é esta a obra da qual lhe falei!

Frei Edmundo voltou-se para o embrulho, denotando pequena curiosidade. Naquele breve segundo, Ângela também passou o olhar pelo pacote que, sem que ela entendesse, fora para Bellini o motivo de sua vida e, talvez, o motivo de sua morte.

— Se é assim que deseja, fique tranquila. Enquanto eu viver esta obra será sempre tua e estará muito bem guardada. Tua preocupação por esta obra e sua possível história pode ser apenas fruto de tua imaginação. Se assim for, qualquer dia, quem sabe, ela voltará novamente para você. Aqui ela estará, porque sabemos o quanto representou para seu pai.

— Pode ser, pode ser! – exclamou Ângela, com um pequeno sorriso. – Mas hoje não, vou deixá-la aqui. O senhor sabe, eu procuro paz. E por mais que eu tentasse, ela sempre trouxe angústia para minha família e também um eterno desconforto.

CAPÍTULO I

– Está bem! Durma sossegada filha, na paz de Deus! – retrucou o frei. – Deus, sim, Ele sabe tudo. Reze que Ele vai te ajudar a resolver tuas angústias e responder a tuas perguntas nunca solucionadas.

– Obrigada, Frei. Obrigada! É tarde! Preciso ir!

Juntando as mãos de Frei Edmundo, num gesto de conforto espiritual, inclinou-se respeitosamente e com intensa fé as beijou. E assim retirou-se sob o olhar do velho frade. Enquanto os passos de Ângela se afastavam, Frei Edmundo elevando suas mãos, em um ato de despedida cristã, balbuciou: "Louvado seja Deus!".

O caminho de volta ao lar deixou em Ângela a sensação de ser agora mais curto, mais suave. Parecia uma criança, não parou de sorrir. Sorriu às flores, à rua, às árvores, escondendo no canto de seu coração sua felicidade. Caminhou mais lentamente, devagar. O que se sucederia dali para frente ela não sabia. Mas teve uma grande certeza: havia afastado de sua mente um pesadelo que a martirizara por anos e anos. Agora poderia olhar para os lados, perceber as pessoas e pensar sem a angústia que seu pai lhe transferira, sem ao menos uma pista ter deixado. Por que seu pai tinha dado tanto valor àquela obra? O que estaria oculto por trás da história dessa tela? Quem a pintara? Por que não a deixara na Itália? Por que a trouxera ao Brasil? Por que seu pai, ao mesmo tempo em que dava tanta importância, fazia tanto mistério, a ponto de não permitir que se comentasse nada sobre a mesma? Quem sabe qualquer dia o frei lhe contasse o que havia de misterioso nessa pintura. Seu pai nunca fora um homem letrado, nem muito voltado à religião. Então que motivo o fazia tão próximo ao padre? Teria o quadro uma ligação com a Igreja? Teria pertencido a alguma igreja? Teria seu pai participado de algo nesta nebulosa história? Há quanto tempo este quadro vinha se revestindo de mistério? Havia com toda certeza algo que não poderia ser revelado, do contrário seu pai não teria feito tanto segredo de tudo que o envolvesse. Não seria descoberto por um deles alguma coisa sobre aquela tela? Mas isso parecia improvável, pois Frei Edmundo prometera guardá-la, sem que alguém do mosteiro a descobrisse.

Enquanto tecia pergunta a si mesma, sem perceber já estava abrindo a mesma porta da casa que antes apreensivamente havia fechado.

Entrou feliz em seu lar, sentou-se à poltrona, esticando com gosto as pernas cansadas da caminhada que fizera. Ao perceber o quarto semiaberto, onde sua irmã encontrava-se deitada, abriu um ligeiro diálogo:

— Poderia me fazer uma gentileza? Apanha um copo de água? Estou morrendo de sede!

— Tu demoraste!

— Eu sei! Minha demora foi importante! Dê-me água, por favor. Quero água!

Enquanto bebia sofregamente, seus olhos corriam a casa. Sua irmã Filomena, curiosa, logo quebrou o silêncio:

— Conseguiste entregar o quadro?

— Sim! Hoje finalmente posso dormir tranquila! Nós dormiremos tranquilas – falou, ao mesmo tempo em que sua face estampou um sorriso de paz e felicidade.

CAPÍTULO II

O destino se revela às vezes amável, às vezes bondoso, por vezes cruel, mas é irreversível e irredutível. A morte muitas vezes manda recado, a revelar que não tardará. Porém, com Frei Edmundo ela foi traiçoeira. Quando menos se esperava, dor funda no peito, palidez extrema, sudorese intensa, lábios cianóticos, iam aos poucos ficando mais e mais escuros. Quase pretos estavam quando o frade que ceava ao seu lado percebeu que algo estranho acontecia e então gritou:

— Irmãos, por favor, ajudem, Frei Edmundo está se sentindo mal. Chamem rápido um médico.

— Já vou providenciar! — manifestou-se imediatamente um dos frades que estava próximo.

— Acho que pouco adiantará. Mas chamem rápido! — disse um segundo. — O hospital fica bem próximo, vamos buscar o médico!

Não tardou, com passos apressados e vestes brancas, adentrou o convento um senhor de cabelos já grisalhos, com semblante sério e preocupado. Um dos frades o encaminhou até onde se concentravam os outros. Sem demonstrar a menor preocupação com os demais, imediatamente começou a examinar cuidadosamente o Frei, que, a esta altura, já se encontrava estendido sobre o corredor de madeira que fazia as vezes de maca improvisada. Minuciosamente olhou a face do moribundo, procurou sentir seu pulso, auscultou o coração, abriu-lhe as pálpebras, olhou cuidadosamente seus olhos azuis. Com uma pequena lanterna procu-

CAPÍTULO II

rou ver a reação de suas pupilas, percebeu que não apresentavam a menor reação ao estímulo luminoso, verificou as extremidades, que já estavam escuras. A expressão facial dizia tudo. Virando-se para aquele que sabia ser o superior dos demais frades, disse:

– É uma pena. Não há muito que fazer. Mesmo assim vamos levá-lo com urgência ao hospital. Vamos ver se ainda temos tempo para reverter esta situação. É uma lástima, pois do contrário será mais um amigo que eu e a comunidade perderemos. Aqui não tenho nada a oferecer.

E assim, seguindo a orientação médica, rapidamente Frei Edmundo foi conduzido ao pequeno hospital do vilarejo.

Quanto mais o tempo passava, mais a angústia se refletia no semblante dos confrades. Os que estavam no refeitório pressentiam algo não desejado por todos. Aos poucos um silêncio profundo se fez, o qual foi quebrado pelo ranger da porta principal do mosteiro, revelando o retorno do Superior. Sua fisionomia era a expressão viva de que algo nada animador estaria acontecendo. Ela falava por si.

O Superior então chamou todos os frades e disse:

– Frei Edmundo acaba de nos deixar.

O mosteiro se vestiu de luto, a tristeza se estampou na face dos membros daquela irmandade. Frei Edmundo não era o mais culto, nunca fora literato, nem o mais letrado, mas o modo agradável e a voz aveludada que possuía contagiava a todos. Amigos tinha às centenas, por isso sua perda era profundamente sentida também por grande parte da comunidade do pequeno vilarejo, encrustado entre verdes montanhas da ainda primitiva e quase selvagem terra brasileira, mas que aos poucos recebia leve roupagem da cultura dos imigrantes italianos, que procuravam retratar em suas moradias e no seu cotidiano um pouco do que permanecia como lembrança da longuínqua Itália.

Alguns dias depois, o Mestre Superior solicitou a um dos

CAPÍTULO II

noviços que fizesse a limpeza do pequeno quarto que até então servia de refúgio a Frei Edmundo. Por certo nada de especial haveria, salvo livros de orações, algumas vestimentas, sandálias, escrivaninha, cama, armário e um genuflexório, onde, com certeza, fizera muitas orações e meditações. De repente um embrulho, em um canto, revestido por papel amarelado, já quase sem cor, chamou a atenção do noviço encarregado da limpeza.

— Mas este embrulho? O que será? O que fazer com ele? Devo abri-lo? — refletiu o jovem. — Não! O Mestre Superior precisa saber disto. Tenho que comunicá-lo. Não devo abrir este pacote sem sua permissão.

Rapidamente procurou Frei Modesto. Ao saber que o mesmo estava em reunião, dirigiu-se à sala onde, com outros frades, o Superior discutia assuntos pertinentes ao convento.

Percebendo a aflição nos olhos do noviço, Frei Modesto suspendeu temporariamente a reunião e, dirigindo-lhe a palavra, perguntou o motivo de sua angústia.

— É este embrulho que encontrei no quarto do Frei Edmundo. Não sei o que há dentro dele. Também não sei o que devo fazer com ele.

— Traga aqui, deixe-me vê-lo — ordenou o Superior.

Assim que o Superior recebeu aquele estranho pacote, verificou atentamente e, então, ordenou que o noviço o abrisse na frente de todos que estavam com ele em sua sala. A curiosidade tomou conta da totalidade dos presentes.

Ao perceberem que era um velho quadro que estava dentro do pacote, houve uma exclamação geral de espanto.

— Mas, Santo Deus! Frei Edmundo nunca dissera a ninguém que possuía consigo um quadro! — exclamou um dos frades, enquanto os demais procuravam uma posição que lhes permitisse contemplar melhor a figura que estava ali retratada. A expressão de cada um revelava a dúvida de todos. De quem será isto? Esta-

CAPÍTULO II

ria conservando para alguém? De Frei Edmundo certamente não seria.

— Mas é uma beleza — murmurou um frei que já mais próximo contemplava a imagem.

— Estaria guardando secretamente para alguém? — perguntou outro.

— Parece antiquíssimo! — exclamou mais um.

— Pois nem mesmo eu sabia que Frei Edmundo tinha em seu poder esse quadro. Vamos tentar saber de onde veio e por que o frei o mantinha em seu poder. Deve haver, sem dúvida, alguma explicação — comentou Frei Modesto.

A notícia da existência de uma bela Madona com Frei Edmundo passou a ser o assunto de todos. Não compreendiam porque o frei nunca mostrara a ninguém, mantendo consigo, provavelmente, de longa data, considerando o aspecto envelhecido do invólucro, tão bela imagem, sem ao menos ter comentado com seu superior. Isto instigava mais ainda a curiosidade de todos.

Qual a razão deste segredo? Por que o frei mantinha consigo um quadro tão belo e antigo e não comentara com ninguém? Era a pergunta que pairava na mente de todos no convento.

Por ter passado a ser assunto e curiosidade de todos, em um mundo onde de novo nada acontecia, Frei Modesto, o Superior Geral, resolveu deixar a tela exposta por alguns dias no refeitório, em um ponto onde todos poderiam apreciá-la sem serem incomodados.

Quando foram informados que o Superior pensava em colocá-la na capela, houve uma aprovação e um alívio geral. Algo tão belo não devia pertencer unicamente a alguém, mas a todos, pensavam os membros do convento. Porém, ao saber que para a obra ir à capela, Frei Modesto ordenou que se cobrisse parte dos seios da Madona e do sexo exposto do menino, surgiu certo espanto entre a confraria. Mas por que cobrir o sexo? Afinal, é uma criança. E os seios não estão tão expostos. Enfim, eram seios que amamentavam a criança.

Mas a ordem superior não podia ser contestada, pois se sempre foi seguida à risca, não era agora que seria desrespeitada.

Quando então souberam que era uma ordem, alguns frades ainda tentaram escolher e orientar aquele que mais habilidade demonstrava nas artes para que procurasse apenas dar um leve retoque, a fim de que a ordem fosse cumprida.

De nada adiantara a antecipada preocupação da confraria, pois Frei Modesto Blöimle escolheu e ordenou a um frei de sua confiança que fizesse o retoque exatamente como queria.

Retoque feito. Agora o quadro seguiria seu destino, a Igreja matriz. Antes, porém, sem que ninguém percebesse, um dos frades escreveu um pequeno bilhete e o prendeu de forma sutil na parte posterior da tela.

Contudo, mesmo com o retoque que recebera, a Madona não perdeu seu encanto, sendo colocada em um altar lateral para que todos pudessem ali apreciá-la.

O manto da noite como cortina gigante se abria e se fechava, e assim dias, meses e anos se passavam. Enquanto isso, o sino da pequena torre do convento permanecia com o mesmo som inabalável e imutável de sempre. Já na capela o frio úmido, próprio dos países tropicais, os dias ensolarados, o pretume das velas, foram impiedosamente e paulatinamente agredindo e cobrindo em parte o brilho da misteriosa tela.

A Igreja, com o passar do tempo, ficara pequena em proporção ao crescimento populacional que o povoado sofrera. De povoado, a localidade, com a vinda de novos imigrantes e o aumento da taxa de natalidade, começava a se transformar em uma pequena cidade.

A comunidade estava feliz, sabia que a festa organizada pelo pároco com o intuito de angariar fundos para a ampliação e refor-

CAPÍTULO II

ma da igreja tinha sido um sucesso. Já havia uma soma respeitável e, com mais algumas doações espontâneas de almas generosas, a reforma agora seria uma realidade. Enfim, teriam uma nova Igreja.

A reforma da capela iria começar. Os bancos sacros, o altar, as estátuas, os santos, os castiçais, tudo seria removido, mas quase todos tinham tempo para voltar porque também seriam revitalizados. Mas a Madona? Qual seria seu destino? Com o tempo e a fumaça de milhares de velas, a pintura adquirira uma grotesca camada de poeira, além de muitas áreas que se desprenderam com o passar dos anos, o seu brilho havia diminuído e por isso não se sabia ao certo o que estaria lhe reservando o destino. Sim, ela provavelmente deveria retornar ao lugar de sempre, afinal era muito apreciada e amada pela comunidade religiosa. Mas havia um dilema que intrigava os responsáveis pela ampliação da nova igreja. A Madona também teria que seguir os mesmos critérios adotados pelos outros utensílios e objetos que seriam recolocados na igreja e para isso teria que ser recuperada. E aí surgia outro dilema: onde restaurá-la? Caso isto não fosse possível, também poderia e deveria, como outros objetos considerados obsoletos, ir para o sótão, lugar ideal para as coisas inúteis e velhas.

— Ela está velha demais para voltar à capela reformada, nova e bela – pensava o Superior. – Não há em nossa região alguém com condições de restaurar o quadro e provavelmente nem o material necessário para a restauração.

Já havia inclusive na comunidade local alguém que oferecera uma nova imagem sacra para seu lugar.

— Então, por ora, seu destino deve ser o sótão – falou o encarregado das reformas. – Ali o quadro ficará em segurança até que o Superior defina melhor o que fazer.

Mas no meio do vilarejo muitas pessoas pensavam diferente. E Natal estava entre aqueles que não queriam que tão bela obra fosse relegada a um sótão empoeirado.

Natal era um homem simples, desprendido e apaixonado por antiguidades. Inúmeras vezes fora ao convento só para apreciar a linda Madona. Na sua simplicidade sentia um fascínio, um verdadeiro encantamento por aquele quadro. Quando soube que a obra não voltaria mais para a capela não deu crédito às informações. Sabia que ela tinha admiradores dentro do convento, que, como ele, não permitiriam que ela fosse esquecida. Sabia, inclusive, de um frade que afirmava com convicção pessoal que aquela poderia ser obra de algum grande mestre italiano, tal sua beleza. Afinal, fora um imigrante, e este imigrante fora o bisavô de Natal, que a trouxera da Itália. Estava velha, com pouco brilho devido às agressões sofridas pelo tempo, mesmo assim ela não perdera de todo o seu encanto. Bastava-lhe dar o mesmo carinho que estavam dando a outros objetos e ela seria ainda mais bela. E mesmo sem remodelá-la, sem retoques, ela ainda era para Natal o maior patrimônio daquele convento, a mais encantadora das imagens que conhecera. Ela era parte da história daqueles bravos e heroicos imigrantes italianos que tudo deixaram para aqui criarem uma nova pátria, um novo sonho, uma nova realidade, pensava Natal. Ela não era só uma obra de arte, ela era parte da vida daqueles imigrantes, era a perpetuação do vínculo que existia entre a pátria mãe, Itália, e seus descendentes. Ela representava o vínculo mais forte, a crença, a religião, os ensinamentos mais profundos da moral, da justiça, do amor e da obstinação da difícil luta que cada um enfrentava no seu dia a dia. Ela era, de certa forma, a fonte aonde muitos vinham buscar alento, fé, esperança num amanhã e em uma vida melhor. Ela viera, como muitos deles, da Itália. Poderia ter ficado em uma grande catedral europeia, mas não, ela estava ali como eles, distante da sua terra natal, sem registro de seu passado, mas presente e viva, como a dizer: "Não desistam, vocês ainda serão recompensados por sua bravura e por seu des-

CAPÍTULO II

prendimento, para dar um amanhã melhor a seus descendentes. Mantenham a fé, pois as marcas do tempo não apagaram o brilho de esperança em seus olhos e seus sonhos".

Natal esperava atento e ansioso a reativação da capela. Voltava com frequência para ver como evoluía a reforma. A capela estava linda, o moderno sistema de iluminação com energia elétrica era um acontecimento na cidade. Estátuas novas e belas se misturavam a outras restauradas, enquanto os bancos brilhantes, devido à nova pintura, se misturavam a tapetes portentosos. O altar estava completamente modificado, quase não se podia dizer que era o mesmo.

"Está linda", diziam os moradores.

Mas para Natal a capela tinha perdido parte do seu encanto. A bela senhora não voltara. Tentou em vão convencer o Mestre Superior a recolocá-la em algum lugar, poderia até ser menos vistoso, algum lugar por certo deveria haver que condissesse com seu sonho, mas infelizmente seu apelo não teve eco.

– O altar lateral foi desativado – respondeu-lhe o frade. – Ele só servia para distrair os fiéis. Além de tudo, a tela está com a pintura comprometida, necessitando de restauração e nós não temos em nossa região profissional com conhecimento suficiente para executar uma tarefa assim.

– É uma pena – respondeu Natal. – Eu gostava tanto de apreciá-la. Era uma das poucas coisas que eu tenho certeza que veio da nossa pátria mãe, a Itália.

– Natal – redarguiu o frei –, eu não vejo nem razão nem lugar para recolocá-la aqui.

– E onde ela está? – perguntou Natal.

– Eu não sei! Mas deve ter sido colocada no sótão. Pelo menos ordenei que a depositassem lá.

E, querendo saber se o interesse de Natal seria apenas pelos laços religiosos, por seu liame com a Itália, ou se por mero interesse monetário, o frade perguntou:

— Por quê? Tens interesse em ficar com ela?

— Ah! Não sei, padre. Ela pertence ao mosteiro. É um patrimônio da Igreja, não sei se é possível alguém ficar com algo que pertence ao mosteiro. Isso pode?

— Jamais pensei nesta possibilidade, mas vou me reunir nos próximos dias com outros frades para saber o destino do quadro. Quem sabe, como tu a admiras tanto, eles não concordem em deixá-la aos teus cuidados. Está muito estragada, mas como tens interesse em ficar com ela, vou ver se os demais concordam em cedê-la, ou porventura vendê-la.

Natal ao escutar as colocações do frei ficou um tanto quanto perturbado. A Santa, pensava, é do mosteiro, não pode vir para minha casa. Mas no fundo também refletia, se eles acham que ela não merece ser colocada na capela, por que não trazê-la para casa? Por certo seria bem mais cuidada que em um depósito de velharias.

Domingo. Os sinos do convento anunciaram nova missa e Natal, como de costume, lá estava. Tentava em vão concentrar-se, mas o vazio criado em sua mente pela ausência da Santa lhe incomodava um pouco.

Escutava as canções, cantava junto aos demais fiéis, dirigia o olhar ao pároco, tentava escutar as palavras que ele pronunciava, mas não as ouvia, seu cérebro só tinha lugar e vez para um pensamento: a Madona.

Canto final. Aos poucos todos foram se retirando. A igreja começou a esvaziar. Natal, com o semblante entristecido, se deslocou lentamente do seu banco em direção à saída principal, quando alguém o cutucou em seu ombro. Voltou-se para ver quem o chamava e deparou-se com o sacristão:

— Natal, por favor, venha cá. O Superior deseja vê-lo.

Natal, mantendo-se em respeitoso silêncio devido ao lugar

sagrado em que se encontrava, seguiu o jovem como se tivesse recebido uma ordem. Seu coração se acelerou, o pensamento se agitou, evidenciando nervosismo.

Adentrou a sacristia e instantaneamente visualizou Frei Modesto a sorrir-lhe.

— Bom domingo, Natal. Que bom vê-lo. Quero que me acompanhe. Tenho uma surpresa para você.

O coração de Natal estava acelerado, parecendo que iria explodir. Seu tórax parecia pequeno para tanta emoção.

Da sacristia seguiu com o frei por um extenso corredor que os conduziu ao pé da única escada que levava ao velho sótão.

— Tu sabes qual a razão de eu estar te trazendo aqui?

— Faço ideia, mas não estou certo se é realmente o que estou pensando.

Naquele momento, abrindo uma porta, que pelo ruído forte provocado pelas dobradiças indicou o pouco uso que dela se fazia, disse o frei:

— Entre, por favor.

Em meio à penumbra, Natal viu um amontoado de objetos, móveis e outros utensílios do mosteiro, que, por algum motivo, não se prestavam mais ao uso.

Ao entrar naquele recinto lúgubre e triste com cheiro de mofo, do qual até o religioso demonstrava certa repulsa, Natal, ao contrário, se transformava. Colecionador de antiguidades, amante das histórias de seus antepassados, um sonhador, como seus amigos costumavam chamá-lo, acostumado a guardar tudo o que pudesse ter relação com o passado, ele ali se realizava. Costumava ver em cada objeto sua vida e sua história, mas quando na parede lateral ele viu a tela abandonada, já com teias de aranha a emergir de suas bordas, ele se emocionou. Sua respiração parou subitamente e logo voltou a se acelerar.

O frei o observou. Sentiu que Natal estava prestes a realizar o seu grande sonho e disse:

– Vai, podes levá-la, é tua. É um presente do nosso convento para ti. Tua vida é um exemplo a ser seguido. Tu és um marco e um esteio de exemplo para nossa comunidade, fico feliz em poder realizar um sonho teu.

Natal não cabia em si de contentamento. A felicidade podia ser sentida em seu olhar. Seus olhos brilhavam. Sua face, embora marcada pela idade, se tornou pueril e angelical. Suas mãos tremiam. Podia-se perceber a emoção no movimento que fizera em direção à tela. Ao segurá-la em suas mãos, parou e virou-se em direção ao frei. Prendeu em uma das mãos a tela e com o outro braço estendido, abraçou-o. Em seus olhos brotaram densas lágrimas. Agradeceu uma, duas, três vezes, emocionado teve dificuldade em encontrar, para si, uma palavra que pudesse manifestar ao frei sua gratidão.

– Obrigado, obrigado, frei.

Retornou para casa feliz, abraçou a esposa e, mostrando o quadro, extasiado falou:

– Selma, veja! Não acredito que isto esteja acontecendo! Parece um sonho! Eu ganhei! Eu ganhei! O Frei Modesto me presenteou! Parece mentira, acho que estou sonhando! Mas veja, está aqui! É nosso! Veja! Queriam deixar uma coisa tão linda jogada no sótão para ser devorada pelos cupins!

CAPÍTULO III

Ao aceitar aquele simples e amigável convite, Matteo jamais imaginaria que acabava de abrir a cortina de um cenário onde ele seria o protagonista de uma história que estava além da realidade e da imaginação, impossível mesmo de ser concebida na mente humana por mais criativa que fosse.

O convite que recebera de Jaime era o motivo pelo qual estava naquele momento se dirigindo à pequena cidade, quase um vilarejo, no interior catarinense.

A festa era para comemorar, recordar e manter acesa no coração dos habitantes daquela simpática comunidade a tradição de seus antepassados italianos. Matteo, como descendente de italianos, estava feliz. Sabia que iria encontrar boa música e boa comida italiana.

Os sons musicais, misturados ao cheiro de comida, além do movimento de pedestres, eram sinais evidentes de que haviam chegado ao local do evento. Procuraram um lugar seguro para estacionar seu automóvel, o que não foi difícil. Ao abrirem a porta de seu carro, sentiram o frio da noite, normal dos últimos dias de inverno, comum para a região sul brasileira. Matteo, percebendo o frio que fazia, solicitou à esposa que lhe alcançasse um pullover. Enquanto vestia o agasalho, dirigiu-se, juntamente com a esposa, ao pavilhão, lugar preestabelecido para o encontro com seu amigo.

Dentro do imenso pavilhão, Matteo não teve dificuldades em encontrar Jaime e sua esposa, que já os esperavam.

Encontro de velhos amigos. Rindo e conversando, foram

CAPÍTULO III

caminhando vagarosamente dentro do colorido e festivo pavilhão. Vez por outra paravam para cumprimentar pessoas que os conheciam ou que se aproximavam para lhes saudarem. Tanto Matteo como Jaime eram pessoas bastante conhecidas e possuíam um vasto círculo de amigos, pois ambos tinham certa influência em suas respectivas comunidades, tanto na esfera política como cultural. Procuraram uma mesa para se acomodarem, já que pretendiam jantar na festa.

Uma vez acomodadas as respectivas esposas, Jaime e Matteo procuraram sentar de tal forma que mesmo com o som bastante alto das músicas pudessem conversar enquanto jantavam, sem que o barulho os perturbasse, embora soubessem que isso seria quase impossível. Conversaram descontraídamente, enquanto jantavam pratos típicos da culinária italiana local. Mesmo jantando, vez por outra eram interrompidos por pessoas que os reconheciam entre a multidão e que faziam questão de saudá-los, ou mesmo tecerem algum comentário relativo a assuntos pertinentes às suas comunidades.

A boa música e o jantar bem temperado acompanhado de um bom vinho estavam além do que esperavam. A música os animava. Bebiam, riam, cantavam, vez por outra dançavam. Percebia-se que o ambiente festivo os contagiava.

Matteo com a face visivelmente alegre terminara de beber o que, possivelmente, seria para si o último copo de vinho, quando Jaime dirigindo-se mais reservadamente a ele disse:

– Queres conhecer minha galeria?

– Galeria? Eu sei que gostas muito de artes, mas galeria, e logo aqui em Rodeio, é para mim novidade.

– Inaugurei há uma semana. Para aproveitar o fluxo de turistas que vêm para a festa. Gostaria que tu a conhecesses e me desses a tua opinião.

– Quando? – interrompeu Lola, esposa de Matteo.

CAPÍTULO III

– Agora mesmo, se quiserem conhecê-la. Abri em função da Sagra, pois é um período em que temos muitos visitantes aqui e também na esperança de fazer algum bom negócio, e quem sabe consagrar uma nova atividade em Rodeio. Vocês sabem, não é fácil em um lugar pequeno viver exclusivamente de arte. Arte, pintura é algo que me fascina, mas também não posso viver só de sonhos. Se der certo, vou manter a galeria, mas se não for viável economicamente, talvez tenha que desistir da ideia. De qualquer forma, por ora estou realizando um sonho montando exatamente aqui, na minha terra, uma coisa que para muitos é impossível. O futuro dirá. Mas hoje ela está aqui e vocês irão conhecê-la. Para mim, tenham certeza, é um motivo a mais de felicidade trazer gente que ama e curte arte como nós, mesmo que momentaneamente, é uma realização pessoal.

– Se não for muito distante – retrucou Matteo –, podemos ir agora mesmo.

– Fica aqui bem próximo. Podemos, inclusive, ir a pé.

– Mas não achas que já é tarde demais para isto? – perguntou Matteo.

– Não – disse Jaime, enquanto levantava-se e ajudava Graziela, sua esposa, a fazer o mesmo.

– Sabe, a gente tem que mostrar que aqui também vive gente culta, amantes de arte, que não vivem pensando somente em trabalho – brincou Jaime.

E todos riram juntos.

Lentamente, ambos os casais foram se distanciando da festa. Vez por outra se podia escutar risos e gargalhadas, a demonstrar a amizade que havia entre eles. Sem esboçar qualquer sinal de cansaço chegaram à velha e ampla casa, onde Jaime havia montado sua galeria.

Com paciência, Jaime abriu uma enorme porta de ferro, permitindo que seus amigos adentrassem àquele ambiente que, de

CAPÍTULO III

fato, era bastante similar a uma galeria.

— Entrem. Fiquem à vontade. Podem apreciar o que quiserem, espero que gostem.

Tratava-se de uma sala bastante ampla, onde o elevado número de pinturas e de antiguidades havia tornado o ambiente pequeno. Matteo se admirou de como Jaime conseguira abrir uma galeria assim tão variada, com tantos objetos de arte e de certo valor comercial, embora muitos fossem insignificantes, em um lugar tão pequeno. Mas a curiosidade em explorar o local no mesmo instante dissipou o torpor da indagação.

Enquanto Jaime, seguindo em uma direção, mostrava a Matteo os quadros, sua esposa, um pouco mais afastada, e Lola apreciavam e comentavam sobre outras obras ali expostas. Paulatinamente iam observando e comentando a respeito das obras que mais as impressionavam. Percebia-se que Jaime, dos quatro, era o mais eloquente e o mais aficionado por tudo que ali estava exposto. Era fácil perceber que as artes exerciam sobre ele um fascínio fora do comum.

Lola, enquanto caminhava com Graziela apreciando as obras, já havia separado, para si, duas telas de pintores regionais, quando foi interrompida repentinamente por Jaime, que a chamava:

— Tenho uma surpresa para vocês.

— Que tipo de surpresa? – perguntou Lola.

— Acompanhem-me.

Levando então Lola e Matteo para um canto, apontando para uma tela escurecida, com algumas áreas bastante danificadas pelo tempo, perguntou:

— Que acham disto?

— Formidável! – disse Matteo. – Não podia imaginar encontrar num canto destes, não que aqui não merecesse, mas pelas circunstâncias, uma obra tão fascinante e tão antiga como esta. E

CAPÍTULO III

além de tudo, uma Madona.

– Sim – disse Jaime. – Uma Madona. Não parece desses quadros que a gente só vê em museus?

– Sim, é linda, belíssima!

– Como conseguiste isto?

– É uma longa história que depois te conto. Pertence a uma senhora que me deu para expor, e se aparecer alguém interessado em comprar, certamente será vendida.

– É uma pena que esteja aqui se perdendo – disse Matteo –, mas é belíssima.

– Terias interesse em comprá-la? – perguntou Jaime.

– Sem dúvida, tenho interesse sim. Encantou-me sobremaneira.

– Se tiveres interesse em comprá-la, eu posso sondar para ti, e se porventura a proprietária pensar em vendê-la, te informo. A obra é bonita, mas está aqui se estragando, pois a sua dona não tem nem interesse nem condições financeiras para restaurá-la. Tu sabes como isto é caro e como é delicado restaurar uma obra como esta. Além disso, aqui na nossa região ninguém entende de restauração. Quando a proprietária deixou-a aqui para exposição, não chegamos a conversar se ela estaria interessada em vender a pintura, mas deixou evidente que gostaria de saber caso alguém demonstrasse interesse em comprar a tela.

– Jaime, se a pessoa quiser vendê-la, e o preço estiver dentro das minhas possibilidades, provavelmente a comprarei.

– Podes deixar que farei isto por ti, se ela concordar em vender, tu serás o primeiro a ser informado – disse Jaime. – E dos outros quadros aqui – insistiu ele –, tens interesse em algum?

Lola já havia comentado que estava interessada em ficar com dois quadros de um pintor local de nome artístico Locatelli. Assim, quando Jaime lhe questionou, Matteo respondeu:

– Lola gostou de dois quadros de Locatelli. Se o preço não

CAPÍTULO III

me assustar, levo os dois.

Dizendo o valor, Jaime, fitando-os para ver sua reação, ficou aguardando por sua resposta.

– O preço é razoável, ficaremos com os dois.

– Gostaria apenas de pedir uma gentileza – retrucou Jaime. – Deixes os quadros que acabas de adquirir em exposição até o final dos festejos, pois assim mais pessoas poderão apreciá-los e a galeria não ficará tão vazia.

– Não há problema algum. Mas quando pensas que poderás me entregá-los?

– Eu me comprometo a entregar pessoalmente tão logo a festa se encerre.

– Está ótimo, faça como te parecer melhor. Mas quem vai fazer um pedido agora sou eu. Tu não poderias levar junto, quando fores me levar os dois quadros, a Madona?

– Quem sabe. Comprometo-me contigo, vou me informar e se a senhora decidir vender a Madona, tu serás o primeiro a ser comunicado. Se quando eu for entregar os quadros, ela já tiver se decidido em vender a Madona, eu a levarei.

– Eu ficarei muito contente. Mas Jaime – disse Matteo –, é uma pena esta faixa branca no ventre do bebê. Percebe-se que alguém retocou a pintura de forma grotesca.

– Ah! Isto um bom restaurador remove com facilidade – retrucou Jaime. – Isto foi pintado por uns padres que insistiram em cobrir o sexo do menino. E como tu tens condições para recuperá-la, isto farás quando te convier. Hoje os restauradores fazem verdadeiros milagres. Eu só não fico com ela porque no momento não disponho de condições financeiras nem para arcar com um bom restauro, nem para fazer uma boa investigação como merece esta obra. E tu, ao contrário, pelo que te conheço, sei que além de teres condições, também tens fascínio por pinturas.

Nisto, Lola e Graziela fizeram menção de retornar à festa,

CAPÍTULO III

pois a hora já ia adiantada e queriam se divertir mais um pouco. Do lugar em que se encontravam, podia-se escutar com nitidez os sons musicais da orquestra que tocava. Vagarosamente, enquanto Matteo comentava e procurava saber mais detalhes de Jaime a respeito da pintura que lhe impressionara, retornaram ao pavilhão. Ali, embalados pela música, permaneceram por um bom tempo junto de seus amigos e anfitriões. Já era bem tarde quando, levado pelo cansaço, Matteo convidou sua esposa para regressarem. Tinham pela frente um razoável trecho de estrada e não seria conveniente se alongarem mais, pelo adiantado da hora que já se fazia.

Jaime ao se despedir fez questão de reafirmar seu compromisso:

— Tão logo terminem os festejos, eu irei te entregar pessoalmente os quadros que adquiristes. Quanto à Madona, falarei com a proprietária da tela, se ela me autorizar a vendê-la, a levarei junto comigo quando for te entregar os Locatelli.

— Ficarei muito contente se isto acontecer — falou Matteo.

E, agradecendo a seus amigos pela noite maravilhosa que juntos passaram, despediram-se.

Já dentro de seu carro, voltando para casa, Matteo repetidas vezes comentou com Lola o quanto aquele quadro o impressionara.

— É uma pena que esteja tão mal conservado, nem moldura sequer possui. Mas não deixa de ser uma obra-prima. Sinceramente, para mim é obra que faria orgulhoso qualquer museu do mundo. Só vi coisa semelhante nos grandes museus da Europa. Sinto algo de misterioso nesta tela. Não consigo entender como uma obra tão bela veio parar aqui.

— É maravilhosa — retrucou Lola. — Fora de um museu nunca vi nada parecido. Senti-me, por instantes, como se estivesse num grande museu vendo uma das mais belas obras feitas pelo ser humano. Estava tão perto, tão junto da gente, que parecia um so-

CAPÍTULO III

nho. É linda demais para ser verdade. Ainda me parece um sonho o que vimos nesta noite.

— Não tenho ideia do que podem pedir pela pintura, mas se quiserem me vender até por trinta mil dólares eu pagarei. Não tenho todo esse dinheiro no momento, mas ela vale e tudo farei para comprá-la. O que achas?

— Também fiquei impressionada. Acho que talvez até valha mais.

— Para mim, já disse, é coisa de museu.

CAPÍTULO IV

Alguns dias se passaram desde o encontro na festa italiana, quando a secretária de Matteo, pelo interfone, lhe comunicou que Jaime gostaria de lhe falar.

– Fala Jaime, em que posso lhe ser útil?

– Matteo, tudo bem? Estou te ligando para saber se sábado tens tempo para nos receber em tua casa. Gostaria de te levar os quadros.

– Será um prazer enorme. Não tenho nenhum compromisso importante. Poderias me dizer quem virá?

– Iremos eu, Graziela e um casal de amigos.

– Gostarias de jantar conosco?

– Não, iremos somente para conversar e levar os quadros. Mesmo porque já agendamos jantar com um casal de amigos.

– É uma pena, mas se mudarem de ideia me comuniquem. Fala-me, e a Madona?

– A Madona a mulher diz que te vende, vamos falar sobre o preço no nosso encontro, está bem assim?

– Claro. Como achares melhor.

– Então, até sábado.

– Até sábado – respondeu Matteo.

O tempo passou rápido e ocupado como estava, Matteo nem se deu conta de que o final de semana já chegara. Felizmente ao reconfirmar por telefone que traria os quadros no sábado, Jaime reavivou na memória de Matteo o compromisso que anteriormente haviam combinado para o sábado.

CAPÍTULO IV

Já estava escuro quando o ronco de um automóvel, em frente ao portão da casa de Matteo, lhe anunciou que provavelmente seus convidados acabavam de chegar.

O som da campainha confirmou a suspeita.

Matteo abriu o portão eletrônico e Jaime entrou lentamente no pátio do estacionamento da bela casa.

– Mas que bela mansão! – exclamou Jaime ao sair do automóvel, preparando-se para pegar os quadros que trouxera no porta-malas.

– Bondade sua. Este é o canto onde me escondo dos afazeres do dia a dia.

Entre risos e cumprimentos, Matteo os acompanhou até o interior de sua casa, acomodando os convidados em uma confortável sala de estar. Jaime parecia ser o mais ansioso de todos. Falavam de vários assuntos, do que pretendiam ainda fazer naquela noite, onde iriam jantar, por que não aceitaram o convite de jantar com Matteo, mas Matteo parecia que não os escutava. Sua mente e seus olhos estavam voltados exclusivamente para os pacotes que Jaime trouxera. Após alguns minutos, Jaime começou a abrir os pacotes que continham os quadros que Lola, a esposa de Matteo, havia escolhido anteriormente. Ora mostrava um, ora outro, comentando sobre as pinturas enquanto o outro embrulho, que provavelmente seria o quadro da Madona, permanecia fechado.

A seguir, criando um pouco mais de expectativa, Jaime abriu mais lentamente a segunda embalagem e disse:

– Olhem bem. O que acham?

– É a Madona! – exclamou Lola.

– Pena que esteja tão danificada, mas mesmo assim, um belo trabalho – falou Matteo, contendo-se para não deixar transparecer tudo o que sentira, desde o início, pela tela.

Agora, em um ambiente mais iluminado podia-se ver com

mais clareza como o quadro era perfeito nos traços, nas linhas. Matteo estava encantado. Dependendo do que Jaime dissesse, Matteo seria proprietário de uma obra de arte que o fascinara desde o primeiro momento. Poder sentir tão perto de si, olhar, contemplar pelo tempo que ele quisesse sem pressa seria quase um sonho. Esta era a razão de sua ânsia pelo que Jaime diria a respeito da tela.

Matteo nem mesmo sabia o quanto iriam lhe pedir, não tinha ideia do que o quadro significava para seu antigo dono, mas ele tinha prometido a si mesmo que compraria a qualquer preço.

— Veja — disse Jaime —, estes dois são os que comprastes e este aqui é aquele outro que poderá ser seu — mostrando a Madona —, vai depender de quanto me pagares.

— Não faço a menor ideia de quanto irás me pedir — disse Matteo.

— Que tal cinco mil dólares?

— Jaime, eu acho que vale mais, só que no momento eu disponho de apenas dois mil dólares. Se aceitares, pago agora.

— Tu sabes que isto vale muito mais.

— Com certeza. Só que no momento é tudo de que disponho.

Vamos fazer o seguinte, sugeriu. Tu me dás os dois mil dólares, se a dona dele concordar o negócio fica fechado e o quadro será seu. Se houver necessidade de uma complementação, eu te telefono.

— Está bem — respondeu Matteo. — Desde que tu me telefones mesmo. Eu te conheço, tu te ocupas com tantas coisas que vais acabar esquecendo.

— Não te preocupe, eu te telefono.

— Está certo.

— Mas agora, o que desejam beber? — perguntou Lola. — Um aperitivo?

CAPÍTULO IV

— Eu aceito uma dose de uísque — disse Jaime.

— E eu, uma cerveja — emendou o amigo de Jaime.

Mudando o assunto, Jaime perguntou a Matteo se ele escutara os CDs de música italiana que lhe presenteara meses atrás.

— Adorei — respondeu Matteo. — Estão no meu carro.

De fato, se havia, por assim dizer, um hobby que ele sempre tivera era escutar boa música, sendo que, depois da música clássica, estava a canção italiana, embora em determinados momentos a música country também lhe preenchesse os ouvidos.

A conversa, de certa forma, fez com que Jaime extravazasse a tristeza de deixar a pintura com seu amigo. Achou importante recomendar a Matteo que ele não deixasse a pintura se perder. Se bem que achava esta preocupação desnecessária, pois o fascínio que a tela exercera sobre Matteo era tamanho que ele, com certeza, iria muito além de um simples restauro. Iria se dedicar ao máximo em tentar descobrir o autor, mesmo sabendo que não seria tarefa fácil. Era uma obstinação que Matteo já havia criado em si mesmo antes da tela ser sua.

Matteo perguntou a Jaime se alguém já se interessara por saber quem era o autor, ao que Jaime informou que uma foto do quadro já tinha sido levada à Itália, mas ele tinha a impressão de que isso fora realizado por uma pessoa inexperiente o que talvez justificasse por que a obra ainda se mantivesse no anonimato.

— Uma coisa tu podes ter certeza — confidenciou Matteo —, vou tentar saber quem é o autor. Quem sabe um dia não saberei quem é? É um desafio que assumo agora, pois uma obra tão bela merece que se saiba sua origem. Hoje em dia a investigação se torna mais simples, pois os meios de pesquisa são cada dia mais perfeitos e confiáveis. É inadmissível que uma obra tão esplendorosa não tenha alguém responsável por sua elaboração.

— Só que vais ter que ir atrás e estar preparado para gastar um pouco — disse Jaime.

CAPÍTULO IV

— Estou consciente de que não será tarefa fácil, pois se fosse assim, por certo, alguém já saberia, ainda mais que durante uma boa parte do tempo a obra permaneceu nas mãos de frades, e estes normalmente são cultos, convivendo com obras sacras, fato que, naturalmente, deve ter despertado a curiosidade de algum frei em descobrir seu autor.

— Sei que não será tarefa fácil, mas esta pintura merece muito mais que isto, ainda mais sendo de um italiano. Já imaginastes se fosse um Ticiano?

Os pensamentos de Matteo voaram à Itália. Recordou Pieve de Cadore, cidade natal de Ticiano, que ele tão bem conhecia. A sua mente o conduziu à igreja de Pieve, onde ele estivera, certa vez, diante de belas pinturas de Ticiano. Desceu mentalmente a ladeira de Pieve e lembrou-se da casa onde vivera o pintor. Relembrou as telas maravilhosas de Ticiano expostas em sua casa. A emoção que tivera quando pela primeira vez pisara em Pieve de Cadore.

Seus ascendentes vieram de Pieve de Cadore e aí a realidade deu lugar ao sonho e ao imaginário, fazendo-o pensar: um cadorino descobrir após séculos uma obra de Ticiano, outro cadorino, isto seria demais, claro que era um sonho, mas era justo pelo menos sonhar, pois o que ele acabara de adquirir também estava além de qualquer sonho.

O fascínio que o quadro exercera sobre Matteo fora tal que talvez aquilo pudesse ser ridículo para quem lesse os seus pensamentos, mas para ele, que estava tendo um contato tão direto, em sentir, poder tocar e ter sob o mesmo teto que lhe abrigava uma Madona italiana, qualquer sonho era menor que a realidade em que ele vivia.

Mas como ele sempre se sentira presenteado por Deus, por tantas coisas boas que já havia acontecido em sua vida, quem sabe não seria esta mais uma de suas belas surpresas?

CAPÍTULO IV

E assim, Matteo e seus convidados passaram a noite vivendo e conversando entre um misto do real e da ficção. Como ele, também Jaime tinha a convicção de que aquela obra não era apenas mais uma pintura, mas uma pintura especial.

Por motivos profissionais, Matteo não teve por um bom período tempo suficiente para se dedicar a qualquer pesquisa, mesmo porque, como ainda não recebera a confirmação efetiva da realização do negócio, não seria prudente fazê-lo, pensava.

Organizado como Matteo costumava ser, ele não iria em hipótese alguma se antecipar a pesquisar a origem de algo que ainda não lhe pertencia. Por isso, quando ele recebeu o recibo do pagamento da tela em mãos e a confirmação efetiva do negócio, respirou aliviado. Poderia agora se dedicar a pesquisar, recuperar a obra e, quem sabe, ir ao encontro de um sonho que nunca imaginara fazer parte de sua vida, viver com uma obra, talvez, renascentista.

CAPÍTULO V

Quantas vezes, a partir daquela noite em que o quadro viera para sua casa, Matteo ficava a admirar, a contemplar a Madona e seu bambino. Cada dia ele se fascinava mais, chegava inclusive a se policiar para não ser de repente hipnotizado e perder o bom senso na condução de todo aquele processo de verificação e investigação.

"No fundo", pensava ele, "quem mais pintara Madonas tinha sido Rafael. Madona e Rafael eram quase sinônimos. Seria um Rafael? Não Matteo, você não pode pensar assim. Imagine, um Rafael no Brasil, na sua casa. A obra é linda, mas você não pode pensar assim", se policiava ele.

Já havia transcorrido uns três meses desde que ele comprara o quadro, quando um dia foi visitado por um senhor de nacionalidade alemã, que lhe procurou em sua residência, após ser referenciado por um amigo, com o intuito de lhe vender um Mercedes-Benz. Recebeu-o, cordialmente. Escutou sua proposta, inclusive chegou a testar o belo automóvel. Mas, apesar da sua insistência, após bem refletir, concluiu que, embora tivesse recursos para tal, no momento ele tinha outras prioridades, e aquela máquina, por falta de documentação de importação, necessária para os cidadãos de origem brasileira, não podia fazer parte dos seus planos. Poderia estar comprando uma decepção.

À medida que a conversa se tornava mais amena, Matteo ficara sabendo que este senhor de origem europeia vivia entre a

CAPÍTULO V

Europa e o Brasil, e tinha como hobby comercializar antiguidades. Assim, se encontrasse alguma coisa que o interessasse ele a adquiria e levava para revender na Europa.

Ao saber disto uma pergunta aflorou em sua mente.

Quem sabe não poderia este estrangeiro lhe ajudar? E assim pensando, como querendo testá-lo, perguntou:

— O senhor, por certo, entende de obras de arte e pinturas antigas?

— Sim, conheço alguma coisa. Por quê? Tens algum quadro antigo?

— Vem aqui, por favor — e Matteo levou-o até o interior de sua residência. Mostrando uma litografia de Salvador Dali, perguntou:

— O que o senhor acha desta litogravura?

Fixando cuidadosamente o olhar, por alguns instantes a contemplar o quadro, e a seguir voltando-se para Matteo, disse o germânico senhor:

— Para mim é Dali, não tenho dúvida. Se queres dez mil dólares, isto eu posso te pagar. É o que acho que pode valer em um leilão de artes.

— Desculpe, mas não está à venda. Apenas te mostrei para ver se concordas que seja de fato uma obra de Dali.

A esta altura, criando um pouco de coragem, Matteo confidenciou ao alemão.

— Tenho um quadro que gostaria de saber a verdadeira autoria. Só sei que é italiano e muito antigo. Foi trazido por imigrantes italianos. Mas, além disso, nada mais sei e nem mesmo tenho meios de conseguir mais informações sobre sua origem e como chegou ao Brasil.

— Posso vê-lo?

— Sim. Por que não?

Dirigindo-se ao quarto de sua filha, onde o quadro se encontrava, com cuidado, Matteo retirou-o e levou até a sala onde o alemão lhe esperava.

Lentamente foi retirando o invólucro que o protegia, ao mesmo tempo em que observava a reação do visitante.

– É realmente antigo – disse o alemão. É uma linda Madona! Tem alguma assinatura?

– Que eu tenha visto não – respondeu Matteo.

– Vale bastante pelo tempo que tem. Se quiseres, posso te ajudar. Eu estou indo dentro de alguns dias para a Europa e se me deres uma fotografia eu posso encaminhar a Sotheby's e descobrir de quem é, e o seu real valor.

– Vou pensar – respondeu Matteo. – E se me interessar eu mando fazer as fotos.

Conversou com o desconhecido senhor por mais alguns minutos, quando este, pedindo licença, foi até o carro e voltou trazendo um livro sobre antiguidades. Era um livro genérico de antiguidades, que ilustrava obras antigas com fotos de cadeiras, pinturas, adornos, mesas, tapetes e mencionava a idade de determinados objetos e seu possível valor mercadológico.

Lola, que estava por ali, perguntou sobre o valor e a idade de duas cadeiras antigas que haviam comprado em um antiquário anos atrás, quando ainda residiam no Rio de Janeiro. Ficou assim sabendo que as cadeiras eram estilo Luiz XIV e tinham relativo valor comercial.

– Queres vendê-las?

– Não, isto nós temos por que gostamos, não temos interesse em vender – respondeu Lola, cortando a conversa.

Ao despedir-se, o senhor alemão disse que voltaria no dia seguinte para ver se Matteo não mudara de ideia com relação à Mercedes. De fato, no dia seguinte ele voltou trazendo consigo mais dois de seus livros de antiguidades, e outro sobre as obras de Rafael. Fez questão de ler dados sobre suas pinturas e um pouco

CAPÍTULO V

da vida do pintor, uma vez que ele pintara muitas Madonas.

O alemão ainda insistiu para que Matteo arranjasse uma fotografia para ele levar para a Europa.

– Vou pensar – disse Matteo.

Claro que iria depender da vontade de Matteo, e ele no momento não tinha nenhuma posição definida de como proceder na investigação, porque até aquele momento nunca precisara fazer qualquer tipo de investigação de obras de arte, embora, enquanto médico, a pesquisa fizesse parte do dia a dia de sua vida.

Impulsionado pela curiosidade e vontade de investigar, de fato no dia seguinte Matteo chamou um fotógrafo profissional conhecido de sua cidade à sua casa e fez então as primeiras fotos do quadro. Fotos estas que dois dias após, já em dois tamanhos, grande e médio, estavam reveladas.

No momento em que recebeu as fotos, Matteo começou a refletir se era prudente dar a um desconhecido a possibilidade da investigação. Se fosse valiosa ele iria lhe falar a verdade? Não era sábio, nem prudente. Por que não fazer ele mesmo o contato com a Sotheby's?

E assim pensando, mesmo com a presença do senhor alemão que voltou ainda por duas vezes à sua residência, ele resolveu não entregar as fotos. Não era prudente que perdesse o controle da investigação. Matteo estava tentado a entregar ao desconhecido as fotos, porque ele lhe impressionara bastante, mas após raciocinar, concluiu que por maior que fosse o desejo de desvendar algo não era este o melhor caminho.

Se este senhor iria mandar para a Sotheby's, isto ele também poderia fazer. Por que então não fazer ele mesmo?

Mesmo não tendo entregado as fotos, ele já sabia agora que as casas de leilão poderiam lhe ajudar, já tinha uma pista por onde começar: era só conseguir o endereço da Sotheby's em Londres ou Nova Iorque e encaminhar a foto para descobrir o possível autor da tela.

CAPÍTULO VI

Naquele dia, como costumava fazer todas as semanas, Matteo dirigiu-se à caixa do correio para verificar se havia alguma nova correspondência. Abriu a caixa e retirou de lá inúmeros envelopes. Era corriqueiro na época de Natal o número de cartas ser bem maior do que normalmente.

Matteo começou a abrir os envelopes ao mesmo tempo em que se dirigia à porta principal de sua casa.

No meio do trajeto, ao abrir um dos envelopes, ele parou repentinamente. Olhando o conteúdo sua fisionomia se transfigurou como não crendo no que estava a ver. O seu quadro, a sua Madona, retratada em um cartão de Natal.

– Não é possível! Como? O meu quadro servindo de cópia para um cartão de Natal! Não, isto não é possível!

Chamou rapidamente sua esposa e mostrou-lhe o cartão.

– Veja, é o nosso quadro no cartão de Natal. Como pode?

– Isto é uma loucura! Um cartão de Natal igual ao nosso quadro!

Mas como! Seu quadro viera da Itália antes deste século. Como teria a empresa que enviou o cartão conseguido a cópia? Será que uma fotografia destas que foi para a Itália teria sido divulgada? Seja como for, se foi publicada é porque era uma obra que estava agradando e independente de como isto acontecera, era exatamente igual ao seu quadro.

– Mas isto é demais, um cartão de Natal igual ao nosso quadro!

CAPÍTULO VI

A hora era de almoço e deveria ser de calmaria e descanso, mas não, aquele cartão mudou a característica daquele ambiente familiar. Matteo estava agitado, sua esposa, nervosa, as crianças, com olhares curiosos, não entendendo o que estava acontecendo com seus pais. Teriam recebido alguma notícia preocupante? Algo havia acontecido com seu pai após sua ida à caixa de correspondência.

– O que houve, papai? – perguntou Caroline, uma de suas filhas.

– Nada, apenas recebi do banco um cartão de Natal igual ao nosso quadro, e isto me deixou muito curioso em saber como isso aconteceu, mas não é nada preocupante.

Matteo queria terminar logo aquele almoço, queria saber o porquê da coincidência. Assim pensando, logo que terminou de almoçar, dirigiu-se ao quarto e começou a examinar detalhadamente o intrigante cartão de Natal, para se certificar mais uma vez de que tudo aquilo não fosse apenas fruto de sua imaginação.

Quanto mais ele analisava, mais convicto ele ficava de que o cartão de Natal e o seu quadro retratavam o mesmo motivo, na mesma posição em todos os detalhes, desde os dedos, os pés, enfim, tudo era igual. Era uma Madona sentada com uma criança no colo.

Só tinha uma maneira de ter resposta às suas indagações: entrando em contato com o banco para saber de onde tiraram a fotografia. Mas logo hoje, quando não tinha tempo disponível? Havia assumido compromissos para aquela tarde e sua agenda de cirurgias estava lotada. Afinal, o cartão era de um banco, e isto ele deveria tratar pessoalmente. Não podia ser diferente, até porque tinha que tomar cuidado com o que iria dizer. Não poderia passar por ridículo, afinal era um médico respeitado, dos mais conceituados na cidade, e não poderia ficar dizendo que tinha um quadro tão famoso que estava servindo de motivo para cartão de Natal.

Teria que ter muito cuidado na forma como falaria com o gerente de sua conta, a pessoa mais indicada para comentar o assunto.

Na cabeça de Matteo os pensamentos mantinham-se acesos, era impossível esquecer um segundo o que vira. Seu quadro num cartão-postal. Era incrível. Não via a hora de chegar o dia seguinte. Matteo não tinha tempo para ir ao banco, mas também não conseguia trabalhar. Como pensar em outra coisa a não ser no que vira? O seu quadro estampado num cartão-postal. Ele tentava se concentrar, contudo por mais que se esforçasse, não conseguia. Assim, por volta das 16h30, Matteo mudou de ideia e resolveu ligar para o banco. Por que aguardar até o dia seguinte? Por que não ligar e perguntar apenas como curioso: de onde tiraram a fotografia? Poderia dizer que achara a foto bonita. Isto era bem compreensível. Ligou para o banco e perguntou ao gerente, que além de ser seu conterrâneo, era de certa forma seu amigo: de onde fora tirada a foto do cartão de Natal? O gerente lhe informou que isto não fora feito pelo banco, mas sim por uma agência de publicidade. E como Matteo demonstrara muito interesse, ele iria ligar à agência matriz de São Paulo para saber qual agência de publicidade fizera o cartão. Havia decorrido uns trinta minutos quando o gerente lhe retornou a ligação para informá-lo que a agência que elaborara o cartão se tratava de uma das mais famosas, localizada em São Paulo, e disse que poderia lhe passar o telefone.

Matteo fez um esforço enorme para não demonstrar que o seu interesse era além de mera curiosidade. Mesmo tentando não conseguiu esconder do gerente a sua angústia. Este então, no intuito de lhe ajudar, perguntou:

— Matteo, se você desejar o telefone da agência em São Paulo, posso lhe passar, quer?

— Sim – respondeu Matteo. – Se for possível.

— Um momento que já lhe forneço o telefone da empresa.

O tempo de espera fez o coração de Matteo bater num rit-

CAPÍTULO VI

mo de um tambor, tão forte ele pulsava.

Ao receber o número da agência, decidiu ligar naquele mesmo momento, e assim iria saber o que desejava.

Ao ser atendido pela telefonista da agência de publicidade, foi logo dizendo:

– Aqui é Matteo, de Blumenau. Estou ligando para saber detalhes do cartão de Natal que vocês fizeram para o banco, com o motivo da Madona. Gostaria de saber de onde foi tirada a fotografia.

– Olhe, senhor, o rapaz que fez este trabalho não está aqui. Só volta ao trabalho dentro de três dias. Está de folga.

– A senhora poderia me informar o seu nome?

– Claro, é um prazer.

E assim Matteo ficou sabendo que Antônio era o nome do funcionário que elaborara o trabalho.

– Obrigado, senhora.

Tão logo desligou o telefone, Matteo se sentiu um pouco frustrado. Ele queria saber mais e agora teria que ficar aguardando três dias para saber de onde tiraram a foto.

Mas como não tinha outra opção, o jeito era mesmo esperar.

Matteo estava curioso, queria terminar logo o seu expediente. O cartão de Natal não lhe saía da mente. Queria chegar logo em casa, ver novamente o cartão. Comparar com o seu quadro. Verificar as semelhanças. Olhar e comparar todos os detalhes, desde dedos, mãos, lábios, cabeça, manto, pés, enfim, ter certeza de fato que o seu quadro e o cartão eram a mesma coisa.

Chegando em casa, foi até seu escritório onde já se encontravam separados o cartão de Natal e a foto que havia feito dias antes. Com uma régua começou a medir milimetricamente cada parte do quadro e do cartão.

Primeiro no cartão, medindo desde os dedos da Madona

CAPÍTULO VI

até o seu pescoço. Depois no quadro. Aí, novamente no cartão: do braço da criança até os pés, e no quadro. E aí começou a fazer a projeção, se do pé até os seios dava "x" no cartão, no quadro deveria dar "y", e assim foi medindo sob vários ângulos.

Na averiguação notava que certos pontos eram exatos, em outros encontrava pequenas diferenças, mas na maioria, as medições de um e de outro eram similares. Teria que descobrir como fora copiado para saber se os erros não estavam na cópia do quadro para o cartão. De uma coisa ele não tinha a menor dúvida: o quadro e o cartão eram iguais, todas as posições, dedo da criança, dedo da Madona, posição do pescoço, cabeça, pés, tudo era igual; até o livro que a Madona tinha na mão esquerda era igual. Era a mesma pintura. O mesmo motivo, as mesmas posições.

Vez por outra Matteo parava, chamava a esposa para compartilhar com ela as emoções sentidas pelo efeito das comparações que ele ia fazendo. Nesta pesquisa ficou durante horas. Tanto, que sua esposa precisou insistir várias vezes para que ele parasse o que fazia, a fim de jantar.

Terminado o jantar, Matteo voltou a fazer as comparações entre o quadro e o cartão. As coincidências eram demais. Essa novidade tinha alterado a sua rotina. Saber que tinha dentro de sua casa um quadro que estava sendo utilizado por um banco como motivo de cartão de Natal, já por si dizia a importância, o efeito que a pintura ou o pintor estavam a proporcionar em quem o admirasse.

Deitara já cansado, mas o pensamento era um só: um cartão de Natal igual ao seu quadro.

Quem pintara o quadro? De onde fora tirada a cópia para o cartão? Teria o seu quadro servido de modelo ou existia outro quadro no mundo igual ao seu? Se existia igual ao seu, quem pintou? Por que pintara dois quadros iguais? Seria um verdadeiro e outro falso? Seriam os dois verdadeiros? Seriam ambos cópias de

CAPÍTULO VI

outro verdadeiro? Era coisa demais para seu cérebro administrar e assimilar em um só dia. A verdade Matteo saberia ou começaria saber somente após três dias.

Os três dias seguintes foram de total angústia, mas ainda muito pouco para tantas perguntas e tantos porquês. Se soubesse quem pintou a figura do cartão já poderia saber quem havia pintado a tela que estava em sua casa. Sem dúvida, se ele estava procurando uma pista, uma forma de descobrir o autor do seu quadro, poderia talvez aí estar a chave do mistério. A coincidência de receber o cartão de Natal com uma fotografia igual ao seu quadro parecia ser coisa do além, parecia ser algo transcendental. Com milhares e milhares de quadros, pinturas e motivos natalinos, um banco – e logo aquele com o qual ele trabalhava – lhe enviar o cartão com uma fotografia do seu quadro parecia ser algo misterioso, mas era real.

A ciência não explicaria esta coincidência. Mas ele poderia, quem sabe, fazendo uso dela, descobrir o que ele tanto sonhava.

CAPÍTULO VII

Matteo ligou novamente para a agência no dia que havia marcado e do outro lado uma voz:
— O que o senhor deseja?
— Gostaria de falar com Antônio.
— Pois não, só um minuto.
Depois de alguns minutos uma voz masculina respondeu:
— Alô, aqui é Antônio. Quem fala?
— Antônio, aqui é de Blumenau, Dr. Matteo. Você não me conhece, mas eu preciso de sua ajuda. Foram vocês que fizeram o cartão do banco com a Madona?
— Sim. Por quê?
— Acontece o seguinte. Tenho um amigo que tem uma pintura muito parecida com a do cartão e ele gostaria de saber quem é o autor. Poderia me informar o autor?
— Senhor, não sei se é possível, pois este cartão foi feito por um sistema de computador e o motivo foi retirado de um livro norte-americano que nós usamos para montagem de cartões. Desculpe-me, eu não tenho o livro aqui, mas isto que você fala é praticamente impossível. Esta pintura não existe mais.
— Não sei, Antônio, me desculpe, mas eu estou impressionado.
— Eu até acredito, mas este quadro não existe, o que eu posso fazer é o seguinte: vou dar uma olhada de onde foi tirada a projeção, como foi a montagem do cartão e te mandarei uma cópia. Acho que isto é uma mera coincidência, até estranha coin-

CAPÍTULO VII

cidência, mas o quadro, a pintura do cartão a que você se refere não existe. Se puder, me dê o teu endereço que assim que eu tiver um tempo eu te envio os dados que disponho.

Matteo forneceu então o seu telefone e endereço. Mas ficou insatisfeito com a resposta de Antônio que, mesmo sendo o responsável pela arte do cartão, em nada lhe ajudara.

Mas como um cartão igual a seu quadro não fora tirado de nenhum lugar? Isto não podia ser verdade. Ou se fosse verdade, seria, quem sabe, um fenômeno de telepatia.

De qualquer forma, mesmo se fosse telepatia, era um fenômeno o que ocorrera. Será que nos momentos em que vibrara com o seu quadro, a energia que irradiara fora tamanha que o autor do cartão lá em São Paulo recebera a imagem? Não, isto era loucura. Logo para ele, médico, acostumado com as coisas práticas e reais, estar pensando assim.

Teria este quadro algo de estranho, de transcendental? Começou a ter medo dos pensamentos que o afligiam. Teria que ficar aguardando o que Antônio lhe mandaria para ficar mais satisfeito. Ou então ir a São Paulo, levar uma foto e ver o que poderia conseguir a mais. A conversa com Antônio o deixara extremamente frustrado. Quando pensava ter encontrado um caminho, uma luz, esta misteriosamente se apagava. Mas não restava alternativa senão aguardar.

Os dias iam se passando e nada de chegar a carta ansiosamente esperada. A demora para Matteo era algo compreensível, afinal era fim de ano, ele entendia que normalmente as pessoas estão sobrecarregadas de trabalho. Em uma agência de publicidade não deveria ser diferente, principalmente por ser uma época de festas.

Cada dia que passava ele pessoalmente ia até a caixa do correio de sua residência e todo dia era a mesma decepção: nenhuma correspondência de São Paulo.

CAPÍTULO VII

Isso não impediu que Matteo e sua família tivessem um final de ano dos mais felizes de sua existência. O ano tinha sido bom. Matteo era um médico cada dia mais feliz, além de um vereador respeitado, o que para ele era uma glória, ser um representante de sua comunidade no Legislativo local. Sentia-se honrado. Adorava a vida que levava, trabalhava em média quinze horas por dia, era demais, ele mesmo reconhecia, mas tinha sido uma decisão sua. Ainda ficaria até o final de seu mandato como vereador, mas já decidira que ao findar o mandato iria se dedicar somente à profissão que abraçara: a medicina.

Com tantas ocupações, câmara de vereadores, medicina, professor universitário, Matteo não notava a passagem do tempo. Os dias fluíam rapidamente e quando deu por si, já estava na segunda quinzena de janeiro. Percebendo que os dias escorriam e sem receber nenhum retorno de São Paulo, Matteo começou a pensar em outra forma de solucionar ou poder se orientar em sua pesquisa. O funcionário da agência de publicidade lhe havia dito que o cartão era uma mera montagem de computador. Provavelmente não estaria dando a si crédito nas informações que passara, ou então estaria preocupado em saber que alguém tendo o quadro do motivo do cartão, cuja imagem havia sido reproduzida, pudesse estar querendo tirar algum proveito da situação. E assim, pensando em achar outra saída, Matteo lembrou-se de seu primo, um padre jesuíta, que fora provincial, e que vivera durante vários anos em Roma, no Vaticano.

Quem sabe Padre Leopoldo Adami não poderia lhe ajudar? Por certo, durante os anos que vivera em Roma, as artes deveriam ter exercido algum fascínio neste primo, que Matteo considerava o mais letrado e ilustre de seus familiares.

Padre Leopoldo ouviu atentamente a história de Matteo, achando-a bem estranha e orientando-o a procurar um professor de nome Bardi, que vivia em São Paulo.

CAPÍTULO VII

– Bardi sabe tudo – dizia ele. – Acho que ninguém no mundo sabe tanto sobre Renascença como o Professor Pietro Bardi.

O modo objetivo e a convicção com que falava do professor impressionaram Matteo, que até aquele momento nunca ouvira falar do Professor Bardi, pelo menos este nome lhe soava estranho aos ouvidos, mas a forma segura como Padre Leopoldo falava reacendeu as esperanças de que um novo caminho se abria para a sua pesquisa.

Padre Leopoldo ainda lembrou de que Matteo precisaria ter muito cuidado, pois se fosse uma pintura importante poderia valer milhões, razão pela qual teria que ser extremamente cauteloso.

Seguindo a orientação de Padre Leopoldo, no dia seguinte telefonou ao MASP – Museu de Arte de São Paulo. Assim, teve o primeiro contato com a secretária da instituição. Para sua decepção, no MASP lhe informaram que o Professor Bardi, em função da idade – 92 anos – não mais fazia perícia de quadros, tão pouco trabalhava, e que vez por outra ele aparecia no museu. Quando surgia alguma pintura que merecesse um estudo mais profundo era feito pela Sotheby's. A secretária então forneceu o telefone e o endereço do representante brasileiro na Sotheby's em São Paulo, Pedro Lago.

Já era alguma coisa, mas mesmo com esta informação, Matteo ficou bastante desanimado. Não havia outra saída, teria que colocar nas mãos de um comerciante de arte o futuro de seu quadro. Como não havia outro caminho o jeito era seguir a orientação da secretária do museu. Embora decidido a seguir isso, Matteo queria a certeza do anonimato. E foi por isto que, após conversar com o seu cunhado, resolveu enviar a fotografia em nome desse seu cunhado. Eventualmente se houvesse qualquer tentativa de sabotagem o quadro não estando em poder de seu cunhado, não corria riscos, pois seu endereço permanecia anônimo, em segurança com Matteo. Outra precaução tomada por Matteo foi en-

CAPÍTULO VII

tregar o quadro aos cuidados de um banco para evitar um possível desaparecimento de obra tão rara.

Antes, porém, de enviar a Sotheby's, Matteo telefonou para saber detalhes de como deveria proceder, quando teria resposta, que garantias teria de que a avaliação não era fraudulenta, sendo informado de que deveria enviar junto com a fotografia um pequeno histórico do quadro. Como chegara ao Brasil? Como viera da Itália? Que ano? Quem o trouxera?

Na esperança de encontrar uma luz, Matteo criou três versões que poderiam motivar os peritos a darem crédito ao seu quadro, e quem sabe investigarem melhor a sua tela. Na primeira versão, o quadro seria de um missionário que, vindo ao Brasil, o trouxera consigo, e que, posteriormente, havia doado a pintura a um amigo seu, o qual em seguida a passara de geração em geração até finalmente chegar às mãos de Matteo. Na segunda, o quadro fora salvo de uma igreja destruída por um incêndio na Itália. O bispo da diocese resolveu então presenteá-lo ao padre que o salvara do incêndio. O quadro teria vindo com este padre quando se tornara missionário e decidira vir ao Brasil. Posteriormente, ele presenteou um colono amigo seu, dizendo ser uma obra de muito valor. E a terceira versão contava que um dos imigrantes, que ajudara a salvar o quadro do incêndio na igreja, ao deixar a Itália, por volta de 1860, foi presenteado pelo pároco, juntamente com outros que partiam daquele país, como forma de estímulo pela coragem de imigrar para terras longínquas, e para que, se espelhando nela, permanecessem fiéis à religião e a Deus.

Uma vez feita a carta e enviada com a fotografia, Matteo esperou para saber a opinião de uma das mais abalizadas casas de leilões do mundo.

Em função do trabalho, Matteo não percebeu o tempo passar e ficou surpreso quando seu cunhado ligou para dizer que acabava de receber um telefonema do representante da Sotheby's no

Brasil, o qual lhe informava que o quadro fora avaliado entre dez a quinze mil dólares. Se houvesse interesse seria restaurado e assim seria vendido no leilão. O restaurador receberia dez por cento do valor pago pela obra leiloada.

Agora Matteo começava a compreender porque até aqui ninguém conseguira descobrir nada sobre o quadro. Será que iria acontecer o mesmo com ele? As portas de repente estavam todas fechadas. Era sem dúvida uma grande decepção. Ele estava convencido de que tinha uma obra de valor não comercial, mas histórico, e agora acabavam de lhe oferecer dez a quinze mil dólares, sem nada lhe escreverem. Além de não auxiliar em nada na pesquisa sobre quem seria o autor do quadro, ele recebia apenas uma proposta fria, meramente comercial. A arte estava sendo vista sob o prisma do lucro fácil, da ganância, e não da sua beleza e de sua importância histórica.

O mínimo, pensava Matteo, era terem consideração pelo fato desta obra fazer parte daquilo que acompanhou os imigrantes italianos que para cá se deslocaram. Ela era um referencial de vida, uma forma de rememorar sua pátria e longínqua terra italiana. Mas a bela pintura estava sendo vista somente pelo seu valor financeiro e comercial.

Seria destino desta Madona ser apenas objeto da cobiça, da ganância e do lucro fácil? Não, isto teria que acabar! Ela iria terminar seus dias em um lugar onde sua beleza e sua história predominariam. Também pela riqueza dos traços de quem a pintara e a meiguice que a face da Madona retratava, e isto só iria acontecer quando ela estivesse em um lugar que ela bem merecia, ou seja, um grande museu.

CAPÍTULO VIII

Escrevera uma história capaz de convencer ou, ao menos, chamar a atenção para a possibilidade de ser um Rafael, mas de nada lhe adiantara. Teria que procurar outro caminho, provavelmente mais difícil, mas era a solução. Como iria a Nova Iorque e Boston, seguindo depois para a Europa, visitaria museus, um de seus passeios preferidos, quem sabe em um dos vários museus existentes por lá alguém pudesse lhe ajudar?

A viagem estava prevista para maio. Possivelmente estaria ele encontrando uma nova saída, mais séria, pois agora buscaria um museólogo, alguém que acreditasse ou, ao menos, lhe desse a devida atenção.

Iria esperar até maio.

Ocupado como sempre estava o tempo fluiu rápido e maio não tardou a chegar.

Passaporte na mão, malas prontas, já despachadas, sentados em uma sala especial destinada aos passageiros da primeira classe, tomando um drink para relaxar de tantas tensões vividas nos últimos tempos, Matteo e Lola aguardavam ansiosos o momento de serem chamados para o embarque. Quantas coisas passavam por suas cabeças. Esta viagem era de suma importância, não só por que iriam tentar encontrar alguém para lhes ajudar, como também pelo real motivo da viagem, pois Matteo iria participar de um Congresso Médico em Boston, após o qual seguiria para o continente europeu.

Ainda saboreava alguns canapés quando o alto-falante da

CAPÍTULO VIII

sala VIP avisou para que se dirigissem ao embarque. Como voar não era coisa que Matteo amasse, para diminuir sua tensão ele preferia voar na primeira classe, ali se sentia melhor, menos pessoas e mais espaço faziam com que se sentisse um pouco mais seguro.

Já acomodado em sua poltrona, a aeromoça lhe perguntou:
– O que deseja beber?
– Champanhe francês. É mais leve, me deixa menos tenso.

O voo transcorreu sem incidentes e pela manhã pousaram em Nova Iorque. Sem perder tempo tomaram um táxi e dirigiram-se ao centro. Tinham reserva no Doral In, e como era esta a sua segunda passagem por Nova Iorque, Matteo imaginava encontrar um pouco de frio, mas foi surpreendido por um belo dia primaveril, com calor na faixa de trinta graus, o que obrigou o casal a trocar suas roupas próprias para o frio e vestir algo mais leve. Planejavam ficar dois dias em Nova Iorque e depois seguirem de carro até Boston. Para animá-los ainda mais, na chegada foram surpreendidos no hall do hotel por três casais de velhos amigos, conterrâneos seus, que estavam hospedados no mesmo hotel.

Já refeitos do cansaço inicial da viagem, Matteo e a esposa resolveram passear pela cidade, aproveitando a noite para ir a um show de ballet, e depois jantar em um restaurante giratório de onde se descortinava uma excelente vista panorâmica da famosa metrópole.

No dia previsto, dirigindo um carro alugado, o casal seguiu em direção a Boston. Foram mais ou menos 350 quilômetros de uma estrada irretocável, com percurso ora muito interessante, ora um pouco monótono.

Pararam em Mystic, onde ao meio-dia almoçaram lagosta no confortável Restaurante Taco.

Deixando a cidade de Mystic, partiram para o destino final de sua viagem: a cidade de Boston.

CAPÍTULO VIII

Eram mais ou menos quatro horas da tarde quando chegaram a Boston. A primeira coisa que fizeram foi procurar um hotel próximo ao Copley Square Mariott, onde se realizaria o congresso do qual Matteo iria participar, felizmente algo fácil de encontrar. Chegaram bastante cansados, mas isto não os impediu, após tomarem uma boa ducha, de darem uma volta pelas ruas encantadoras da cidade, que em muito os fez recordar Londres, onde Matteo vivera enquanto fazia um curso de especialização em cirurgia de cólon e reto, no famoso Hospital São Marcos.

Já no segundo dia, enquanto Matteo ia às conferências médicas no hotel em frente ao que eles estavam hospedados, Lola aproveitava para fazer alguns passeios pela cidade junto com as esposas de outros médicos.

Ao final do dia, Lola lhe contou que conhecera a Universidade de Harvard e que lá visitara o museu.

Estava deslumbrada com tudo que vira.

– Tens que conhecer.

Como na noite anterior tinham assistido no teatro local a um show da Orquestra Pop de Boston, que os deixara encantados, a revelação de sua esposa o deixou ainda mais eufórico.

– Terei uma folga daqui a dois dias à tarde. Vamos juntos, quero conhecer Harvard. Estar em Boston e não conhecer Harvard é como ir a Roma e não visitar o Vaticano.

De fato, na quarta-feira à tarde, com um mapa da cidade de Boston, ambos se dirigiram à Universidade. Não tiveram dificuldade para chegar até lá, pois o caminho de onde estavam até a Universidade era praticamente uma reta. Deixando o carro em um parque próximo, eles se encaminharam para os jardins da antiga instituição. Matteo ficou encantado, pois muito já tinha escutado e lido sobre Harvard, mas nunca imaginara um dia estar dentro da Universidade. Sentindo um misto de encanto e de real, foram andando e conhecendo. Só o fato de caminhar entre

CAPÍTULO VIII

os edifícios das faculdades de Economia, Direito e outras tantas, proporcionou ao casal uma sensação inebriante. Mesmo assim fizeram questão de conhecer algumas dependências da Universidade que estavam abertas à visitação pública. Visitaram o Museu de História Natural, onde vários animais já extintos estavam expostos, répteis gigantes da América do Sul, conterrâneos continentais do casal, mas jamais expostos em museus locais. Subitamente, Matteo disse para Lola:

— Vamos até o Museu de Arte, quero ver se encontro alguém para nos ajudar.

Saíram do Museu de História Natural e se encaminharam ao Museu de Pintores Famosos.

Chegando lá, foram aos poucos passando de sala a sala, vendo obras variadas: Van Gogh, Gauguin, Renoir, entre outros.

Ao passarem por uma das salas, um senhor já idoso, que estava a verificar um pequeno problema no chão da sala, atraiu a atenção de Matteo, que se dirigiu a ele e perguntou:

— O senhor trabalha aqui?

— Sim.

— O senhor poderia nos informar quem é o responsável pela manutenção e restauração dos quadros?

— Por quê? O senhor tem interesse em pinturas?

— Sim – respondeu Matteo. – Tenho uma obra rara e antiga em meu país e necessito que alguém me ajude na identificação do autor. Já fiz várias tentativas e ainda estou sem pista alguma.

— Escute, vou telefonar para a senhora Tery, se ela estiver o senhor fala pessoalmente com ela, é a responsável por este setor.

— Pois não.

De fato em instantes ele estava ao telefone a conversar com Tery, a conservadora do Museu da Universidade de Harvard.

— É a senhora Tery?

— Sim.

CAPÍTULO VIII

— Miss, desculpe-me a forma como eu estou tendo o primeiro contato com a senhora por telefone, mas o fato é o seguinte...

Matteo, então, explicou que ele possuía uma obra italiana, uma Madona, e gostaria de descobrir o autor.

Ela gentilmente lhe orientou como deveria proceder dizendo que iria fazer o possível para lhe ajudar. Bastaria que Matteo lhe enviasse uma foto do quadro que ela iria dar a sua opinião e indicar qual o procedimento adequado.

Após agradecer pela atenção e prometendo lhe enviar o material o mais breve possível, Matteo se despediu. Em seguida, conforme o pedido da museóloga, Matteo passou o telefone para o senhor que lhe atendera. O senhor apanhando uma folha de papel escreveu o nome completo de Tery, com o endereço e entregou a Matteo.

O casal ainda ficou por mais alguns segundos conversando com o desconhecido e prestativo senhor, para em seguida se despedir. Lola podia sentir que seu marido irradiava felicidade, pois agora encontrara um começo real de investigação. Muito gratos, despediram-se e continuaram sua visita ao museu, agora alegres e felizes de terem vindo a um lugar que lhes abrira uma nova porta na investigação. Ainda tiveram tempo para andarem por vários e diferentes pontos da Universidade de Harvard, que é um dos pontos de referência cultural dos Estados Unidos e da humanidade.

Bastante cansados, pararam em um bar, fizeram um lanche rápido e voltaram ao hotel, onde descansaram deste dia que, sem dúvida, os deixou exaustos.

Permaneceram ainda mais dois dias em Boston até o final do Congresso, para só depois retornarem a Nova Iorque.

Estavam encantados com Boston, embora de dia não tivessem tempo para conhecer a cidade, à noite sempre saíam para alguma programação e assim puderam conhecer o teatro e assistir ao show da Orquestra Pop de Boston, um sucesso, depois jantar

CAPÍTULO VIII

no Antony's Pier Four, onde num ambiente muito natural à beira-mar são servidos excelentes pratos com variados tipos de peixe.

Enfim, deu para ter uma ideia de Boston, uma cidade que, além de ser sede da Universidade de Harvard, também é famosa por ser o berço da família Kennedy. John Fitzgerald Kennedy ainda continuava sendo para Matteo o maior mito do século XX. Por isto poder ver no Antony's Pier Four fotos dos Kennedy impressionou bastante o casal, pois saber que estavam sentados onde os Kennedy muitas vezes estiveram era mais uma realização em suas vidas.

O caminho de volta foi o mesmo da ida, com parada em Mystic para degustarem lagosta, e após, Nova Iorque.

Novamente o hotel escolhido foi Doral In. Aproveitaram ainda os dois dias restantes para visitarem outros pontos interessantes de Nova Iorque, e também para fazerem algumas compras, sem esquecerem de fazer uma visita ao Empire State e a algumas lojas e restaurantes badalados, como o Green.

Dois dias passados, seguiram à caminho da Europa. Do aeroporto Kennedy até a Alemanha foram algumas horas de confortável viagem.

Na Europa, além dos contatos já previstos, a viagem transcorreu sem grandes novidades, afinal esta já era mais uma de tantas que haviam feito à Alemanha. Mesmo assim a emoção sempre era como se fosse a primeira vez. Havia muitas coisas que ligavam Matteo sempre mais a este país extremamente democrático e economicamente estável. Além de sua mãe ser descendente de alemães, ele tinha aí grandes amigos que fizera num pequeno período de experiência política, pois Blumenau, a cidade onde Matteo e Lola moravam no estado de Santa Catarina, era considerada uma cidade germânica dentro do Brasil.

Era dez de junho quando, com saudades das filhas, retornaram.

Fora onde nasceram, onde tinham decidido que iriam ter-

CAPÍTULO VIII

minar seus dias, mas antes, pensava Matteo, muita coisa teriam que fazer.

E iriam por certo procurar fazê-lo com perfeição e amor.

A primeira coisa que o casal queria era rever e matar a saudade de suas filhas e para isto nada melhor do que o final de semana em sua casa de praia.

Lá, por certo, ninguém iria importuná-los. Certamente amigos muito chegados iriam lhes telefonar para saber das novidades, mas estes eles atenderiam com satisfação.

Assim que voltaram do seu agradável final de semana, Matteo começou a se preocupar com o quadro e por isto mandou fazer fotos novas para enviar a Boston. Fez uma história bastante parecida com a que mandara a Sotheby's, mas agora escrita com mais convicção. Teria que tentar convencer alguém sobre a possibilidade real do seu quadro ser um original. Tinha mais confiança nesta museóloga e, embora não a conhecesse pessoalmente, somente por telefone, talvez por que conhecera Harvard, lhe parecia mais confiável. E agora tinha que começar a acreditar e contar com pessoas que não só quisessem ajudar, mas também entendessem de artes plásticas. Era importante que alguém acreditasse na possibilidade de ser uma Madona Renascentista, para então ajudá-lo na pesquisa.

A carta foi bem elaborada. A foto que escolhera era a melhor das que fizera até então, e agora era só enviar e aguardar a resposta. Na vez anterior mandara seu motorista, mas agora não, ele fazia questão de levar pessoalmente ao correio. Queria ter a certeza de que a carta chegaria ao seu destino.

Os dias iam se passando e Matteo aguardava tranquilo, mas a partir do décimo dia, a expectativa começava a ser cada vez maior. Diariamente ia ao correio ver se a correspondência esperada chegara. Um dia ao ver o selo anunciado U.S.A. ficou feliz, mas ao ver o endereço notou que o destinatário era sua filha, que

CAPÍTULO VIII

se correspondia com uma amiga de Houston, a qual conhecera no navio, quando fizeram um cruzeiro às Bahamas, no Caribe.

Mas, alguns dias depois, o correio lhe entregou a carta que tanto esperava. Estava finalmente em suas mãos a resposta da carta que enviara a Boston. Chamou sua esposa e disse:

– Veja, enfim chegou a resposta de Harvard.

– Vamos abrir com cuidado – respondeu Lola.

– Espero que tenhamos surpresas agradáveis.

– Quem sabe!

O timbre da Universidade na correspondência era a certeza que estavam recebendo a resposta que tanto ansiavam.

Lentamente abriram o envelope. Dentro dele estava a foto que enviaram a Boston juntamente com uma carta. "O quadro não parece ser um Rafael, as proporções das figuras não me parecem ser de Rafael. No entanto, é possível que as fotografias tenham distorcido um pouco as proporções." E continuava dando conselhos de como fazer para conservar a obra. Chamava a atenção para o estado precário de conservação do quadro. Antes de finalizar, Tery ressaltou que ela não era perita neste tipo de quadro, aliás, isto ela já lhe havia dito em Boston, acrescentando que poderia apenas lhe orientar. De fato recomendou que ele procurasse um restaurador para o mais rápido possível recuperar a obra.

Não era exatamente a carta que esperavam, mas já era um progresso – primeiro porque ela não afastou a possibilidade de ser obra de um grande mestre e segundo porque ela mesma dizia que as fotos foram insuficientes para uma análise mais segura. Outro fator positivo foi a recomendação de restauração imediata, já que a obra corria o risco de se deteriorar definitivamente, sendo importante que Matteo não deixasse passar muito tempo sem recuperá-la.

Embora não fosse o ideal, tinha sido uma resposta séria de uma pessoa que de fato se preocupara em tecer um comentário

CAPÍTULO VIII

criterioso. Só o fato de não ter afastado a possibilidade de ser uma das obras de um grande mestre já valeu muito, muito mesmo, saber que uma pessoa que entendia de arte não afastava a possibilidade de ser uma obra importante, já era um grande progresso. E tinha uma coisa da qual tanto Lola como Matteo estavam convencidos que a partir daquele momento: na próxima ocasião fazerem uma foto mais perfeita, mesmo porque a que tinham enviado a Boston fora batida sobre um cavalete de pintura e como a parte superior do quadro ficara mais para trás, isto poderia perfeitamente justificar o porquê de Tery achar que as proporções não eram de Rafael.

A inexperiência de quem nunca fizera uma expertise, nunca precisara fazer qualquer tipo de investigação, e naquele momento precisava e estava fazendo, era o que alertava Matteo a não esperar que as coisas fossem fáceis. Ele gostava de se espelhar em Fleming, que para descobrir a penicilina, fazendo uma média de 100 repicagens bacterianas por dia, ao notar que em uma das placas não crescia bactéria, quis saber o porquê do não crescimento delas naquele local. E assim, descobriu o fungo produtor da penicilina. Se tivesse jogado a placa fora, considerando esta como imprópria para a leitura, a humanidade talvez ainda não tivesse descoberto o antibiótico.

Se ele não fizesse o mesmo, e apenas considerasse o seu quadro como velho e estragado, quem sabe poderia estar jogando fora um achado precioso. E isto decididamente não era o que desejava.

CAPÍTULO IX

Já mais aliviado de tanta tensão e trabalho profissional, Matteo voltou-se exclusivamente à sua profissão, pois era médico por amor e por convicção e pela certeza de que podia muito ajudar as pessoas com a medicina. Após um período turbulento, durante o qual trabalhara em demasia, Matteo tinha agora tempo suficiente para prosseguir em sua investigação. Assim, tomou uma decisão: iria novamente tentar conseguir junto à agência de publicidade alguma informação a mais. Não recebera a correspondência prometida, quem sabe o informante não teria escondido alguma coisa especial ou um dado importante. Assim pensando, no primeiro momento de folga fez uma nova ligação a São Paulo.

— Por gentileza, a senhora poderia me transferir para o setor onde se monta a arte para cartazes e cartões de Natal?

— Pois não, mas o que o senhor deseja?

— É que eu gostei de um cartão de Natal de um banco que foi realizado por esta agência e eu gostaria de falar com os elaboradores.

— Pois não, um momento.

A telefonista transferiu a ligação e quem atendeu foi a secretária do setor.

— Quem fala? – perguntou Matteo

— Aqui é Vânia.

— Por gentileza, tens um pouco de tempo para me escutar?

— Sim, por que não?

CAPÍTULO IX

Matteo então relatou que recebera um cartão de Natal do banco e gostaria de saber de quem era a pintura e de onde fora tirado o motivo.

– Olhe senhor, este não é meu serviço, mas eu posso passar ao encarregado do setor, que pode lhe dar maiores informações.

Pacientemente, Matteo explicou que já tivera este contato, meses antes, mas a pessoa com quem falara era muito ocupada e que talvez por isto não lhe enviara a correspondência prometida, nem lhe dera muita importância e por isto pedia gentilmente que ela tentasse conseguir esta informação para ele.

– Veja bem, no momento eu não tenho tempo, mas assim que eu dispuser vou ver se consigo a informação que o senhor deseja.

– Obrigado, desde já. Ficaria muitíssimo contente.

– Não há de quê.

– Olha, muito obrigado mesmo. E se não te incomodo, posso voltar a te ligar?

– Claro, fique à vontade.

– Novamente, muito obrigado e até breve.

– O senhor pode me ligar dentro de dois dias, vou ver se consigo alguma informação útil. Até lá.

Depois da carta de Harvard e do contato com Padre Leopoldo, este telefonema foi para Matteo o acontecimento mais positivo que tivera até então. Estava feliz, parecia que uma nova possibilidade de saber quem de fato era o autor da obra publicada no cartão de Natal se descortinava. Claro, iria depender muito da vontade de Vânia.

Conforme o combinado, dois dias depois Matteo voltou a ligar a São Paulo. Estava ansioso pelas informações de Vânia.

– Por gentileza, ramal de Vânia. Alô. É Vânia?

– Sim, quem fala?

– Matteo.

CAPÍTULO IX

– Oi, Matteo, como vai?

– Bem. E você?

– Tudo bem. Já sei – emendou ela –, você quer saber sobre o cartão?

– Adivinhou.

– Olha, já descobri o livro de onde foi tirada a foto, mas ainda não pude buscá-lo, por favor, me ligue à tarde que eu vou te informar direito.

– Não tem problema, você está me ajudando muito. Um dia quero ter o prazer de te agradecer pessoalmente. Vou com bastante frequência a São Paulo e numa destas ocasiões faço questão de conhecê-la. À tarde voltarei a te ligar e me desculpe o incômodo.

– Não tem problema – respondeu Vânia.

– Até à tarde então.

A informação que obtivera, em saber que havia um livro de onde fora tirado o cartão, deixara Matteo mais otimista. Agora iria saber se foi uma fotomontagem, uma pintura, ou um pedaço, uma parte de alguma pintura.

Como fazia cotidianamente, às quatro horas da tarde Matteo costumava chegar em seu consultório, mas a curiosidade em saber novidades da capital paulista era tamanha que, nesse dia, quinze minutos antes do habitual já estava em seu gabinete ligando para a agência em São Paulo.

– Alô, Vânia, como vai? Tem alguma novidade?

– Sim, você está sentado?

– Sim, por quê?

– A obra é de Rafael. É um quadro que aqui está publicado em preto e branco, o autor da pintura é Rafael.

Matteo fez um esforço sobre-humano para conter sua emoção.

Um Rafael! Não era possível, o seu quadro, ou melhor, o quadro igual ao seu era um Rafael?

— Você está brincando, Vânia?

— Não, claro que não! Foi tirada de uma Enciclopédia Americana com inúmeras fotos de quadros antigos.

— Não posso acreditar, você disse Rafael?

— Sim, o quadro de onde saiu o cartão de Natal é um Rafael.

— Olha, não sei como te agradecer. Tu tens alguma ideia de onde eu poderia conseguir este livro?

— Isto eu não sei. Mas se quiseres eu posso mandar por fax uma foto da capa do livro e da página onde foi publicada a foto.

— Vânia, eu não tenho fax. Mas posso conseguir o número de um amigo, e se não for difícil para ti, eu ficaria muitíssimo agradecido se me mandares.

— Não tem problema, farei com prazer.

— Logo que eu tiver o número do fax, eu te telefono. Está bem assim?

— Claro, Matteo.

— Então muito obrigado, espero um dia poder te agradecer pessoalmente.

— Eu é que fico contente em poder ser útil.

— Tchau e muito obrigado mesmo.

Matteo, após desligar o telefone, não se conteve de emoção, sorriu, abriu os braços e exclamou:

— Eu sabia! Tinha que ser de algum pintor famoso! Mas Rafael, isto era demais! Não podia ser verdade. A pintura do cartão era de uma Madona de Rafael.

Se aquele do cartão era um Rafael, o que seria, então, aquele que estava em sua casa? O que ocorrera? A alegria era tamanha que tinha que partilhar com alguém, e em ato contínuo ele ligou para Lola e contou o ocorrido.

— Imagine, meu bem! O cartão é de um quadro de Rafael!

Passado este impacto inicial, Matteo sabia que ainda tinha mais o que fazer, precisava achar um amigo que tivesse um fax.

CAPÍTULO IX

Não foi difícil, Anselmo, seu amigo, tinha um e era só consultar para saber se poderia usá-lo.

— Claro, Matteo, não tem problema, podes usar.

E, imediatamente forneceu o número para Matteo, que, na posse do número desejado, ligou para São Paulo. Agora era só aguardar. Vânia disse que mandaria o pedido na primeira oportunidade.

Findo o expediente, Matteo resolveu passar no escritório de Anselmo para saber se o fax havia chegado, e também agradecer a gentileza do amigo, que tinha sido tão prestativo em atendê-lo.

Como já esperava o fax ainda não tinha chegado, mas isto não diminuía o seu entusiasmo, pois tivera muita emoção para aquele dia. Tinha muita coisa para conversar com Lola.

— Não te falei, Lola, que a obra era de Rafael? Estou louco de curiosidade para ver o fax.

De fato esta notícia os deixou muito entusiasmados. Valeu a pena toda persistência, toda abnegação, todo crédito que devotavam ao quadro.

Aquele dia seria inesquecível. Saber que tinham em sua casa um quadro que era igual ao de Rafael era uma loucura. De fato, agora teriam motivo para se preocuparem.

Tinham que zelar pela conservação com o máximo carinho possível. Se até aqui já vinham devotando atenção especial, agora então, que sabiam ser uma cópia ou até mesmo um autêntico Rafael, a história ficava ainda mais séria. Quem sabe o seu não seria um autêntico? Por que não? O seu quadro era antiquíssimo. Os traços da Madona e da criança eram lindíssimos. Viera com imigrantes italianos, diretamente da Itália, país onde Rafael pintara. Não era uma coisa tão impossível.

Mas sonhar demais não era prudente, seria melhor aguardar o fax. Para Matteo este fato novo veio a ser o estímulo que estava precisando. Era um novo tônico, um estimulante, um superener-

CAPÍTULO IX

gético moral que por muito tempo daria força e impulsão para as novas etapas que, por certo, estariam à frente em sua caminhada.

Naquela noite, foram se deitar bem mais tarde do que de costume. Quantas coisas conversaram. Um grande começo saber que havia um quadro igual ao seu pintado por Rafael.

Como de costume antes de dormir Matteo e Lola fizeram a oração de agradecimento por mais um dia cheio de surpresas que por certo Deus lhes presenteara. Não conseguiam adormecer. Eram tantas e tantas indagações que ficavam sem resposta em sua mente. Quem trouxera o quadro ao Brasil? Tinham sido os padres? Os imigrantes? Era verdadeiro? Por que até hoje estava no anonimato? Mesmo que fosse cópia, por que ninguém sabia? Por que a foto em um livro? E com estes pensamentos só adormeceram muito tarde, assim mesmo tiveram um sono agitado.

Após realizar as cirurgias que habitualmente fazia todas as manhãs e passar visita em seus pacientes internados, Matteo se dirigiu à clínica e ligou para o escritório de Anselmo para saber se chegara alguma novidade de São Paulo.

Foi informado que ainda não, mas que tão logo chegasse seria comunicado.

Antes de terminar o atendimento matutino, a secretária lhe informou que havia uma ligação da secretária de Anselmo. Ele já sabia do que se tratava, mesmo assim fez questão de escutar a secretária lhe comunicar que o fax que estava esperando chegara.

Procurando ser objetivo com seus pacientes, Matteo terminou logo o expediente e se dirigiu então ao escritório de Anselmo. Lá chegando, recebeu o fax que se encontrava dentro de um envelope. Rapidamente agradeceu o amigo e retirou-se. Enquanto descia as escadas abriu o envelope, parou e então começou a olhar o que tanto ansiava ver.

A foto era uma Madona de Rafael que fora publicada em 1851, e que havia sido republicada em uma Enciclopédia Ameri-

CAPÍTULO IX

cana, mas a foto era uma cópia do livro original alemão de 1851. Também dizia que a enciclopédia tinha fotos de 11.726 pinturas.

Matteo, ao entrar em seu carro, antes de dar a partida, ficou admirando o fax que recebera. Não acreditava no que via. Uma foto publicada no ano de 1851 semelhante ao seu quadro. E dentre 11.726 fotos que havia no livro, escolheram logo aquela, justamente a do seu quadro. Era uma grande coincidência.

Ligando o carro enquanto voltava para casa começou a pensar que se o livro fora publicado em 1851 e o seu quadro viera ao Brasil em 1860, bem que poderia o seu quadro ter sido fotografado antes de vir para o Brasil. Agora teria que saber se a foto de 1851 era de outro quadro ou do seu. E se existisse outro quadro, onde estaria então?

Se bem que naquela época copiar era até muito comum. Agora a pesquisa seria toda voltada em descobrir o porquê das diferenças. O seu quadro seria uma mera cópia ou seria o original? Existiria outro quadro igual?

Já na posse do fax, naquele dia, após o seu expediente normal, Matteo com uma régua milimétrica começou a fazer as medições da foto do seu quadro com a foto do livro publicado.

Descobriu então que várias partes eram ligeiramente diferentes. Havia uma estrela no vestido da Madona que não coincidia com o seu quadro, a mão do bebê no seu quadro estava mais abaixo, quase na altura da sobrancelha, ao passo que no livro era um pouco mais abaixo da testa. Os olhos também revelavam pequenas diferenças: no seu quadro havia uma pintura sobre o sexo da criança que não havia no livro, embora a pintura fosse grosseira e Jaime lhe informara que possivelmente teria sido obra de algum padre, com o intuito de cobrir o sexo do menino. Enfim, vários pequenos detalhes eram diferentes. Ou seja, eram duas Madonas iguais, na posição, no motivo, tudo igual. O livro na mão esquerda, o olhar na mesma direção, os pés da criança no mesmo local, as mãos, os dedos, enfim iguais. Mas para quem olhasse, como ele estava olhando, dava para perceber as mínimas diferenças.

Isto o intrigou demais. Por que estes pequenos detalhes? Teria que encontrar uma explicação. Será que em 1851 já havia máquina fotográfica? Livro de 1851 impresso com fotografia? Seria falha técnica? Teria que ir atrás, estudar como eram feitas as impressões naquela época. Como se editavam os livros. Saber sobre as fotogravuras. Matteo nem mesmo sabia se era possível fotografar antes de 1851. Não havia outra solução, teria que investigar.

E assim, depois de muito refletir e muito pensar, ele decidiu conhecer a história da fotografia, como seriam as impressões dos livros naquela época, meados do século XIX. Quem sabe o erro não fora executado na montagem? Ou quem sabe ao se tentar copiar não teriam feito uma cópia com certas imperfeições?

Era incrível, dava um passo à frente e logo novo desafio. Novas pesquisas, a ensejarem mais estudo.

Como era bem relacionado, Matteo sabia que não teria dificuldades em obter dados bibliográficos sobre este assunto. Tinha onde conseguir informações.

Na manhã seguinte, lembrou-se de que Rubens, fotógrafo, poderia lhe ajudar. Rubens era desses amigos que poucas vezes encontrava, mas nos contatos que tivera percebeu que ele conhecia muito de fotografia e escritos antigos. Por que não ligar?

Rubens, assim que soube que Matteo buscava informações sobre a evolução da fotografia, da impressão e a evolução da imprensa, lhe recomendou que falasse com outro amigo seu, o fotógrafo Dietz.

— Eu vou ver o que posso te conseguir, mas o Dietz tem um bom material, eu diria que tem quase um museu sobre fotografia.

Surpreendente foi o modo como Rubens foi prestativo, pois no mesmo dia lhe mandou cópia de livros que tratavam sobre gravuras e fotogravuras.

CAPÍTULO IX

Na posse dos livros que recebera, Matteo embrenhou-se na leitura, e assim descobriu que Niepa fixou a primeira fotografia em 1822, e que, em 1839, Daguerre já fazia fotografias sobre lâminas de cobre prateadas e esfumaçadas com vapores de iodo, as quais, depois de expostas, eram desenvolvidas sobre mercúrio quente.

Soube que as primeiras ilustrações de jornais e livros consistiam em gravações rudimentares por meio de reproduções à mão dos desenhos correspondentes, em placas de zinco ou madeira. Muitos desses trabalhos foram reconhecidos como verdadeiras obras de arte, tal a dificuldade em sua elaboração. As confecções das primeiras fotogravuras foram dispendiosas, demoradas e com certas imperfeições de reprodução. Quem sabe não seria esta a causa das pequenas alterações na foto publicada no tal cartão de Natal?

Ficou sabendo também que só a partir de 1859 é que as fotografias começavam a ser usadas em larga escala na publicação dos livros.

Como as primeiras fotos começaram a ser feitas a partir de 1839 e as fotogravuras um pouco mais tarde, e como os processos eram muito rudimentares, seria mais do que compreensível que as falhas que ele encontrara quando comparou seu quadro às fotos do livro The Complete Encyclopedia of Ilustration fossem então justificadas.

Todavia, de qualquer forma isto poderia justificar o fato dos detalhes não serem totalmente iguais, embora houvesse ainda uma grande dúvida que deveria ser esclarecida: a foto da enciclopédia era do seu quadro ou porventura existiria outro? Se existisse, onde estaria? Isto Matteo teria que descobrir e, com certeza, não seria difícil sabê-lo.

Assim se questionava Matteo, quando novamente lembrou-se de Padre Leopoldo. Padre Leopoldo devia ter algum contato

CAPÍTULO IX

ou amigo na Itália que pudesse auxiliar nas pesquisas, afinal ele vivera boa parte da sua vida em Roma e fora superior dos jesuítas. Quem sabe não traria ele uma luz?

Dentro deste raciocínio, Matteo voltou a ligar para Padre Leopoldo. Porém, Matteo não sabia que entre o seu primeiro e este telefonema, Padre Leopoldo fora operado do coração, e isto de certa forma o abalou quando ele ligou para pedir ajuda na investigação, e no diálogo inicial e familiar que teve, soube então do ocorrido. Isto o constrangeu ao ponto de não se alongar muito sobre o assunto, ainda mais que Padre Leopoldo estava em recuperação. Por isto, apenas se limitou a comentar por alto como estava sua investigação e escutar do seu primo que Bardi era a maior autoridade sobre a Renascença em sua opinião.

– Escute a opinião do Professor Bardi – insistiu Padre Leopoldo.

Desejando recuperação rápida a Padre Leopoldo, Matteo desligou o telefone. Embora fosse grande a diferença entre a idade de ambos, e os contatos que tiveram não tenham sido muitos, para Matteo estes raros encontros sempre foram marcantes e significativos. O último, inclusive, fora em sua casa, onde teve a oportunidade de conversar demoradamente com seu primo, que para ele representava o verdadeiro sinônimo de sucesso, inteligência e sensatez.

CAPÍTULO X

Matteo ainda estava envolto em seus pensamentos com a recente conversa que tivera com Padre Leopoldo, quando Lola lhe perguntou quais seriam seus planos dali em diante.

– Ainda, não sei – respondeu ele. – O Padre Leopoldo, embora nós não falássemos muito sobre o quadro, voltou a falar no Professor Bardi.

– Então, por que não vamos tentar falar com Bardi?

– Vamos pensar até amanhã. Quem sabe não teremos outra ideia, se bem que este me parece o melhor caminho – respondeu pensativamente Matteo.

Ao acordar no dia seguinte, Matteo já havia tomado a decisão. Iria seguir os conselhos de Padre Leopoldo e encontraria uma forma de mostrar ao Professor Bardi as fotos do seu quadro.

O caminho era este. Não havia outra escolha mais simples e mais correta. Se a maior autoridade sobre a Renascença, o homem que durante anos trabalhara e vivera na Itália dedicando sua vida à arte, e que, segundo Padre Leopoldo, conhecia tudo sobre Rafael, estava ali tão perto, em São Paulo, por que não escutá-lo?

Estava decidido, agora tinha que encontrar o meio de conseguir falar com Professor Bardi. Era importante tentar de todas as formas o contato direto.

Assim pensando, no dia seguinte voltou a ligar para Sofia, secretária do MASP.

Não sabia se pela insistência ou pela convicção com que

CAPÍTULO X

falava, o fato é que Sofia deve ter ficado impressionada com sua persistência, e sem se comprometer demasiadamente, lhe explicou que o Professor quando ia ao museu, era sempre nas segundas-feiras. Por isso era importante que Matteo estivesse no museu numa segunda-feira. Ela iria fazer o possível para que o encontro acontecesse.

Matteo era um destes homens que sempre estão ocupados com várias atividades, a fazer as coisas como se estas já deveriam estar prontas. Sempre tinha mais alguma coisa a fazer, a tal ponto que uma vez seu amigo, governador de seu estado, Vilson Kleinübing, lhe chamara "O homem dos sete instrumentos". Evidente que era um pouco de exagero, mas sua vida era uma roda-viva que jamais parava. Assim mesmo, teria que achar tempo para resolver este impasse.

Neste último telefonema, sentiu-se mais confiante na ajuda de Sofia e, por isso, teria que aproveitar a oportunidade.

Tinha pensado de mil formas e maneiras, mas para ele sair um dia, quem sabe dois, seria bastante difícil. Foi aí que teve uma ideia que poderia dar certo: por que não pedir para Lola ir em seu lugar? Afinal, ela sabia tanto quanto ele. Estava tão convencida quanto ele, vivera dia a dia todas as emoções, desde o primeiro momento até agora, sem nunca desestimulá-lo. Ao contrário, ela era sua maior incentivadora. Logo, perguntaria a Lola se ela estaria disposta a correr o risco de ir a São Paulo, com a possibilidade de ter que voltar sem sucesso no seu contato com o Professor Bardi. Mas se não tentassem, nunca conseguiriam algo. Este encontro agora era fundamental, enfim o homem era não um simples especialista, mas "o especialista" em Rafael.

Lola não vacilou, aceitando de imediato a missão que lhe fora confiada. Iria tentar resolver os dois problemas de uma só vez. Falar com o Professor Pietro Maria Bardi e com o restaurador de quadros que lhes haviam aconselhado.

CAPÍTULO X

E assim, a esposa de Matteo, como que pressentindo que teria êxito, não hesitou e tomou para si a incumbência de ir até o Professor Bardi. Matteo, inclusive, já estava a contatar um amigo seu residente em São Paulo e que poderia ajudar Lola caso tivesse dificuldades de chegar ao Professor.

Como Lola aceitara a missão, primeiramente Matteo iria tentar esta possibilidade. Se falhasse, então iria usar a sua amizade com Albino Bacchi, morador da capital paulista, para chegar ao Professor Bardi.

Agora era tratar com Sofia o dia mais provável do encontro com o Professor e comprar as passagens de ida e volta para São Paulo.

CAPÍTULO XI

Antes de Lola seguir para São Paulo, Matteo planejou o que sua esposa diria ao Professor Bardi.

A documentação era muito pouca e a história insuficiente. O que poderia fazer para auxiliar o Professor Bardi? Matteo então se lembrou do que Jaime lhe falara sobre o bilhete muito antigo, escrito por um frei já falecido, encontrado atrás da moldura, e que iria lhe entregar. No entanto, o tempo passou e Jaime não achara ou não se dedicara a encontrar o mencionado bilhete.

Certamente o bilhete era importante e poderia trazer mais alguma informação sobre a obra.

A amizade entre ambos já havia propiciado vários encontros e como Jaime acabava de se mudar para sua nova residência, havia um jeito de solucionar este impasse. Visitá-lo em sua nova casa. Quem sabe Jaime já teria encontrado o bilhete ou tentasse achá-lo caso Matteo fosse pessoalmente falar com ele.

O sábado estava lindíssimo, céu azul, temperatura amena. Matteo convidou sua filha Priscila e juntos foram por uma estrada que cruzava uma das regiões agrícolas mais belas do sul do Brasil, contemplando arrozais, campos, várzeas onde reses pastavam, até chegar ao vilarejo no qual Jaime estava morando.

Chegando à bela cidadezinha, de poucas ruas e algumas centenas de casas, Matteo e sua filha não tiveram dificuldade em encontrar Jaime, que os recebeu durante um jogo de cartas que ele e sua esposa disputavam com um casal de amigos.

CAPÍTULO XI

Ao perceber a chegada de Matteo, Jaime solicitou que interrompessem o jogo de cartas, sendo imediatamente atendido por todos. Notou-se facilmente, pelo modo alegre e descontraído que se tratava de velhos conhecidos.

Jaime os convidou para um café, enquanto conversavam. Tinham muitas afinidades e Jaime, após chamar sua esposa, fez questão de mostrar cada canto, cada dependência de sua nova residência, que era bem condizente com a sua personalidade. Quem andasse e observasse a decoração iria perceber o modo e o jeito como Jaime e Graziela gostavam de viver. Conseguiam dar vida e beleza a pequenos detalhes. Cores alegres e vivas, algo típico dos descendentes italianos.

Jaime questionou qual o real motivo da visita de Matteo, que lhe disse estar tentando encontrar pistas para melhor decifrar o enigma daquela pintura, e que com o cartão de Natal surgira uma real possibilidade de saber quem é o verdadeiro autor.

Ao ser informado de que o cartão de Natal era de um quadro de Rafael, Jaime demonstrou estar verdadeiramente emocionado.

– Mas tu és um cara de sorte, Matteo. Já sabes que Rafael pintou um quadro igual ao que tens. Mas, Santo Deus, já pensastes se o teu for verdadeiro?!

Matteo ainda relatou a Jaime que no contato que tivera com a Sotheby's ficara muito decepcionado, dilema que persistiu ao contatar a Universidade de Harvard. Por este motivo ele havia procurado Jaime para saber se ele teria encontrado o tal bilhete do frade, sobre o qual ele havia comentado anteriormente.

– Quem sabe, Jaime, o bilhete não pode nos fornecer alguma pista?

– Foi realmente uma boa ideia, Matteo, mas no momento eu não me lembro onde o bilhete poderia estar, nem mesmo se está aqui em casa, pois fizemos mudança há pouco e não consigo me lembrar onde o coloquei. E, dirigindo-se a Graziela, pergun-

CAPÍTULO XI

tou se ela não sabia onde estaria o bilhete.

– Acho que está no meio de uns papéis velhos, lá no teu escritório.

Era compreensível que, como Jaime tinha se mudado há pouco tempo, não seria mesmo fácil lembrar-se de tudo.

Induzido por Graziela, Jaime foi dar uma olhada nos papéis, procurando também no meio de uma série de livros e gavetas. Procurou aqui e ali, de repente exclamou:

– Achei! Está aqui!

De fato, Jaime lhe entregou dentro de um envelope, primeiro uma fotografia onde aparecia pendurado em uma cerca de madeira o quadro, sem dúvida, um arranjo muito rudimentar. Por certo, o amador que batera a foto o colocara ali para poder dar melhor iluminação.

Depois lhe entregou um papel bastante envelhecido, amarelado pelo tempo, dobrado, mas que se percebia ter sido guardado com muito carinho.

Após abrir o envelope, Matteo leu com surpresa o seguinte:

"Louvado seja Jesus Cristo. Este quadro foi doado no ano de 1917 por um colono italiano que o tinha trazido da Itália. Conforme a minha opinião, o quadro foi pintado por qualquer mestre antigo, a não ser uma cópia. Já deve ser bastante antigo, pois os pregos foram feitos ainda na forja. O sexo do menino Jesus e a parte da vestimenta no peito da Madona foram sobrepintados por um frade a mando do padre mestre Frei Modesto Blöimle. Quem descobrirá o segredo desta pintura? De quem será?
15.X.1933"

Matteo já tinha escutado de Jaime que a parte branca se tratava de uma repintura e que o quadro era antigo, mas este bilhete passava a ser um documento de extremo valor. Ele era a prova viva

CAPÍTULO XI

que lhe faltava para convencer alguém a acreditar em sua suspeita. Se o padre já em 1933 achava ser de um mestre antigo, imaginem ele, que desde o início já estava convencido disto. Que avanço tinha dado naquele dia. Não precisaria mais contar uma história com três versões sem ter como provar.

Agora seria diferente, já havia uma prova de que o quadro viera da Itália, não sabia ainda em que ano, mas sabia que tinha vindo da Itália e o fato de ter sido doado em 1917 era uma nova prova de que viera com um imigrante.

Por este motivo, Matteo não se cansava, ao se despedir de Jaime, de agradecer o fato de ter achado aquele pequeno pedaço de papel, mas que era um documento sumamente importante.

Antes, porém, de se despedir, Matteo disse a Jaime que gostaria demais de conhecer a antiga proprietária do quadro. Gostaria de conversar, de colher mais informações sobre a bela obra. Ninguém melhor do que ela para contar certos detalhes. Quem sabe ela não saberia coisas que poderiam ser valiosas na investigação?

Jaime comprometeu-se em falar com Selma e tão logo ela aceitasse o convite, iria lhe telefonar para confirmar o jantar que ele estava planejando.

Matteo então se despediu de Jaime, lembrando que não se esquecesse de confirmar o jantar combinado.

Enquanto voltava, Matteo não se cansava de repetir para sua filha como fora importante sua ida até a casa de Jaime. Primeiro pelo fato de rever um bom amigo, que gostava das mesmas coisas e que descendia das mesmas raízes italianas. Segundo pelo fato de Jaime ter achado o elo que faltava para ligar o presente ao passado de modo irretocável e inquestionável.

Um padre pensava já em 1933 como ele. Achava graça, harmonia, beleza nesta pintura para ter atribuído sua criação a um mestre antigo. O frade até deve ter tentado encontrar uma pista, provavelmente, sem sucesso. Mas só o fato de ele ter registrado o

CAPÍTULO XI

que pensava a respeito da obra já se tratava de um grande auxílio para Matteo, ajudando-o a convencer outros pesquisadores sobre a possibilidade de o quadro ter sido criado por um mestre antigo.

Que achado valioso! Que documento importante! Este achado era como um tônico rejuvenescedor que Matteo acabara de receber. A partir deste dia ele iniciaria uma busca incansável para descobrir o enigma do quadro. Sim, o padre escrevera questionando: quem descobrirá o segredo desta pintura?

Matteo tinha dentro de si uma certeza, ele iria tentar desvendar, agora mais do que nunca, o mistério, o enigma que até então se revestia naquela pintura. Esta carta-bilhete lhe desafiava e ele iria tudo fazer para conseguir a resposta.

O padre vivera em uma época de difícil comunicação, totalmente diferente da sua. Por certo, este padre nos tempos atuais, pelo que escreveu, teria feito de tudo para saber quem teria sido o verdadeiro autor daquela obra.

Quatro dias havia decorrido desde sua visita quando Jaime ligou para saber se Matteo poderia recebê-los no sábado próximo, dia em que teria tempo disponível.

– Gostaria de saber se não há problemas para você? – perguntou Jaime.

– Ora, Jaime, o interessado sou eu. Estou supercurioso para conhecer e conversar com Selma. Para mim já está combinado.

– Então, até sábado.

– Olha, vou fazer um jantar bem descontraído. Que desejas jantar?

– Tu me conheces bem, o que fizeres será bem feito.

– Então, deixa por minha conta. Vou procurar fazer o melhor.

– Certo, você é quem manda.

– Então, até sábado.

– Até lá. Ficarei aguardando.

CAPÍTULO XII

Aquela noite seria, talvez, de todas que tivera, a que vinha revestida de mais expectativa. Conhecer Selma era um dos objetivos que Matteo se propôs a concretizar. Sim, ela tinha sido a guardiã desta relíquia por anos. Quem sabe ela não teria guardado consigo alguma informação preciosa? Quem sabe poderia contar detalhes de como a tela viera parar em Rodeio? O que Natal, seu falecido marido, quando adquirira a tela, soubera do histórico? Quem de fato era o proprietário quando ela saíra da Itália? Fora alguma herança, ou trazia ela consigo algum mistério?

Talvez Selma pudesse ajudar a resgatar um pouco da história vivida por Natal, contribuindo para a elucidação do mistério que envolvia a tela.

O carvão lentamente começava a arder em brasa.

A mesa já posta, o ambiente festivo, um misto de rústico e de selvagem se misturava ao moderno, com o requinte dos ambientes de luxo de certa nobreza. A mesa era tosca, grossa, bem como os bancos, verdadeiros monumentos de madeira, contracenando com os adornos, a toalha, os guardanapos e os copos, estes inclusive de cristal, vindos de Veneza, onde seguramente jorraria um bom vinho, já que esta seria uma noite toda especial.

Rodeando este cenário estavam os jardins, as palmeiras, as árvores, inclusive os palmiteiros que sempre lembram o nativo e mais natural dos cenários. Mais adiante, como pano de fundo, a mais ou menos quinze metros, como que suspenso, estava o ou-

CAPÍTULO XII

tro ambiente, com mesas suaves, cadeiras de descanso próprias de ambientes que circundam as piscinas. Rodeando a piscina muito verde, muitas palmeiras e as luzes em tom amarelado a decorar aquele cenário, onde por certo terminaria aquele encontro tão especial.

O relógio apontava vinte horas e trinta minutos e os convidados já eram esperados. A carne sobre o fogo, tostando, era o sinal de que o jantar não tardaria. As batatas e as cebolas também tostadas por si só já diziam tudo.

Tardava um pouco, mais do que o combinado, mas como conheciam Jaime, sabiam de sua pontualidade irregular. Já eram quase 21 horas quando um ronco de automóvel anunciava a sua chegada. Um bravo e antigo Fusca, que bem condizia com seu dono, era o retrato de Jaime, um homem que, definitivamente, não se preocupava com as aparências.

Assim que os portões se abriram, Matteo pôde ver dentro do carro quatro fisionomias. Jaime trajando camisa clara bem à vontade. Sua esposa, como aquelas antigas italianas de olhar alegre, de bem com a vida, irradiando felicidade, foi a primeira a descer do Fusquinha e lhes abraçar. Depois foi a vez de Jaime, ele e seu amigo, em ato contínuo, a fazer o mesmo. Só então após cumprimentar Jaime, Matteo foi apresentado a uma senhora, não menos tranquila, que aparentava uns cinquenta anos, olhos azuis, e também com traços europeus, de postura elegante, sorridente, vestida com um belo traje em tons de branco e azul.

— Esta é Selma — disse Jaime dirigindo-se a Matteo.

— Oh, senhora, para mim, além de ser um grande prazer conhecê-la, é um momento muito especial — e sorrindo, Matteo a saudou.

Seu sorriso a todos contagiava. Mas os pensamentos de Matteo enquanto fitava Selma corriam a mil. Por que teria ela vendido aquela obra? Por que não tentara com mais afinco des-

CAPÍTULO XII

vendar o mistério? Talvez a partir daquele momento Matteo pudesse compreender aqueles e tantos outros porquês que fizeram com que ela se desfizesse do quadro.

Matteo então foi caminhando e os introduziu ao ambiente onde o jantar seria servido.

O lustre, que nada mais era do que reminiscências do tempo antigo, uma velha roda de carroça e uma canga de boi de onde emergiam as lâmpadas, foi o que de saída chamou a atenção de Selma, que disse:

— Sabe, gosto muito de ver ambientes como este, onde se usam coisas antigas para servirem de decoração. Este lustre proporciona um charme especial para este lugar.

E assim, aos poucos, a conversa fluiu naturalmente.

Conversaram sobre assuntos variados, parentescos, irmandades, suas cidades, coisas de menor importância. Mas aos poucos Matteo começava a conduzir o diálogo para onde seus pensamentos se concentravam: o esposo de Selma, Natal, já falecido.

Selma parou um pouco, como se concentrando e buscando o passado, e começou a descrever, com detalhes, quais haviam sido as grandes aspirações de Natal. Ela relatou que seu esposo foi um grande sonhador, e que, embora não tivesse grandes estudos, gostava de ler, escrever, esculpir em madeira e colecionar arte e antiguidades. Era um amante das artes.

Seus olhos brilhavam como se procurasse retratar lá no fundo o que por certo era retratado na tela de sua mente. Quando Matteo lhe perguntou como a obra fora parar nas mãos de Natal, o rosto de Selma quase se transfigurou para contar a emoção vivida por seu falecido marido ao adquirir a tela. Chegara à casa radiante, com lágrimas nos olhos e ao lhe mostrar a tela, dizia que uma pintura tão linda deveria ser obra de algum artista famoso, e que possuí-la era seu maior sonho.

— "Sou um homem realizado!" – Selma repetiu as palavras

CAPÍTULO XII

de Natal.

Matteo, mais do que ninguém, podia compreender o que aquela pintura tanto representara para o marido de Selma, que mesmo não tendo estudado muito, indo somente até o ensino primário, tinha emocionado Matteo com sua sensibilidade para captar a importância daquela pintura. Não era só o fato de possuí-la, mas o fato de poder contemplar uma das mais belas obras deste planeta, por si já era o suficiente.

Natal, pelo que Selma relatava, tinha visto e sentido na tela envelhecida o mesmo sentimento que Matteo estava vivenciando: a beleza, a maravilha dos traços dos semblantes das figuras que ali estavam retratados.

Por que estava a obra sob os cuidados da igreja? Como chegara ao Brasil?

Aí Matteo pôde sentir que o interesse que Selma mantinha pela obra não condizia com o sonho do seu marido. Afinal, a obra ficara por mais de quinze anos em suas mãos e em nada lhes ajudara. Não trouxera mais conforto, mais lazer. Nem um único centavo lhes tinha dado enquanto Natal vivera. Foi necessário que se decidisse a vendê-la para realmente ver algum retorno.

Sabia pouco, mas o pouco era até assustador. Quem a trouxera tinha o nome de Bellini, que fora misteriosamente assassinado e morrera com fama de mafioso, e que após sua morte uma das filhas teria doado o quadro a um frei por motivos ignorados.

Teve Matteo a impressão de que não lhe aprazia falar sobre a vinda do quadro.

De onde viera Bellini? De que parte da Itália? Afinal, era fundamental saber, pois por volta de 1860 os meios de transporte não eram lá assim tão comuns, e saber a região de origem poderia em muito contribuir para saber quem seria o provável pintor desta tela.

Sabia que Ticiano e outros pintores viveram na região ao

CAPÍTULO XII

norte da Itália. Que Ticiano vivera próximo a Veneza, e se Bellini viera do norte até poderia ser um Ticiano, ou um Giorgione. No entender de Matteo, a região poderia ser fundamental, e em muito lhes ajudaria na investigação. Mas isto Selma não sabia responder, dizendo apenas que seu marido tinha feito algumas anotações a respeito de algumas antiguidades que possuíra e que ela iria se comprometer a procurar estes escritos para assim ver se os dados poderiam ajudar na investigação de Matteo.

– Sei que Bellini era uma pessoa muito estranha, para não dizer maldosa, teria sido assassinado, mas não sei o motivo – afirmava com certa convicção, sem, no entanto, saber dizer se ele viera de Trento, Padova, Napoli, Cecília ou Toscana.

A esta altura, entre perguntas e respostas, Matteo procurava não se descuidar com a textura do assado da carne, afinal a convidada vinha pela primeira vez a sua residência.

Em meio à conversa, alguém perguntou se desejavam beber alguma coisa.

Selma aceitou a sugestão de beber o delicioso vinho alemão Erben Kabinett e, prendendo entre seus dedos a taça, ao dar o primeiro gole, disse:

– Excelente!

O mesmo fez Graziela, acompanhando Selma no gracioso e leve vinho, enquanto Jaime e Matteo bebiam cerveja.

A carne cortada em fatias, algumas bem passadas, outras no ponto, e o vinho eram servidos em abundância, enquanto a conversa corria descontraída.

O jantar transcorria alegre, conversavam sobre artes, sobre Natal, o marido de Selma, sobre música, sobre assuntos variados, enquanto bebiam um bom vinho e cerveja. Cada vez o ambiente ficava mais descontraído, ao ponto de, por certos momentos, o tom de voz estar bem acima do normal, o que para descendentes de italianos era bem compreensível.

CAPÍTULO XII

Era agradável estar com velhos amigos e ao mesmo tempo com Selma, que naquele momento lhes propiciava uma oportunidade única de conviver por alguns momentos com ela que, por tanto tempo, fora a guardiã da tela.

Findo o jantar, antes dos convidados partirem, Matteo e Lola fizeram questão de levar Selma para conhecer a sua morada e, em especial, os quadros que faziam parte de sua pinacoteca. Afinal, possuíam um acervo deveras respeitável, adquirido com o decorrer dos anos.

Agora, já bem à vontade, Matteo e Lola os convidaram a se servirem de sobremesa e café a beira da piscina, local que Matteo utilizava para seu descanso mental, de descontração. Era onde gostava de ficar com pessoas que realmente faziam parte e que comungavam, de uma forma ou outra, de suas emoções.

O café forte era degustado por todos, quando ao olhar o relógio Graziela chamou a atenção: já passavam das duas horas da manhã.

– É tarde, precisamos retornar.

Aos poucos foram se despedindo, pois ainda precisavam retornar a Rodeio e para isto necessitavam de uma hora de viagem. Matteo, visivelmente emocionado, disse, ao demonstrar que algo muito mais forte o unia àquela senhora:

– É uma pena!

Talvez a lembrança dos seus antepassados, que tanto quanto os dela tinham vindo do Norte da Itália, quem sabe até no mesmo navio. E aí Matteo se recordou do que seu tataravô passara dentro do navio que o trouxera da Itália. Perdera na travessia sua filha que falecera por falta de mantimentos. Jogá-la ao mar deve ter sido um momento de dor e tristeza inigualável. Não fora fácil aos seus antepassados deixar sua mãe pátria e ingressar em frágeis embarcações para tentar a vida em um país do qual as únicas informações que tinham era de que teriam terra em abundância para cultivar tudo que quisessem.

Por que o destino havia reservado para Matteo e Selma este encontro?

Selma, que ainda mantinha os olhos brilhantes, mas serenos, disse ao se despedir:

– A única coisa que eu te peço, Matteo, é que se um dia descobrires de quem é a obra, famosa ou não, eu seja informada, pois este foi o grande sonho de meu marido. E ele faleceu sem saber.

CAPÍTULO XIII

Domingo, final de tarde, carro abastecido, Matteo conduzia Lola ao aeroporto de Navegantes, de onde ela seguiria para São Paulo.

Já tinham feito todos os contatos com as pessoas que poderiam lhes ajudar na busca de uma solução.

Sofia, a secretária do MASP, que já havia conversado com Matteo por conversa telefônica, iria receber Lola, enquanto Thélio iria lhe mostrar seu trabalho de restauração.

Já era uma decisão tomada: iria recuperar de qualquer forma a obra. Por isto a decisão de mandar Lola a São Paulo era um importante passo, pois o Professor Bardi já com seus 92 anos não tinha mais compromisso de trabalho com o museu, ele o fazia apenas por uma questão de amor à arte.

Por uma estrada rodeada de verde exuberante, beirando o majestoso rio Itajaí, o casal seguia, enquanto comentavam sobre a noite anterior e a surpresa agradável de conhecer Selma. Enquanto Matteo dirigia com bastante cautela, ambos conversavam sobre as coisas que mais lhes impressionaram. Primeiramente o fato de Selma não dar quase nenhum valor artístico à pintura, e segundo o fato de Bellini ter sido assassinado de modo tão estranho, e por pessoas desconhecidas. Além disso, chamava atenção também o fato de que ele manteve em sua casa orifícios por onde poderia se defender, e atirar em alguém, caso tentassem qualquer coisa contra sua pessoa. Mas era claro que se alguém quisesse matá-lo, dificilmente iria procurá-lo em sua casa-esconderijo.

CAPÍTULO XIII

Matteo se questionava se a forma estranha como Bellini fora assassinado estava relacionada com o quadro.

Teria comprado de forma estranha? Teria quebrado algum compromisso ou rompido alguma promessa?

Para alguém vir da Itália até o Brasil com a missão de assassiná-lo, só o faria por um motivo muito especial. E um Rafael poderia ser um motivo.

Assim, enquanto conversavam, chegaram ao aeroporto.

Lola, segurando em uma das mãos a passagem, com a outra se despediu de Matteo, que a observou se dirigindo à sala de embarque.

Agora era só aguardar o que iria acontecer em São Paulo. Combinaram que Matteo voltaria no dia seguinte para apanhá-la. Sem dúvida, esperando as novidades que, por certo, Lola traria.

Assim que o táxi adentrou a Avenida Paulista, Lola imaginou que ali, naquela rua, poderia estar começando a solucionar o enigma. De súbito disse ao taxista:

– Siga até a entrada principal do museu.

– OK – respondeu ele e, após dirigir por mais alguns minutos, parou exatamente na entrada principal.

Lola pagou a corrida e lentamente caminhou na direção da entrada principal do MASP. Ao chegar em frente ao elevador onde se postava um segurança, este lhe perguntou se precisava de ajuda.

– Tenho uma entrevista com dona Sofia.

– O guarda lhe indicou o andar.

Ao sair do elevador, Lola foi até a recepcionista.

– Em que posso lhe servir, senhora?

– Tenho uma entrevista com dona Sofia.

– Ela ainda não chegou, mas não vai demorar. Sente-se um pouco, assim que chegar lhe aviso.

– Obrigada – respondeu Lola.

Passados alguns minutos surgiu uma senhora de cabelos

CAPÍTULO XIII

longos que, dirigindo-se a Lola, disse:

— Olá, sou Sofia.

— Prazer. Sou Lola.

— Por favor, me acompanhe até o meu gabinete.

Lá chegando, Sofia, oferecendo uma cadeira para Lola, perguntou:

— Por que seu marido tem tanta certeza de que o quadro que possui é uma cópia ou um original de Rafael?

— Ora, a coincidência dos fatos que vem se sucedendo nos levam a pensar que deve ser uma obra valiosa. Veja o cartão de Natal que foi copiado de um quadro de Rafael igual à obra que temos em casa. Além do fato de o representante da Sotheby's oferecer aproximadamente quinze mil dólares pela tela. A senhora acrescente ainda o fato de a conservadora do museu de Harvard, que não afastou completamente a possibilidade, dizendo apenas que, em sua opinião, parece não ser um Rafael, mas que em ato contínuo, faz questão de afirmar que as fotografias podem nos enganar. A nosso favor, repetindo, temos o cartão de Natal que nos dá uma pista importante, pois sabemos que já existia um quadro igual atribuído a Rafael em 1851.

— Então, seria interessante se, enquanto aguardamos o Professor Bardi chegar, fôssemos até a biblioteca para checar o que temos sobre Rafael.

Assim foram caminhando por um extenso corredor e após descerem uma rampa que as levava ao andar inferior, chegaram à biblioteca.

Tão logo Sofia mencionou à bibliotecária o motivo que a trazia àquele lugar, esta atendeu imediatamente seu pedido.

— Temos aqui dois livros que falam sobre as obras de Rafael.

— Está bem, vamos vê-los.

Logo que recebeu os livros que a bibliotecária selecionara, Sofia começou a selecionar as Madonas.

CAPÍTULO XIII

Parando repentinamente em uma foto que retratava o mesmo motivo da sua tela, Sofia mostrou a Lola, que, ao se deparar com a foto de uma Madona com as características e pintura semelhantes àquela que possuíam exposta no museu de Berlim, comprada pelo rei da Prússia no ano de 1827 de Maria Colonna e atribuída a Rafael, exclamou:

– Então existe um quadro igual ao nosso!

Olhando cuidadosamente a foto reproduzida no livro, parou e, em seguida, comentou:

– Espere, o que temos lá em casa é diferente!

– É evidente – retrucou Sofia –, a pintura de Rafael está em Berlim. A sua é uma cópia. Para afastar a dúvida do seu marido, vamos fazer um xerox das fotos para você levar a ele.

Porém, ao ler o que estava escrito embaixo, nas linhas seguintes, Lola se emocionou. Havia críticos de arte que se manifestaram dizendo que este quadro teria apenas sido iniciado por Rafael, mas terminado por um aluno, e que não era obra completa de Rafael. Já outro autor dizia que fora terminado por outro pintor, inclusive mencionava o nome.

Se os quadros eram semelhantes e aquele não era aceito como obra completa de Rafael, o que teria de fato acontecido?

Seria o seu uma cópia de um inacabado? Cópia de um incompleto? Mas o seu? O que seria? Uma cópia?

– Vamos tirar xerox destas páginas, e depois vamos ver se o Professor já chegou – disse Sofia.

Porém, antes que chegassem ao gabinete, uma das funcionárias do museu lhes comunicou que o Professor já chegara e estava conversando com o diretor do MASP.

Sofia tinha adiantado a Lola que não era certo que o Professor viria naquele dia, e se viesse também não era certo que a atenderia. Lola, no entanto, insistia com Sofia para que ela a deixasse, pelo menos, entregar ao Professor um presente que ela trouxera.

CAPÍTULO XIII

— Eu trouxe dois presentes, um para você e outro para o Professor.

— Vou ver se o Professor te recebe, mas não posso garantir. Acompanhe-me – respondeu Sofia.

A sorte estava ao lado de Lola, pois quando iam chegando ao gabinete, ainda no corredor, a porta ao fundo se abriu e apareceu um senhor bastante idoso que parecia ser o Professor Bardi, se despedindo de um outro senhor, possivelmente o diretor do MASP.

Ao ver aquela senhora bem vestida e esbelta, com ar alegre, fazendo-se acompanhar de Sofia, o Professor fez um sinal para a secretária que queria falar-lhe.

Ao se aproximarem do senhor, este, dirigindo-se a Sofia, e fitando Lola, perguntou:

— Olá, Sofia, quem é esta senhora?

— Professor Bardi, esta senhora é esposa de um médico do sul e ela gostaria de trocar algumas palavras com o senhor.

— Pois não – disse ele, convidando-as para entrarem em seu gabinete. – Por favor, acomodem-se.

E dirigindo-se a Lola, perguntou:

— Então, minha senhora, o que deseja?

— Chamo-me Lola, sou esposa de um médico de Santa Catarina, que está querendo descobrir o autor de uma pintura antiga. Mas também queria ter a oportunidade de conhecê-lo, e por isto eu trouxe um presente que quero lhe entregar pelo fato de o senhor estar me recebendo. Tinha um imenso desejo em conhecê-lo. O senhor é tão famoso e eu me sinto bastante honrada em ter esta oportunidade de conhecê-lo.

Nisto, Sofia relatou ao Professor Bardi que Lola gostaria de mostrar umas fotos de um quadro que suspeitava ser uma cópia ou, até mesmo, um legítimo Rafael.

— Tens alguma foto contigo?

CAPÍTULO XIII

– Sim – disse ela –, eu trouxe algum material – enquanto abria a bolsa e retirava uma série de papéis e fotos e entregava ao Professor Bardi.

– Quem bateu estas fotos?

– Algumas foi meu marido e outras um fotógrafo da nossa cidade.

Enquanto o Professor ia olhando as fotos, ora a colorida ora a preto e branco, Lola ia observando a sua reação. Ao mesmo tempo ia relatando os fatos mais marcantes que tomaram conhecimento até então, que o quadro chegara ao Brasil por volta de 1860, que os descendentes teriam doado ao convento e que depois um bisneto do italiano que o trouxe da Itália o recebera do mosteiro. Até aquela data nada sabiam com relação ao autor da obra. Relatou então, a história da feliz coincidência do cartão de Natal. Falou sobre o bilhete do frade, enfim, mencionou os tópicos mais importantes.

Enquanto escutava o relatório que Lola fazia, o Professor analisava as fotos que lhe tinham sido apresentadas.

Sofia, querendo auxiliar o Professor, interrompeu o diálogo e disse:

– Professor Bardi, este quadro deve ser uma cópia de Rafael, pois o original está em Berlim.

– Não seja presunçosa, menina, o de Berlim o mundo inteiro sabe que não é de Rafael. Aquele quadro é falso.

Ao escutar estas palavras, Lola, não se contendo, perguntou:

– Professor, eu gostaria que o senhor fosse honesto conosco. Nós sabemos de sua reputação, do seu conceito e do seu *feeling*, por isto eu gostaria muito de sua opinião. Se o senhor me disser que este quadro não é um Rafael, nós vamos mandar restaurar o quadro e vamos ficar com ele. No entanto, se o senhor achar que há alguma possibilidade de ser um autêntico Rafael, nós iremos até as últimas consequências para elucidar as dúvidas.

CAPÍTULO XIII

— Olha — disse ele —, eu não faço mais perícias, em função de minha idade, mas de uma coisa estou certo, que o de Berlim não é Rafael, e quanto a este, embora as fotos sejam muito precárias, eu não me arriscaria a dizer o que penso. Merece, isto sim, ser bem estudado. Vou tratar deste assunto com muito carinho, pois muito nos interessa, bem como ao próprio MASP. Esta tela pode ser um patrimônio da humanidade.

No fundo, pelo que comentara depois, Bardi imaginava que tão logo os fatos fossem esclarecidos a tela pudesse ser adquirida pelo MASP.

Então, o velho Professor Bardi começou a relatar para Lola como foi que ele descobriu o quadro Ressurreição de Cristo, também de Rafael, atualmente patrimônio do MASP. Contou que juntamente com Assis Chateubriand e Walter Moreira Salles fora a Nova Iorque e que através de uma série de estudos que ele fizera de Rafael, tinha certeza de que o quadro que iriam comprar era uma importante obra de Rafael. Levado pelo seu conselho, Assis Chateubriand e Walter Moreira Salles, embaixador brasileiro e banqueiro poderoso, compraram o quadro e mais tarde o doaram ao MASP. O Professor Bardi fez questão de contar os detalhes e os porquês de estar convencido, na época, de que aquela tela era um Rafael. Ele era, sem dúvida, uma das maiores autoridades vivas em obras renascentistas. Sabia tudo daquele período. E neste momento, talvez levado pela certeza interior de que acabava de descobrir mais um Rafael, ele se empolgou a ponto de extravasar um pouco de sua emoção, sentindo prazer em relatar a Lola algumas de suas experiências.

De repente, ainda analisando uma das fotos, disse:

— A qualidade destas fotos é muito ruim — e, dirigindo-se a Sofia, perguntou — Sofia, o Luís está aqui no museu?

— Sim, Professor.

— Depois, leve esta senhora ao Luís e, por favor, diga-lhe

CAPÍTULO XIII

que eu gostaria que ele fizesse a documentação fotográfica deste quadro em Santa Catarina.

– Pois não, Professor – respondeu Sofia.

– Sofia, não se esqueça de ficar com uma cópia dos documentos que esta senhora possui.

Lola levantou-se e retirando de dentro de sua bolsa vários papéis, entregou a Sofia os xeroxes aos quais o Professor se referiu, e também o do cartão de Natal e da carta do frei.

– Sofia, mais uma coisa. Por gentileza, traduza o bilhete do frei para o italiano e relate o assunto para o Professor Camesasca.

– Professor, o senhor já falou para ela quanto custa a perícia?

– Este não é o momento adequado para falarmos sobre isso. Este quadro é de interesse da humanidade. Já disse que quero cuidar pessoalmente desse assunto.

Não fosse a intervenção de Sofia em interromper a conversa, seguramente teriam permanecido, Lola e o Professor, por muito tempo ainda juntos a conversarem sobre suas histórias relacionadas à arte.

No entanto, antes de Lola se retirar o Professor fez questão de reafirmar que tudo faria para ajudá-la e então lhe forneceu o número de telefone da sua residência, dizendo: qualquer dúvida ou problemas que vocês tiverem poderão sempre me telefonar. Faço questão de ajudá-los, o quadro que vocês compraram pode ser um patrimônio da humanidade.

Devido à insistência de Sofia, Lola se despediu, não cansando de agradecer ao Professor Bardi a atenção e o carinho com que fora atendida.

– Por favor, dona Lola, volte aqui depois que falar com o fotógrafo – disse ainda o Professor Bardi.

– Voltarei, eu faço questão de me despedir do senhor, Professor.

Assim, Lola, acompanhada por Sofia, foi até o fotógrafo,

CAPÍTULO XIII

um senhor de feições orientais que, após cumprimentá-las, perguntou.

— Em que posso lhes ajudar?

— Luís, esta senhora tem um quadro que merece sua atenção. O Professor Bardi pediu para que você converse com ela para ver se há condições de fazer as fotos necessárias para encaminhar ao Professor Camesasca na Itália.

— Escute, Sofia, estou chegando de viagem e estou superocupado. Talvez eu não tenha tempo para essa tarefa, mas darei um jeito.

Luís então quis saber de quem compraram e como a obra viera parar em suas mãos, dizendo ainda:

— Sofia, eu não posso lhes dar a resposta hoje, pois estou com muito trabalho. De qualquer forma, me ligue no final da semana, eu vou ver o que posso fazer.

Luís quis, então, saber se estariam dispostos a arcar com as despesas, o que Lola confirmou imediatamente.

E assim definiram que Lola, ou seu esposo, telefonariam para saber quando Luís poderia ir a Blumenau fotografar o quadro. Afinal, Luís era fotógrafo oficial do museu e seria a pessoa com conhecimento suficiente para fazer a documentação fotográfica necessária, solicitada por Bardi.

Uma vez tudo acertado, Sofia e Lola se despediram do fotógrafo e se retiraram da sala. Tão logo começou a dar os primeiros passos no corredor, Sofia disse a Lola:

— O Professor é muito idoso e como já passa do meio-dia, não quero que fique chateada, mas não vamos mais falar com ele. Eu digo que você não foi se despedir, mas mandou um abraço. Quero que entenda, temos que respeitar a sua idade.

Sofia também já se mostrava muito preocupada, por certo sabia tudo o que tinha deixado de fazer para poder ficar tanto tempo com Lola.

CAPÍTULO XIII

Assim, dirigiram-se até a porta do elevador, local da saída, por onde, momentos antes, Lola adentrara.

– Sofia, muito obrigada por tudo. Não te esqueça de agradecer ao Professor Bardi a atenção que ele me deu. Não sei como te agradecer, Sofia, e obrigada também pela atenção que me destes. Agora, vamos torcer e esperar para ver o que vai acontecer.

– Parece que tudo está dando certo – disse, ainda, Sofia.

Então Lola, apertando as mãos e beijando a face de Sofia, se despediu.

Com o coração ainda em sobressaltos, Lola desceu pelo elevador. Sua cabeça parecia pequena para conter tanta novidade, tanta atenção. Estava certa que dera um passo importante no esclarecimento do enigma.

O quadro que possuíam era parecido com o de Berlim, mas sua primeira impressão é de que não era o mesmo, tamanhas as divergências e o impacto inicial que sentira pela tela de Berlim.

Sua vontade era ligar o mais rápido possível para seu esposo. Ele precisava saber das novidades.

E assim, tão logo chegou ao apartamento de sua irmã, ligou para Matteo, contando-lhe os detalhes de tão proveitosa viagem.

– Olha, Matteo, pela expressão e pelo interesse do Professor, eu tive a impressão de que o nosso quadro pode ser o original.

– Lola, sei que a notícia é ótima, mas será que não estás querendo ver demais?

– Acho que não, pela forma como o Professor se interessou. Além disso, pelo menos uma coisa ficou bem clara: para Bardi, o quadro de Berlim não é o original.

E assim ficaram a trocar informações sobre todo o episódio ocorrido naquela manhã.

Antes de desligar, ainda, Matteo fez questão de lembrar Lola de que não se esquecesse do compromisso que assumira com Thélio. Afinal, Thélio havia sido muito cortez, muito atencioso

CAPÍTULO XIII

e não poderia ficar esperando e não receber a atenção à altura da que lhes dera por telefone.

Lola disse:

— Fique tranquilo. Já me comuniquei com ele e está tudo acertado para nos encontrarmos às 14h30.

— Então até à noite. Estarei no aeroporto te esperando.

— Está bem, até à noite.

À tarde, conforme havia combinado, Lola foi ao encontro com o restaurador Thélio, que lhe mostrou seu trabalho, telas que já havia recuperado e outras que estava recuperando, enquanto disse:

— Não costumo fazer isso, mas como seu marido insistiu em recuperar a tela em sua cidade vou tentar viabilizar isso a ele.

Feito isto, era pegar o voo e retornar à casa.

No aeroporto, assim que os passageiros começaram a chegar à sala de espera, Matteo avistou Lola em um grupo mais distante. Ela com olhos brilhantes e sorriso franco já transmitia a informação de que muita coisa boa devia ter acontecido em São Paulo. Imediatamente, ergueu o dedo polegar para cima, sinal que tudo fora perfeito. Ao se aproximar de Matteo, disse:

— Foi ótimo!

Ainda sobre o cordão de isolamento, Lola dirigiu-se a Matteo para lhe dar um abraço, e emocionada dizer que tudo dera certo.

— Foi excelente. Deixe-me pegar a mala, já vou te contar as boas novas.

Já bem acomodada no carro, Lola começou a comentar detalhe por detalhe do que lhe acontecera em São Paulo, a atenção do Professor Bardi, a sorte de ser recebida, o modo como comentara sobre a fotografia do quadro que levara a São Paulo, a fisionomia de espanto e a felicidade que transmitia enquanto avaliava as fotos, como se fosse mais uma vez vencedor, achando um Rafael perdido no Brasil.

– Veja Matteo – disse Lola, empolgada –, a fisionomia do Professor Bardi não me enganou. Ele demonstrou estar convencido de que o nosso quadro é um Rafael. Tenho certeza que se não acreditasse não teria pedido para que o fotógrafo do MASP cuidasse pessoalmente das fotos, e ele não teria assumido para si a missão do contato com um especialista italiano, o Professor Camesasca. Não teria dito que iria cuidar ele mesmo do caso, e não teria dito que isto era do interesse das artes e do próprio MASP.

Lola estava radiante. Tudo fora perfeito: a viagem, os contatos, a conversa com o Professor Bardi, a visita ao ateliê de Thélio, tudo. E continuou a falar com empolgação:

– Imagine Matteo, a riqueza de obra que vai ficar após a restauração. Acho que Thélio tem toda condição de fazer a restauração aqui mesmo no Brasil, ele me pareceu competente. As obras que vi sendo restauradas são perfeitas. Eu restauraria aqui mesmo. Não vejo necessidade de levar à Itália.

– Isto, Lola, nós vamos decidir após a resposta do Professor Camesasca e, mesmo porque, ele pode querer orientar na restauração e investigação – respondeu Matteo.

Quanto mais falava, mais empolgada Lola ficava. Fez questão de contar com detalhes o interesse demonstrado pelo respeitado Professor quando ele relatou a história da descoberta do quadro da ressurreição, do MASP, que fora comprado em Nova Iorque. A atenção despendida por ele, o modo como respondeu em italiano quando Sofia quis alegar que o seu quadro não era verdadeiro. E assim, Lola contou detalhadamente tudo o que a impressionou.

– Quando o Professor disse que o quadro lá de Berlim não é o verdadeiro, eu o senti falar com tanta convicção que parecia estar querendo dizer que o verdadeiro era o nosso.

Embora a distância de casa ao aeroporto fosse próxima de sessenta quilômetros, Matteo e Lola só se deram por si quando já

CAPÍTULO XIII

estavam em frente ao portão de entrada de sua residência.

Ao entrarem suas filhas os aguardavam ansiosas. No instante em que a porta do carro se abriu, as três se apressaram em abraçar Lola demonstrando a falta que sentiram de sua mãe. E, juntas, Lisandra, Caroline e Priscila falaram:

– Mãe, estávamos morrendo de saudades.

CAPÍTULO XIV

Transcorridos apenas três dias desde que Lola chegara de São Paulo, ela agora teria outro compromisso, que era visitar Selma que conforme havia dito no sábado, muita coisa ela não sabia. Porém, como Natal havia deixado muita coisa escrita, e Selma guardara estas anotações, tentaria ver se alguma informação importante estaria registrada. Durante o jantar ela assumira com Lola o compromisso de mostrar-lhe os escritos deixados por Natal.

Lola voltara de São Paulo bastante motivada. Recebera uma injeção de ânimo com os contatos que lá fizera, por isto, assim que teve tempo entrou em contato com Selma para saber quando ela poderia recebê-la. Selma confirmou que na semana atual, quarta-feira seria o dia ideal.

– Venha à tarde – disse ela. – Vou ter mais tempo disponível. Gostaria de te servir um café. Será uma honra para mim.

– Não é meu intuito incomodá-la, mas se é teu desejo, tomarei, com muito prazer, um café contigo – respondeu Lola.

Após a habitual sesta que costumava fazer depois do almoço, Lola, dirigindo o seu próprio carro, foi visitar Selma. Não tinha pressa, pois haveria tempo suficiente para conversar com Selma. Dirigia tranquila, enquanto sua mente rememorava as questões mais importantes que tinha comentado com seu esposo e gostaria de esclarecer. De onde viera Bellini? Era do Norte? Do Sul? Da Cecília? Que ano chegara ao Brasil? Viera casado? Quantos filhos tivera? Algum filho ainda vivia? Tivera descendentes na Itália?

CAPÍTULO XIV

Como o quadro foi parar em sua mão? Por que razão passara um tempo no convento?

Como o local onde Selma morava era quase um vilarejo, e como sempre vivera no mesmo local, Lola não tinha dúvida de que a primeira pessoa que ela perguntasse por certo informaria onde Selma morava. Isto de fato aconteceu. Tão logo adentrou o vilarejo, encontrou uma senhora que lhe orientou com extrema precisão.

– Vá até a padaria, nesta mesma via logo em frente. Ela mora no andar superior.

Ao chegar ao local indicado, Lola estacionou o carro e foi até a padaria para confirmar se de fato era mesmo lá que Selma morava, ao que um dos funcionários lhe indicou o acesso ao sobrado por uma escada lateral.

Seguindo a orientação recebida chegou à porta. Apertou a campainha e aguardou.

– Um momento – respondeu uma voz que Lola reconheceu de imediato.

Logo em seguida a porta se abriu e apareceu Selma sorridente:

– Que prazer poder recebê-la em minha modesta casa. Entre, por favor.

– Eu é que fico contente e agradecida, Dona Selma.

Ao entrar Lola percebeu que estava em uma casa simples, mas limpa e muito organizada, como costumam ser as casas dos imigrantes de origem europeia que vivem na região sul do Brasil.

Enquanto tomavam o café que Selma já havia preparado, a conversa foi aos poucos se descontraindo, entrecortada por muitos risos e gargalhadas, o que era natural, pois tanto Selma como Lola, eram pessoas extremamente alegres e extrovertidas.

Após o café, Selma fez questão de mostrar um caderno onde estavam as anotações do marido, bem como alguns trabalhos artísticos que o mesmo havia feito.

Vasculhando o velho caderno, Lola ficou sabendo que Bellini era natural de uma região próxima a Padova, e que chegara ao Brasil por volta de 1862, casando-se com Catarina, com quem tivera duas filhas.

Não dava para saber se havia alguma ligação entre a morte de Bellini e o quadro. Mas de fato, Bellini havia sido assassinado, sem que até mesmo sua esposa Catarina soubesse das reais razões.

Naquela época, o homem era o senhor absoluto do lar e a esposa de Bellini tinha receio até mesmo de falar com ele. Provavelmente nunca teve coragem de perguntar o porquê de sua postura defensiva.

Quando ia trabalhar na lavoura, Bellini sempre ia muito bem armado e estava sempre em atitude defensiva contra um possível ataque surpresa. Era considerado um homem muito estranho e perigoso, diziam os antigos.

Selma disse também que as filhas de Bellini já tinham morrido e que por elas muito pouco soubera da vida de Bellini.

Assim, Lola ficou sabendo que Natal era bisneto do falecido Bellini, e que comprou ou ganhou a obra do convento porque o quadro estava abandonado no sótão do mosteiro, em meio a coisas antigas e velhas. Selma ainda disse que Natal era uma pessoa que vivia comprando e vendendo relógios, joias, objetos antigos. Era sua profissão comprar e vender antiguidades. A bela pintura ele adquirira em 1974 do mosteiro, por uma questão profissional, pensava ela.

Embora, por uma coincidência do destino, fosse bisneto de Bellini, ele próprio não sabia que quem trouxera o quadro ao Brasil tinha sido seu bisavô materno.

A própria Selma disse que Natal não vendera a pintura porque esta era a menina dos seus olhos. Natal tentou descobrir a quem o quadro pertencera, mas nunca conseguiu, por mais que

CAPÍTULO XIV

tivesse tentado encontrar qualquer pista da origem da obra. Em certa ocasião teria ouvido de um velho imigrante que o quadro era de um famoso pintor italiano, mas não sabia quem era.

– Perceba – disse Selma –, mesmo que seja uma obra famosa, eu não me importo de tê-la vendido. Eu não tenho condições financeiras nem para pesquisar sobre ela, nem para restaurá-la. Se vocês conseguirem isto, eu já fico contente. Pelo menos morro sabendo de quem era a obra, isto sim seria interessante.

Lola lhe prometeu que se um dia descobrissem o autor daquela maravilha, certamente ela seria uma das primeiras pessoas a ser informada.

Claro que além destes assuntos ainda ficaram bastante tempo a conversar. Enfim, tinham vários assuntos em comum, como a origem da família de ambas as partes, os seus ancestrais ou possíveis parentescos. Por que uma ficara em Nova Trento e a outra no Alto Vale? E assim juntas passaram uma tarde alegre e descontraída. Quando Lola olhou no relógio, lembrou-se de que àquela hora suas filhas já teriam saído do colégio e já deveriam estar lhe esperando em casa.

– Selma, tenho que ir, já é tarde e está escurecendo.

– É uma pena. Foi um imenso prazer teres passado a tarde comigo. Deus dê muita sorte a vocês.

– Selma, muito obrigada pelas informações, pelo café e pela conversa. Espero poder vê-la outras vezes.

E assim, Lola se foi.

Matteo não conseguia afugentar os pensamentos referentes à tela. Afinal, com as revelações feitas em São Paulo, imaginava que se havia uma em Berlim e outra consigo, seria a sua verdadeira ou uma mera cópia? Se a de Berlim fora para lá em 1827, ano em que o embaixador alemão a comprou de Maria Colonna, era certo que a sua deveria ser anterior a 1827, pela seguinte e óbvia conclusão: não havia fotografia, nem colorida, nem em preto e

CAPÍTULO XIV

branco até o ano de 1839, ano em que Daguerre inventou a fotografia. Portanto, se os traços e, principalmente, os detalhes, como arbusto, livro, posição do vestido e as cores eram os mesmos, era porque uma fora copiada da outra in loco. Antes de 1827, ano que o quadro de Berlim saiu da Itália, dois quadros somente seriam iguais se um servisse de cópia para o outro. Ou seja, um dia no passado as duas telas estiveram lado a lado. Provavelmente em 1508, quando foram feitas.

Como o de Berlim já saíra da Itália em 1827 e o seu provinha da Itália, era mais do que claro que o seu quadro deveria ter algo em torno de 500 anos de idade, e que um dia, no passado, um serviria de cópia para o outro. E como o de Berlim se tentava atribuir a Rafael é porque, sem dúvida, havia a informação entre os pintores e cultos da época de que Rafael fora visto pintando o quadro. Restava saber se Rafael pintara o quadro que estava na casa de Matteo ou o que estava em Berlim.

Este raciocínio dava a Matteo ainda maior motivação para buscar a verdade. Até por que, pensava ele, agora já passara a ser um desafio pessoal. Como seria a reação dos críticos de arte quando soubessem da existência de sua Madona? E os alemães iriam querer esclarecer qual a obra que Rafael realmente pintara?

O fato de autores terem se pronunciado, como Bardi, contra o quadro de Berlim era um ponto importante a favor do desafio que se apresentava. O que se vislumbrava era um desafio embasado em fatos e opiniões criteriosas.

Já por várias vezes ele comparara a sua Madona com a Madona de Berlim e não havia a menor dúvida de que era a mesma criança e a mesma mãe, tal as linhas, as cores e assim por diante. Porém, o efeito visual era diferente. Eram iguais, mas as expressões faciais, o impacto causado por ambas as obras era completamente diferente, a demonstrar que, enfim, seriam dois momentos criativos distintos.

CAPÍTULO XIV

Portanto, com a informação de São Paulo e as observações feitas entre as duas telas, Matteo sentia que era grande a possibilidade do seu ser autêntico, pela beleza superior de sua tela. Restava-lhe saber quando comunicar o fato à imprensa. Quando divulgar suas conclusões. Valeria a pena ele vazar isto à opinião pública? Corria o risco de tornar-se da noite para o dia assunto, manchete em muitos artigos culturais? Poderia alterar a rotina de uma vida tranquila e familiar, na qual ele podia viver sem sobressaltos?

Por já haver ocupado cargo público importante em sua cidade, ele sabia, como ninguém, o quão difícil era conciliar fama com segurança e tranquilidade. Sabia como era importante viver e ter tempo para curtir os filhos, a sua vida como um ser comum. Isto era no momento o mais importante para ele.

Mas Matteo também tinha a consciência de que a qualquer momento o mundo poderia também querer conhecer o quadro, e não era justo ele ficar escondendo da humanidade uma obra tão linda, fascinante e cativante.

Enfim, estes eram os pensamentos que lhe povoavam a mente e cada vez com mais intensidade. À medida que os conhecimentos iam aumentando, as preocupações, como era natural, aumentavam na mesma proporção. Ele tinha um desafio e uma causa, e a causa bem merecia toda a dedicação e zelo que Matteo estava lhe devotando.

A causa era Rafael.

CAPÍTULO XV

Lola tinha assumido com Luís o compromisso de ligarem na sexta-feira para saber o dia que ele poderia vir a Blumenau para fotografar o quadro. Por isto, Matteo naquele momento estava a ligar ao MASP para conversar e acertar os detalhes da vinda do fotógrafo.

Assim que o telefone tocou, a telefonista atendeu dizendo:
— MASP, bom dia.
— Por gentileza, o fotógrafo Luís está?
— Quem deseja falar com ele?
— É de Blumenau, Dr. Matteo.
— Um momento.
Nisto, outra voz feminina perguntou:
— Quem deseja falar com Luís?
— Dr. Matteo, de Blumenau.
— Olhe, ele está em reunião. No momento é impossível. O senhor poderia, por gentileza, ligar um pouco mais tarde?
— Pois não, obrigado.
Depois de, aproximadamente, uma hora, Matteo tornou a ligar.
A secretária do fotógrafo o atendeu e após Matteo ter se identificado, ela disse que a reunião ainda não tinha terminado.
— A senhora poderia fazer a gentileza de dizer a ele que é o médico de Blumenau?
— Um momento. Vou ver se é possível que ele lhe atenda, a reunião está terminando.

CAPÍTULO XV

— Boa tarde! – respondeu uma voz grave, segundos após. – Aqui é Luís.

— Boa tarde, sou Matteo, de Blumenau.

— Em que lhe posso servir?

— Luís, estou te telefonando para saber quando podes vir fazer aquelas fotos que o Professor Bardi pediu.

— Matteo, eu estou com muito trabalho e talvez eu não possa ir até aí. Mas, de qualquer forma, me liga na quarta-feira que eu te darei uma posição. Ou irei eu, ou um amigo meu, que faz o trabalho com a mesma perfeição.

— Ok. Eu volto a ligar então na quarta. Luís, por gentileza, posso lhe fazer uma pergunta?

— Sim, faça.

— O que você acha de tudo isso?

— Veja Matteo, eu não acompanhei o contato de sua esposa com o Professor. Mas o que eu posso lhe dizer é que o Professor tem um feeling fora do comum, e quando ele acha que é, eu nunca vi ele errar. E pelo que eu senti, ele está convencido de que o quadro que vocês possuem é um autêntico Rafael. E se ele acha que é, provavelmente é verdade, seu quadro deve ser um Rafael.

— Obrigado. Então só nos resta torcer e persistir na nossa pesquisa.

— Por favor, me liga quarta-feira. Certo?

— Certo! Quarta-feira eu volto a te ligar. A que horas?

— Ligue no período da tarde.

— Sim, Luís, eu ligarei. Obrigado e até quarta.

— Até quarta.

Matteo sabia que este era o caminho, por isto na quarta-feira ele voltou a chamar o MASP, conforme combinado.

— Alô! O Luís está?

— Quem fala?

— Aqui é de Blumenau, Matteo.

CAPÍTULO XV

— Um momento, vou ver se pode lhe atender. Está em reunião, ele pede para que o senhor aguarde um minuto.

— Ok! Aguardo.

— Alô, Matteo, aqui é o Luís. Eu não vou poder ir a Blumenau, pois estive viajando durante muito tempo e agora é impossível. Tenho muito trabalho atrasado por fazer. Infelizmente não disponho de tempo para este trabalho.

— Ok, Luís. Mas deixe eu fazer uma proposta. Você poderia vir no sábado ou domingo. Eu irei buscá-lo no aeroporto. Você bate as fotos e se quiseres, podes retornar no mesmo dia. Assim você praticamente não perde tempo.

— Gostaria muito, mas não poderei ir. Para compreenderes, estive viajando e fiquei muito tempo ausente e agora para sair, quero que você me entenda, é muito complicado. Mas encontrei uma solução para o impasse. Tenho um amigo, eu inclusive me antecipei e já falei com ele, chama-se Rômulo. Ele é tão bom quanto eu, eu diria que é a mesma coisa. Fotografa maravilhosamente. Ele me garantiu que poderá fazer as fotos que você deseja e se dispõe a ir a Santa Catarina.

— Mas é realmente a mesma qualidade que o seu trabalho?

— Acredite, não há diferença.

— É uma pena, pois foi um pedido do Professor Bardi. Mas se você diz que o trabalho é igual, eu confio.

— Dê-me seus telefones que eu vou entrar em contato com ele para que vocês possam combinar tudo, entendido?

— Certo.

Matteo forneceu os números dos telefones do trabalho e de sua residência.

— Fique tranquilo, Matteo, o trabalho que ele vai executar ficará perfeito – reforçou Luís.

— Está bem. Então eu fico aguardando o telefonema de teu amigo.

CAPÍTULO XV

— Pode aguardar.
— Até outro dia e muito obrigado. Tchau, Matteo.
— Tchau, Luís.

Quinze minutos havia se passado quando a secretária comunicou a Matteo que havia uma ligação de São Paulo.

— Um senhor chamado Rômulo deseja lhe falar.

Matteo autorizou e logo já estava a falar com o fotógrafo amigo de Luís.

— Quem fala? Rômulo?
— Sim, o Luís pediu para eu falar contigo.
— É verdade, Rômulo, eu não sei se ele te falou sobre o verdadeiro motivo da viagem. É que o quadro está muito comprometido, fica complicado transportá-lo até São Paulo.
— Sim, me falou.
— Pois é, eu gostaria de saber quando poderás vir. Para mim seria bom no final de semana. Terei mais tempo para poder acompanhá-lo. O que pensas da sugestão?
— Para mim seria ótimo.
— Então eu vou verificar os horários dos voos de sábado e domingo e depois eu volto a falar contigo. Está perfeito assim?
— Sim.
— Outra coisa, eu preciso saber, quanto são os teus honorários?
— Quatrocentos dólares. Está bem?
— Sim, acho justo. Então está certo, eu volto a te ligar. Antes me dê os números dos teus telefones.

Rômulo rapidamente forneceu os números para Matteo, que disse:

— Gostaria de checar os números. Necessito deles corretamente para depois te passar os horários. Está bem?
— Sim – respondeu Rômulo.

E assim, após checarem os números, se despediram.

CAPÍTULO XV

Era mais do que natural que a viagem e os custos ficassem por conta de Matteo, razão pela qual naquele momento ele estava a se certificar dos horários de voos e preços.

Ligou para a companhia e tão logo soube dos horários, voltou a falar com Rômulo, que confirmou a chegada em Navegantes no próximo domingo, por volta do meio-dia.

Após reservar as passagens, Matteo informou a Rômulo que ele deveria retirar os tickets que já estavam à sua disposição no escritório da companhia aérea em São Paulo.

Matteo sentiu que as coisas agora fluíam rápido. Estou, pensava ele, no caminho certo. Agora seria uma questão de tempo. Tudo seria esclarecido nos moldes de uma investigação e documentação moderna, cientificamente fundamentada. Teria que ser uma pesquisa muito conscienciosa, de tal forma que o resultado a que chegasse fosse inquestionável e indestrutível, independentemente da pintura que tinha em sua casa ser ou não a verdadeira. Matteo até acreditava que a sua tela deveria ser a verdadeira, mas ele queria ter certeza e convicção baseado em provas científicas, não em especulações e suposições.

Procurava, por isso, seguir a orientação daqueles que entendiam e conheciam caminhos que ele nunca trilhara. Sabia que a orientação do Professor Bardi era fundamental, pois além de ser um estudioso, Bardi era um conhecedor, que sabia melhor do que ninguém os passos a serem seguidos. Por isso, ele deveria e seguiria estas etapas de forma criteriosa e persistente. E Rômulo representava o primeiro passo deste novo caminho que Matteo se propusera a seguir.

CAPÍTULO XVI

Sábado tranquilo, enquanto observava as suas filhas estudando para os exames escolares finais, Matteo preparava os últimos detalhes para os planos do domingo, enfim, já estava tudo marcado para buscar Rômulo no aeroporto. Portanto, não poderia falhar com o compromisso assumido e por isso se recolhera cedo para não ter problemas no dia seguinte.

Talvez de tudo que tenha feito até aqui, esta era a tarefa mais suave e menos preocupante. O Professor Bardi dissera que era importante uma boa documentação fotográfica, e até então as fotografias de que dispunha não tinham sido feitas por um profissional do setor de documentação de fotos, para estudos científicos ou mesmo museus. Seria esta a missão do fotógrafo. Obter todos os detalhes possíveis para que o Professor Camesasca pudesse dar, imaginava ele, o veredicto final. Por isto ele estava neste momento trazendo um especialista de São Paulo. Seriam estas fotos que seriam encaminhadas à Itália. Eram elas que iriam registrar o estado atual da tela. Não seriam, talvez, elas que no futuro fossem a prova viva do estado em que a tela fora encontrada?

Uma coisa, no entanto, o preocupava, o seu relacionamento com Rômulo fora só telefônico. Por isso mil perguntas ele se fazia. E se o fotógrafo não fosse de confiança? E se vazasse a notícia a algum jornal ou revista? Matteo bem sabia que um fotógrafo profissional e, principalmente, de um grande centro, tem normalmente contato com jornalistas e pessoas do mundo das comunicações. Se ele contasse a um jornalista o que poderia acontecer? O que

CAPÍTULO XVI

Matteo faria? Um furo de reportagem naquele momento seria extremamente prejudicial.

Matteo até chegou a pensar que talvez fosse mais prudente aguardar a recuperação do quadro e, só depois de concluída a recuperação é que deveria comunicar à imprensa. Mas como a documentação fotográfica era um pedido feito pelo próprio Professor Bardi, que era quem de fato estava lhe dando toda a cobertura e, mais do que isto, estava, ou pelo menos tinha se mostrado, muito entusiasmado com o quadro, ele não poderia decepcioná-lo. Tinha que continuar merecendo seu apoio. E este apoio, dentre todos que recebera, era o mais imprescindível. Por isto, Matteo decidira, consciente dos riscos, ir adiante e vencer mais esta etapa.

Conforme o combinado, ao meio-dia lá estavam Matteo e Lola no aeroporto para apanhar Rômulo, o fotógrafo indicado por Luís Hossaka.

Ainda não tinham acabado de estacionar o carro e o avião já começava a ser visto na cabeceira da pequena pista do aeroporto de Navegantes. Aeroporto este próximo da cidade onde Matteo morava, localizado entre sua residência e sua moradia de praia.

Rapidamente desceram do carro e se dirigiram ao saguão de desembarque. Como o avião deveria estar lotado, não conseguiram de imediato, no meio dos passageiros, identificar qual deles deveria ser Rômulo Fialdini.

Matteo imaginava encontrar um senhor de meia idade, portando e rodeado de máquinas fotográficas, flashes, sacolas, mas ainda não avistara ninguém com tais características.

De repente, no meio dos passageiros um jovem senhor de mais ou menos trinta e cinco anos, meio calvo, estatura mediana, dirigindo-lhe o olhar fez menção que era o fotógrafo que esperavam. Este fato chamou a atenção de Matteo, porque nenhum detalhe pessoal ele fornecera a Rômulo.

Como soubera Rômulo que eram eles que o esperavam? Se

CAPÍTULO XVI

questionou Matteo. Provavelmente, imaginou, sua profissão deve tê-lo ensinado a ter um espírito de observação muito aguçado. E o semblante de preocupação e angústia em reconhecê-lo deve ter chamado sua atenção.

Ao se aproximar de Matteo e Lola, Rômulo se apresentou, dizendo que teriam que aguardar um pouco até a chegada de suas bagagens.

Viera com uma mala-estojo metálica enorme, e outra de couro menor, além de tripés, e uma espécie de gerador de luz especial para fotos científicas, conforme explicara depois.

Feitas as apresentações pessoais e enquanto lhes relatava como fora sua viagem, se dirigiram ao carro, onde rapidamente acomodaram suas bagagens.

Como já passava da hora habitual de almoço, Matteo convidou Rômulo para almoçar. Era praxe de sua família, um domingo antes do Natal, fazerem um almoço de confraternização entre seus familiares e os dos empregados da empresa de seu pai.

Esta era uma prática que se estendia ao longo dos anos e Matteo normalmente se fazia presente. Por isso perguntou a Rômulo se ele gostaria de participar deste almoço.

– Sim – disse ele –, para mim está tudo bem. Estou sob seu comando.

A chácara, um misto de fazenda e sítio, se localizava em uma região levemente plana, cercada por algumas montanhas, onde uma parte se constituía de pastagens e a outra de mata nativa, na qual suas árvores centenárias davam um toque todo especial ao lugar. Seu pai escolhera entre duas elevações o local para construir um pequeno lago artificial e ao lado uma casa de lazer, onde costumavam se reunir nas épocas festivas ou quando havia algum motivo de comemoração.

Rômulo ficou encantado com o local.

– É muito agradável – comentou.

CAPÍTULO XVI

A distância entre a chácara e o aeroporto atrasara o grupo em mais de uma hora e, ao chegarem, seus familiares, que de nada sabiam do seu compromisso com Rômulo, já almoçavam.

Feitos os cumprimentos habituais, e desculpas pedidas pelo atraso, juntaram-se aos demais e assim Rômulo pôde saborear uma grande variedade de carnes, que iam desde churrasco, salsichas, carnes bovinas variadas a costelas de porco, tudo assado em brasa.

Assim, ora conversando, ora bebendo, ora saboreando apetitosos pratos, despenderam mais de uma hora do seu precioso tempo. Precioso, porque Rômulo pretendia voltar a São Paulo ainda naquele mesmo dia.

Explicando a seu genitor que tinham um compromisso, Matteo, sua esposa e Rômulo se despediram de todos e rumaram para Balneário Camboriú. Era ali que Matteo resolvera levar a tela para ser fotografada, pois ficava bem próximo do aeroporto e assim, teriam tempo disponível.

Ao chegarem, uma surpresa lhes estava reservada, a voltagem do equipamento que Rômulo trouxera era de 110 volts, e no Balneário a rede elétrica era de 220 volts. Tinham, portanto, que encontrar um transformador de boa potência para possibilitar a Rômulo o uso de seus equipamentos.

Matteo, procurando achar uma solução para este inesperado problema, localizou o zelador do prédio e relatou-lhe o seu problema. O zelador então disse:

– Tenho um transformador velho que nunca usei, foi deixado aqui pelo proprietário de um dos apartamentos, que resolveu jogá-lo fora, e eu o guardei. Se quiserem testar podem levá-lo.

Desceram até o porão do prédio onde um velho transformador, já enferrujado pelo tempo, estava encostado a um canto. Rômulo, prendendo-o em suas mãos, começou a examiná-lo. À primeira vista parecia que funcionaria sem problemas.

CAPÍTULO XVI

Sem perder tempo subiram ao apartamento e junto com Rômulo resolveram testar o transformador. Ao testarem na geladeira a diminuição da intensidade de luz em parte era uma prova que funcionava e que poderia lhes auxiliar a resolver inesperado problema.

Depois, com cautela, testaram nos equipamentos que Rômulo trouxera. Seus semblantes revelavam preocupação. Era importante que desse certo, caso contrário, se queimassem o equipamento a viagem seria infrutífera. Felizmente tudo deu certo e os equipamentos foram usados. Só após o primeiro flash ser testado é que Lola trouxe o quadro para que Rômulo pudesse conhecê-lo.

Matteo estava ansioso para ver sua reação, pois Rômulo havia dito durante a viagem que não era um perito, mas como fotografara muitas obras de artes importantes adquirira certa facilidade em sentir quando uma pintura era uma obra boa ou não.

Após examinar cada detalhe do quadro, ao mesmo tempo em que comentava certos pontos que prendiam mais sua atenção, deu sua opinião:

— É um quadro muito antigo. E seguramente feito por algum pintor famoso. O olhar da Madona para com o neném só um grande mestre poderia ter feito. Acho que tem mais a ver com Rafael do que com um aluno ou um copista.

Àquela altura, Matteo já contara a Rômulo alguns tópicos da história que conheceu ao longo de sua busca pelo autor da pintura. Que o quadro de Berlim tinha sido comprado pelo rei da Prússia em 1827; que o quadro alemão não era aceito como sendo totalmente de Rafael por alguns críticos; e que por várias razões, especialmente por sua beleza, ele pessoalmente estava a pensar que o seu quadro poderia ser um autêntico Rafael.

Rômulo lentamente começou a montar peça por peça do seu complicado equipamento. Testou as luzes, o foco das máquinas, enfim, tudo. Mas, vez por outra parava, como se não acredi-

CAPÍTULO XVI

tasse no que estava a registrar, para admirar o quadro.

Somente quando se sentiu muito seguro de que tudo estava em ordem é que começou a bater as primeiras fotos.

De vez em quando parava, chamava Matteo para que ele pudesse apreciar por trás da câmara como ficava a foto e como revelava certos detalhes que ele não observara antes. Como, por exemplo, a pintura branca sobre o sexo do bebê. Por trás da lente ficava claro que as pinceladas eram grosseiras demais. Era, decerto, algum retoque que fora provavelmente pintado muito tempo após a realização da tela.

Era um trabalho de perito, com isto Matteo sentiu-se seguro. Começou a concordar com o fotógrafo do MASP, Luís Hossaka, que afirmara sem falsa modéstia, que "seu trabalho é tão bom quanto o meu".

Rômulo ia batendo as fotos uma a uma. Ao mesmo tempo em que observava o trabalho de Rômulo, Matteo percebia como o fotógrafo era perfeccionista. E isto o deixava cada vez mais tranquilo. Entendia que isto era fundamental. A partir deste trabalho Matteo imaginava que iria conhecer o veredicto final.

Mais ou menos uma hora e meia foi o tempo que Rômulo precisou para colher e fotografar todos os detalhes de que necessitava para a documentação.

Terminado o trabalho, Lola lhe serviu uma cerveja para diminuir o efeito do intenso calor que fazia naquele momento. O calor de verão se fazia sentir a tal ponto que Matteo, àquela altura, já se desvencilhara de sua camisa.

Enquanto Lola retirava o quadro para guardá-lo, Matteo abriu a porta da frente do apartamento para que Rômulo pudesse apreciar um pouco a fantástica vista que se descortinava de todo Balneário. Afinal, seu apartamento, que estava muito bem localizado, propiciava uma vista deslumbrante.

A paisagem atraiu a atenção do fotógrafo, que foi até a sa-

CAPÍTULO XVI

cada, sentou-se em uma cadeira e aproveitou para descansar um pouco, ao mesmo tempo em que se deliciava em sentir um pouco daquela brisa agradável que o oceano proporcionava.

Como era início de verão, Matteo ainda perguntou se Rômulo não gostaria de passar alguns dias no Balneário como seu convidado, pois dispunha ele de uma pequena casa de madeira, bem montada, a duas quadras do seu prédio. Rômulo poderia, assim que dispusesse de tempo, aproveitar para descansar alguns dias ali. O fotógrafo gostou da ideia e lhe garantiu que retornaria para descansar logo que tivesse uma folga.

Aos poucos, já preocupado com a volta, Rômulo começou a desmontar e embalar seu equipamento.

Enquanto o fotógrafo arrumava suas bagagens, Matteo, pedindo licença, se retirou para tomar um banho e se refrescar um pouco do excessivo calor que fazia naquela tarde.

Tudo pronto como planejaram, levaram as bagagens até a garagem onde se encontrava o carro, a fim de que Matteo pudesse levar Rômulo tranquilamente ao aeroporto. Tinham pelo caminho a travessia sobre o rio Itajaí-Açú, que é realizada sobre ferry-boat, e como não tinham ideia do tempo que iriam necessitar para realizar a travessia, era importante saírem cedo. Normalmente, durante o verão, o movimento era intenso, e por ser o meio de acesso mais próximo entre o litoral e o aeroporto, por vezes o tempo de espera tornava-se demorado.

Tão logo chegaram ao aeroporto, se dirigiram ao balcão de embarque para que Rômulo pudesse despachar a bagagem. Enquanto aguardavam a vez de serem atendidos, Matteo combinou com Rômulo que iria lhe telefonar no dia seguinte, para saber como ficaram as fotos e se conseguira entregar ao Professor Bardi as cópias que ele esperava.

Antes de se despedir de Matteo, Rômulo voltou a falar no que sentira pela pintura. E aí extravasou todo o seu encanto.

CAPÍTULO XVI

— Matteo, me sinto honrado por ter sido o responsável pelo registro fotográfico de uma obra tão bela. Contarei a meus filhos e a meus netos: seu pai e avô viu e fotografou um Rafael pela primeira vez. Eu ajudei a descobrir um Rafael.

— Rômulo, assim você me deixa emocionado.

— Tenha certeza, Matteo. Vou ficar torcendo para que tudo se encaminhe bem.

Além de emocionado, Matteo sentiu-se também envaidecido. Se para Rômulo era uma honra somente fotografar a tela, para Matteo então era difícil compreender o que sentia, pois ele estava acreditando, investindo, procurando se cercar de garantias, fotos, documentos, informações de pessoas competentes, para chegar a uma certeza definitiva sobre a originalidade do quadro. As palavras de Rômulo tratavam-se muito mais do que um elogio, era um voto de credibilidade e uma injeção de otimismo e estímulo que, sem dúvida, vinha fortalecê-lo ainda mais.

Àquela altura, Matteo já estava com o cheque no valor conforme combinado anteriormente e, após entregá-lo, se despediu de Rômulo com a certeza de que voltariam a conversar no dia seguinte.

Ao deixar Rômulo no aeroporto, Matteo estava inquieto, preocupado. Poderia estar a partir deste momento detonando o estopim da divulgação. Daqui para frente não estava mais só consigo o controle da divulgação e da repercussão do que poderia ocorrer. As melhores e mais perfeitas fotos já não eram mais exclusivamente suas. Agora já pertenciam a Rômulo, que as entregaria, por sua vez, tão logo chegasse a São Paulo, ao Professor Bardi, e este à secretária, que finalmente enviaria ao Professor Camesasca, na Itália.

Agora tudo era possível, tanto poderia ter uma resposta sigilosa, e era assim que ele desejava, mas também poderia de repente ser tomado de surpresa pela imprensa a querer informações, e ele sabia que iriam querer saber tudo.

Onde estava o quadro? Como parara em suas mãos? Se iria ou não leiloar? Se tinha ideia do seu valor? O que iria fazer? Se estava ainda em seu poder? Enfim, mil e uma perguntas poderiam surgir.

Tinha que estar preparado para tudo. Acontecesse o que acontecesse, ele deveria inclusive pensar na possibilidade de ter que ir a qualquer momento à Itália para levar o quadro, caso ele decidisse por uma restauração na Europa. Claro que ele iria escutar os conselhos, tanto do Professor Bardi como do Professor Camesasca, ambos mestres e especialistas, enfim os mais recomendados para dizer onde seria mais adequado restaurar a tela.

Enquanto seus pensamentos voavam a uma velocidade além-luz, Matteo dirigia o carro suavemente e já se aproximava de Brusque, onde planejara encontrar-se com alguns de seus irmãos que o esperavam, pois de lá junto com Lola rumariam para casa. E isto era o que Matteo mais desejava, pois o dia, embora produtivo, fora também muito cansativo por duas razões: o forte calor e a movimentação excessiva que tivera durante todo o dia.

Por uma questão de filosofia de vida pessoal, Matteo acreditava muito na sorte, que sempre o acompanhara. Talvez por isto ele não tinha dúvida de que as coisas viriam naturalmente, era só uma questão de tempo. Tantas vezes durante a vida tivera provas mais do que suficientes de que as portas que se abriam sempre foram para o seu bem. E estava convencido de que tudo iria acontecer para o lado que fosse melhor para ele e para a felicidade de sua família.

Por isso, embora estivesse preocupado com os rumos que a sua história poderia tomar daqui para frente, estava convicto de que iria acontecer o melhor. Se o sigilo fosse o melhor, ninguém por certo vazaria a notícia, até porque ainda não havia provas suficientes para uma divulgação que merecesse crédito.

CAPÍTULO XVI

Conforme o combinado, no dia seguinte Matteo ligou para Rômulo, e quem o atendeu foi a esposa do fotógrafo, que lhe comunicou que Rômulo não estava, mas que não tardaria a chegar.

Matteo então perguntou se ele tinha gostado da viagem até Santa Catarina, ao que a mulher respondeu que Rômulo ficara encantado com tudo, com a beleza da região de Brusque, mas de modo especial com o quadro que havia fotografado.

Um pouco mais tarde, Matteo voltou a ligar, sendo atendido pelo próprio Rômulo.

— Boa noite, aqui é Matteo.

— Boa noite, Matteo.

— Tudo bem, Rômulo? Estou curioso para saber como ficaram as fotos?

— Excelentes! Inclusive já entreguei ao Luís, que irá pessoalmente entregá-las ao Professor Bardi.

— O que o Luís achou?

— O Luís achou formidável, disse que parece não haver mais dúvidas. Em sua opinião, as fotos comprovam o encanto que a obra possui. Falou que adorou os detalhes, e disse que tão logo tivessem qualquer notícia da Itália iriam te comunicar imediatamente.

— Sabe, Rômulo, cada vez eu vou ficando mais nervoso e preocupado. Mas seja o que Deus quiser. Fala-me de tua viagem. Como foi o regresso?

— Tranquilo, inclusive cheguei antes do horário.

— Rômulo, quando mais ou menos irás me enviar as cópias?

— Provavelmente na sexta-feira.

— Está ótimo. Mas, realmente, o Luís achou uma boa obra?

— O Luís ficou impressionado, não cansava de admirá-la. Achou as feições da mãe e da criança incríveis. Vou ficar aqui torcendo por vocês aí em Santa Catarina.

— Obrigado. Quem sabe não vamos comemorar juntos em

São Paulo. Assim que eu for a São Paulo, eu telefono e vamos jantar juntos.

— A ideia é ótima, mas eu fico feliz em saber que tudo está correndo bem.

— Rômulo, eu não quero te incomodar, mas qualquer problema que houver eu voltarei a te ligar. Um abraço e muito obrigado por tudo.

— Não há de que. Estou à sua disposição. Um abraço e boa sorte.

— Tchau! E muito obrigado — despediu-se Matteo.

— Tchau! E boa sorte — falou Rômulo.

Sentados, em frente à televisão, Matteo e Lola conversaram e comentaram sobre suas preocupações, seu futuro, as crianças, a necessidade dos passaportes estarem prontos para uma possível viagem à Itália, caso tivessem que restaurar o quadro no exterior.

Tinham que se precaver para todas as eventualidades. Isto era o mínimo. Precisavam ter uma reserva financeira. E caso a recuperação demorasse alguns meses Matteo não admitia viajar a não ser com toda a família. Era muito tempo para ficar só. Por isto teriam que, daqui para frente, planejar uma reserva financeira compatível com os gastos no exterior.

Matteo, que viajava com frequência, tinha ideia real de quanto teriam que guardar para uma eventual viagem de surpresa.

CAPÍTULO XVII

Véspera de Natal. Embora as coisas começassem a andar em ritmo acelerado e no caminho correto, a família de Matteo estava agora envolvida com a programação de Natal e fim de ano.

Era um hábito familiar que todos os seus irmãos e familiares mais íntimos se reunissem em sua casa para a ceia de Natal. Por isso tudo girava em torno da preparação de sua casa para receber seus convidados. Lola decorava sua moradia com todo carinho sem se esquecer de nenhum detalhe. Eram arranjos de flores, enfeites sobre as mesas, doces, nozes, toalhas, enfim, uma decoração impecável.

Queria que este Natal fosse o mais belo de todos os Natais.

Matteo e sua família haviam chegado recentemente de Foz do Iguaçu, lugar que Matteo considerava um dos maiores presentes que Deus deixou ao ser humano, para que valorizasse a natureza e a necessidade de preservá-la, como forma de bem viver, onde por três dias se hospedaram no Hotel Cataratas, a fim de conviver um pouco com a natureza, descansar, além de aproveitar sua estadia para fazer suas compras natalinas.

Embora tudo estivesse bem planejado, acabaram por se esquecer de pequenas coisas que lhes obrigaram a ter que, em última hora, ir a uma loja-livraria. Matteo se prontificou a ir comprar os papéis decorativos para embrulhar os presentes natalinos em uma livraria próxima. Como dispunha de tempo, começou a olhar os livros que estavam à mostra para leitura.

CAPÍTULO XVII

De repente, a prateleira onde estavam as obras sobre pintores famosos lhe prendeu o olhar. Não é preciso dizer que instintivamente um livro sobre Rafael lhe chamou a atenção. Pediu então à balconista que lhe mostrasse aquele exemplar.

Estava escrito em alemão. Sim, Rafael escrito em alemão.

Era um livro com todas as obras do famoso italiano. Matteo se interessou e perguntou o preço, que por sinal era bastante alto, e sem o menor questionamento disse:

– Fico com ele – enquanto procurava se certificar que o seu quadro estava entre as obras mencionadas.

Após colocar o livro junto com as outras compras que fizera, Matteo se despediu da vendedora e rapidamente se dirigiu ao carro. Ao entrar, a primeira coisa que fez foi abrir o livro e procurar a Madona Colonna. Estava ali uma foto colorida. Se as fotos que vira em preto e branco e o que lera anteriormente no xerox que sua esposa trouxera de São Paulo já o tinham impressionado, estava agora definitivamente embevecido pela obra.

Outra vez ele não acreditava no que via, uma foto colorida do quadro de Berlim que, por coincidência, era do mesmo tamanho das fotos que Rômulo fizera. Que emoção vivia Matteo: sua face era o puro retrato da felicidade.

Porém, como já se sentira anteriormente, esta era mais uma das fortes emoções que a tela lhe proporcionava.

Agora conseguia entender o porquê de sua esposa ter dito em São Paulo que o quadro que possuíam era diferente. De fato, o quadro era igual, mas o colorido, a vibração do olhar, a fisionomia eram completamente diferentes. Era a exatidão, a meiguice, a perfeição que diferenciava Rafael de outros tantos pintores.

E, sentindo que podia contemplar com mais exatidão, Matteo se apressou, pois queria chegar logo em casa e comparar as diferenças entre a pintura que estava no livro e aquela que estava em sua casa. Queria poder ver uma do lado da outra, ambas co-

CAPÍTULO XVII

loridas, pois somente assim teria uma ideia exata para si. Poderia pelo menos tecer uma opinião pessoal fundamentada em fotos que retratavam com exatidão as duas Madonas.

Era importante que ele, antes de qualquer coisa, estivesse convencido de que o seu quadro fosse uma obra perfeita, para poder então prosseguir em sua caminhada com a motivação necessária. Com esta reprodução colorida que o livro trazia ficava mais fácil se convencer do real valor e da beleza de sua tela. A foto colorida lhe dava mais certeza ainda que seu quadro era muito superior àquele que estava exposto em Berlim. Sabia que não seria tarefa fácil esclarecer qual era a obra original. Seria uma verdadeira e uma cópia? Seriam ambos os quadros meras cópias de um original ou uma reprodução da outra? Seriam as duas verdadeiras? Mas como ser as duas verdadeiras, se cada uma possuía sua própria expressão? Com certeza, podia-se afirmar que as duas não teriam sido feitas pelo mesmo artista.

Enquanto se conteve interiormente, Matteo ansiosamente esperava a hora de chegar outra vez em casa e poder contar para Lola toda a sua emoção, seu prazer, sua satisfação em sentir as diferenças entre uma pintura e outra. Era impossível guardar somente para si toda a emoção que estava vivendo. Quantas vezes sentira necessidade de extravasar um pouco do que vivia. Mas a grande emoção, representada por seus sentimentos, estava sendo reservada para ele mesmo, que vivia esta fascinante e incrível história.

Tão logo chegou a sua residência, chamou Lola e, mostrando-lhe o livro, disse:

— Veja o que encontrei. Olhe a foto.

— Lindo, Matteo, mas não me parece um livro muito barato. Quanto pagastes por ele?

— Olhe, Lola, foi caro, mas não importa, afinal eu achei o que procurava.

A DESCOBERTA

CAPÍTULO XVII

Matteo no intuito de conseguir literatura com todas as obras de Rafael chegara a comprar a Enciclopédia Britânica, edição em inglês, para obter as informações de que precisava sobre Rafael.

Inclusive, escrevera à editora da enciclopédia pedindo informações sobre as obras publicadas que haviam servido de referência à Britânica – The Complete Paitings of Raphael, 1970, Michele Prisco; Raphael: A Critical Catalogue of His Pictures, Wall-Paintings and Tapestries, German Publication, 1971; Raphael His Life and Works (1882-85), Reprinted, 1972 –, para se aprofundar na sua pesquisa, mas infelizmente nunca recebera qualquer resposta ao seu pedido por parte da editora.

Sendo assim, pelo menos já tinha em mãos um livro com as obras de Rafael e com fotos coloridas. Enfim, algo mais concreto sobre Rafael.

Dirigindo-se à sala de estar e colocando a foto do seu quadro, coincidentemente do mesmo tamanho que as do livro, Matteo começou a comparar a foto do livro com a foto do seu quadro e com outras Madonas pintadas por Rafael.

Como é perfeito o meu quadro, como é parecida a Madona com as demais Madonas de Rafael, dizia no seu íntimo.

Alguns detalhes lhe chamavam a atenção: primeiro a fisionomia da Madona, era incrível a diferença. Enquanto os olhos da sua pintura falavam, percebia-se que os olhos da criança eram mais vivos, e também a face da criança era mais leve; no quadro de Berlim o rosto do menino era mais cheio, inclusive as bochechas deixavam a desejar, o braço da criança era totalmente diferente, mais comprido e sem a perfeita anatomia que despontava no quadro que tinha em casa. Outro detalhe que lhe chamou a atenção foi a proporção do braço e antebraço, que no seu quadro era perfeita, enquanto na tela de Berlim chegava a ser anormal o tamanho dos membros; o deltoide era visível no seu, no de Berlim era grotesco, o véu leve que havia em cada lado do pescoço da Madona era diferente em delicadeza e detalhe. A face então dispensava comentário. A sua era uma Madona meiga, angelical, a outra mais pesada, nem de longe revelava a meiguice, o carinho maternal na face e no olhar. Isto sim pode ser um Rafael, pensava Matteo.

Como médico e observador que era, Matteo podia e sentia as diferenças gritantes entre o seu quadro e o que estava em Berlim. O vestido, além de uma alteração na cor, parte do panejamento era mais detalhista no seu, salvo o lado esquerdo, que no seu quadro era mais rudimentar e em nada se assemelhava ao lado direito da Madona. As curvas do vestido, as depressões, tudo adquiria outra conotação quando estava diante de um bom observador. E como já havia se acostumado a admirar sua tela, qualquer diferença entre os dois chamava a atenção de Matteo.

Embora fosse véspera de Natal, Matteo não conseguia desviar a atenção dos detalhes que a comparação lhe revelara. Se já estava interiormente convencido, agora a convicção era quase total, ainda mais depois que pôde comparar as duas obras em fotos coloridas, lado a lado.

Matteo, que jamais tinha imaginado até mesmo comprar o quadro, e que, já naquela época, alguém fosse capaz de fazer cópias de obras de arte, estava naquele momento descobrindo, além de um Rafael autêntico, uma farsa, uma mentira que foi mantida por mais de quatro séculos, caso tudo que imaginava fosse comprovado.

Sim, no momento em que a notícia se propagasse, Matteo não só estaria revelando o seu grande achado, mas também estaria revelando ao museu de Berlim que o seu quadro poderia não passar de uma cópia. Mas com isto estaria ele ajudando a resgatar a imagem de Rafael que, sem dúvida, estava comprometida com esta cópia. E a prova disto era o que revelavam os livros sobre suas obras. Cada livro atribuía a um autor diferente o quadro na dú-

CAPÍTULO XVII

vida sobre ser ou não um Rafael. Com este livro em alemão que Matteo acabara de comprar, já seriam três os autores suspeitos de terem feito ou retocado o quadro. Mas, como sempre o quadro de Berlim aparecia entre as obras de Rafael, a dúvida permaneceria para a posterioridade, a não ser que alguém provasse o contrário, e Matteo tentaria fazer isto, pois muito em breve teria como prová-lo. Seria importante, a partir de agora, coletar todos os dados, todas as suas observações e quando tudo estivesse bem documentado, bem fortalecido em conhecimento, divulgar os fatos, pois com certeza iria ter que responder a mil perguntas que a imprensa iria lhe fazer.

Mas o fato de poder estar ajudando um pouco a manter a verdadeira identidade de Rafael Sanzio já era um orgulho, uma espécie de vaidade que Matteo estava sentindo em participar desta gratificante tarefa.

Para ele o assunto parecia cristalino e independentemente do Professor Camesasca, ele iria escrever, relatar tudo para a imprensa. Ele poderia precisar de aliados e a imprensa era sem dúvida uma dessas forças que, se estivesse do seu lado, uma vez comunicado o fato, teria o interesse em saber toda a verdade, pois se tratava do resgate de um patrimônio da humanidade. Só isto valia qualquer esforço.

Claro, o Professor Camesasca era a credibilidade viva que faltava para convencer os outros. Mas ele não poderia depender da opinião de uma única pessoa, quando já várias pessoas tinham lhe demonstrado parecer favorável, como Professor Bardi, Rômulo Fialdini e até mesmo Luis Hossaka, pelo que Rômulo lhe falara.

Encarando a realidade, Matteo se perguntava: quem teria feito a cópia e por que teriam vendido ao rei da Prússia uma obra falsa? Quem teria arquitetado tudo isto: fazer uma cópia e vendê-la ao imperador?

O que não teria ocorrido no passado? Como e quem se en-

CAPÍTULO XVII

volveu nesta trama? O que Bellini teria feito na Itália para ter ficado com o quadro? O que não passou este homem para ficar com o quadro e trazê-lo ao Brasil? Por certo que o seu assassinato por desconhecidos estava explicado. Ele fugira da Itália com o quadro e para despistar os possíveis seguidores que viessem ao Brasil, ele primeiro parou em Santos e só mais tarde foi para Santa Catarina. Isto explicava também porque ele mantinha em sua casa dois orifícios por onde poderia espreitar as pessoas que chegassem e nos quais poderia colocar os canos de seus rifles, caso tivesse que se defender. Isto tudo parecia tomar sentido, tanto a sua fuga como a sua morte.

Imaginar quantas vezes Bellini precisou desconversar quando as pessoas lhe perguntavam que embrulho era aquele que carregava debaixo do braço. Imaginar as dificuldades de transporte para se locomover naquele tempo, pois, além das armas que trazia para sua defesa pessoal, tinha também que carregar um quadro de mais de meio metro e ter que cuidar para não deixar que a tela fosse roubada por outros, em uma época em que não havia qualquer tipo de segurança pública. Os cuidados que deveria ter para que o quadro não se rompesse, afinal, deveria ter mais de 350 anos quando o trouxe para o Brasil.

Era uma epopeia o que Matteo estava vivendo, parecia mais um filme de ficção do que algo para se viver de verdade.

Quantas vezes Matteo se perguntara se tudo isso que estava vivendo seria mesmo real. Parecia ser um conto irreal, além da imaginação, mas não, tudo era real. O quadro estava ali, bem à sua frente. As fotos, a história que investigara, que descobrira, tudo tinha o mais profundo senso do real. Tinha certeza que se contasse, sem mostrar as fotos, enfim, os dados reais de que dispunha, as pessoas não acreditariam nele. Mas, como registrava tudo, tudo anotava, certamente algum dia tudo seria publicado, e quem lesse e visse as provas saberia que tudo aquilo Matteo de

CAPÍTULO XVII

fato vivera e não apenas sonhara.

Passadas as festas de fim de ano, janeiro se iniciava e Matteo aguardava ansiosamente os cromos, os negativos e as fotos que Rômulo teria revelado em São Paulo.

E logo no terceiro dia útil do ano recebeu, via Sedex, a tão esperada encomenda. Retirou do pacote todo o material fotográfico que Rômulo enviara e percebeu que os cromos estavam perfeitos, ficando impressionadíssimo com os negativos. Era espantoso como se podia ver com perfeição a diferença entre as camadas de pinturas, o original feito anteriormente e a parte branca sobre o sexo da criança e sobre o busto da Senhora, retoques que foram executados já no Brasil, lá no mosteiro franciscano de Rodeio.

Isto só vinha a confirmar o que estava escrito no bilhete de 1933, pelo frei do mosteiro em Rodeio, onde se lia que as partes brancas tinham sido sobrepintadas a pedido de Frei Modesto. Era a prova de mais um fato real. Cada vez mais, como pedras de um jogo de xadrez, as coisas se encaixavam.

Além dos comentários a respeito dos retoques brancos sobre o sexo e dos pregos feitos na forja, o frei não se conteve em apenas relatar os fatos verdadeiros e, como se tentasse ir mais longe, deu a sua opinião sobre a tela: "Em minha opinião ou é obra de um mestre antigo ou uma cópia".

A partir da declaração do bilhete do frei, Matteo chegava a outra conclusão relativa à antiguidade da obra. O frei também dizia que o quadro era muito antigo, pois os pregos eram ainda feitos na forja, e o frei dizia que em sua opinião, devia ser de algum mestre antigo ou uma cópia. Sim, o bom senso lhe dizia que deveria ser de um mestre antigo. Que raciocínio, que visão tivera este frade! Era verdadeiro ao dizer que o branco tinha sido sobrepintado. Estaria certo em pensar que deveria ser de um mestre antigo ou uma cópia?

De qualquer forma um desafio fantástico o frei fizera quan-

CAPÍTULO XVII

do perguntou: quem descobrirá este enigma?

Matteo sabia avaliar como ninguém tudo que passara pela cabeça do frade. Só que ele estava tendo mais sorte, pois já avançara bastante na direção de solucionar o enigma, tudo graças a um cartão de Natal que lhe abrira o caminho.

Outra coisa que Matteo fazia constantemente era contemplar longamente a foto inteira do quadro. Repetindo sempre o mesmo ritual, procurava os detalhes na foto, especialmente aqueles relativos aos dedos, mãos, face, indumentária, enfim, qualquer minúcia que podia lhe permitir diferenciar a sua tela da de Berlim.

Como agora já tinha um livro completo de Rafael ele podia comparar a tela de Berlim com as demais Madonas.

Enfim, sabia que quanto mais pesquisasse, mais fácil seria para explicar no futuro todos os passos que tinha dado, como tudo acontecera.

A esta altura ele anotava tudo, pois decidira publicar tudo tão logo tivesse a certeza final, notícia que o Professor Camesasca, por certo, lhe daria em breve.

Na realidade, Matteo escrevia um livro, uma espécie de romance, com alguns toques fantásticos. Por certo, quando ele revelasse ao mundo o resultado de sua investigação, quantas pessoas gostariam de saber tudo, cada detalhe, cada passo que ele dera. E o que ele vivia era um conto quase impossível, era uma verdadeira história de sonho. Aquele seria um bom momento para escrever. E como anotava tudo, cada emoção sentida e vivida, escrever era quase deixar correr para o papel, sob a forma de palavras, a emoção que estava sentindo.

Em várias ocasiões, Matteo já escrevera para si, pensando em lançar no futuro um livro de histórias e casos que tivera como médico. Quantas vezes escrevera por horas e horas os fatos marcantes de sua profissão. Naquele exato momento de sua vida estava diante de uma oportunidade ímpar: escrever a própria história.

CAPÍTULO XVII

Já era tarde da noite e antes de se deitar, enquanto contemplava as duas obras, um detalhe lhe chamou especial atenção: a manga das Madonas. Sim, Rafael havia pintado duas Madonas com o mesmo detalhe que o seu quadro apresentava. Tanto na Madona e criança com livro, quanto na Madona com São Gerônimo e São Francisco, os punhos do vestido apresentavam o mesmo detalhe branco, melhor: dois detalhes, que iam desde o cotovelo até o punho. Isto era mais um pequeno dado que, somado a outros detalhes, cada vez mais confirmava a sua suspeita. Isto sem falar nos grandes detalhes de nariz, boca, sobrancelha, dedos, tipo de vestimenta. Notava que nas Madonas o manto azul esverdeado sempre cobria toda parte inferior do ventre para baixo e na de Berlim isto não ocorria, pois a perna direita estava coberta por um vestido vermelho, que ia até os pés, e não se repetia em nenhuma Madona, salvo a Madona Terranuova, que era a única Madona em que o manto da perna esquerda estava parcialmente entreaberto.

E quanto mais ele comparava as Madonas do livro e a sua, o acabamento dos mantos, as curvas, as depressões, o quadro de Berlim, para si, chegava a ser grotesco.

Quem visse Matteo assim tão intrigado poderia até pensar que, como popularmente se costuma dizer, ele "procurava chifres em cabeça de cavalo", mas, na realidade, o que ele queria era justificar para si próprio que o seu raciocínio estava correto.

Ao notar o detalhe da manga que havia em duas Madonas, Matteo, como querendo mais e mais provas, começou a verificar a proporção entre as obras e aí teve outra agradável surpresa: Rafael pintara quando estivera em Florença por volta de 1502 a 1508 três obras com a mesma dimensão: 44 cm por 60 cm; 45 cm por 63 cm; e outra com 44 cm por 60 cm. Coincidentemente o quadro que possuía em casa media 44 cm por 59 cm. E fora pintado em 1508. Não seria coincidência demais?

CAPÍTULO XVII

As Madonas do período florentino tinham sido pintadas na maioria em Florença exatamente no mesmo período. Obviamente, imaginava Matteo, que quem fornecera as telas para os outros três quadros, por certo também poderia ter fornecido a tela para a sua Madona.

Cada vez tudo ficava mais claro, mais preciso. Entendia agora porque na arte e na ciência só vencem os que persistem, os que não se cansam de procurar. "Quem não sabe o que procura não encontra o que acha", lembrou-se de um velho ditado médico. É preciso saber o que procurar, é preciso ter atenção total. Por mais atento que se esteja, sempre é pouco para quem pesquisa. E a pesquisa que ele fazia era das mais sérias. Não podia sair por aí dizendo que tinha uma obra de Rafael e depois ser ridicularizado, ser chamado de lunático. Por isto, toda cautela era pouco.

Claro que muita coisa que ele observara poderia não ter importância futura, mas tudo que fosse diferente entre as telas era motivo de anotação, pois certamente algumas das observações poderiam também ser importantes, ou até mesmo imbatíveis. Porém, quais de fato seriam úteis ele ainda não sabia.

Já muito cansado, Matteo se deu por satisfeito.

Ele tinha de fato descoberto muita coisa. Todavia, quanto mais investigava, mais descobria novidades. Afinal, era daquelas pessoas que não se dão por vencidas. Lutador incansável, não sabia ser derrotado. Já perdera batalhas na vida, mas nunca a guerra da existência e da autoconfiança. Este era seu espírito, um obstáculo não podia significar uma derrota. Um erro não significava a derrota e não lhe abalava a fé de que a perfeição era apenas questão de persistência.

Contudo, naquela noite ele deitara como um vencedor.

E nada melhor do que o repouso justo e merecido depois de tanto esforço.

Matteo agora sabia que teria que esperar os acontecimentos

CAPÍTULO XVII

e deixar as coisas andarem por si próprias. Rômulo lhe garantira que os outros negativos e fotos ele entregara ao MASP. Além disso, conforme combinado com Sofia, as fotos da Madona realizadas por Rômulo junto com as outras informações, como o bilhete que o frei escrevera em 1933, as informações da semelhança que ele havia descoberto com a Madona de Berlim, mais a carta que por certo o Professor Bardi anexaria, tudo isto seria enviado à Itália. De posse deste material, o Professor Camesasca teria então a missão de tudo esclarecer. Naturalmente, o Professor Camesasca deveria ser um profissional criterioso e, talvez, necessitasse de mais alguns dados, tais como uma radiografia da tela, ou até mesmo analisá-la pessoalmente. Matteo tinha consciência de que nada disso dependia mais de sua vontade, por isto ele aproveitava as horas livres para colocar no papel suas emoções, organizando suas anotações sob a forma de um livro, pois já decidira que assim que tivesse o livro escrito seria mais fácil comunicar à imprensa a peregrinação em direção à verdade.

Matteo estava envolto em escrever suas experiências quando foi pego de surpresa por Thélio, que lhe telefonou para comunicar que em breve enviaria o orçamento do restauro. Matteo se esquecera de que quando Lola estivera em São Paulo para ver as obras que Thélio estava recuperando, combinara com ele de fazer um orçamento completo para restauração da tela.

Assim, três dias após a ligação, Matteo recebeu o orçamento detalhado da restauração da tela. Seria executada em duas etapas: primeiro a fixação e, em seguida, a restauração propriamente dita, com a remoção das partes sobrepintadas.

Uma nova e importante preocupação passou a ocupar a mente de Matteo: onde recuperar a obra? No Brasil? Se fosse no Brasil, a quem seria delegada tão importante tarefa? E se fosse no exterior, quem poderia fazê-lo?

Era uma decisão difícil e extremamente importante, pois

grande parte do valor da obra dependia de uma boa restauração e Matteo não aceitaria jamais que, depois de tanta luta e tanto esforço, por qualquer problema na restauração, principalmente sabendo que havia bons restauradores espalhados pelo mundo, o valor e a beleza da obra pudessem ser depreciados em razão de um trabalho imperfeito. Chegara mesmo a telefonar para Mark Leonard nos Estados Unidos, restaurador que trabalhava na fundação Paul Getty, buscando informações de como proceder, ao que o profissional disse que havia bons profissionais no Brasil e que o trabalho poderia ser feito tranquilamente aqui.

E Rafael merecia, sem dúvida, o melhor restauro que houvesse.

Era uma decisão difícil, mas Matteo, após muita conversa com Lola, decidiu que só havia um modo de saber quem e onde restaurar: perguntando diretamente ao Professor Bardi. Por isso, não havia a menor dúvida, planejaria uma nova viagem a São Paulo, para que Lola pudesse saber do próprio professor o melhor caminho.

Embora com a decisão já tomada, naquele mesmo dia Matteo recebeu um telefonema de Sofia que o deixou bastante preocupado.

Ela solicitava as dimensões da tela e quando Matteo, por curiosidade, lhe perguntou quando ela imaginava receber a resposta da Itália do Professor Camesasca, Sofia lhe disse que ainda não enviara a correspondência porque não recebera todo o material fotográfico de Rômulo. Mas como, se Rômulo lhe havia comunicado que já havia entregado todo material no MASP há mais ou menos vinte dias?

Era muito estranho um assunto tão importante, e que o próprio Professor Bardi fizera questão de salientar que era do interesse da humanidade, estar sendo conduzido dessa forma.

Tinha que ter uma explicação que justificasse o que estava ocorrendo.

CAPÍTULO XVII

Assim que terminou de falar com Sofia, Matteo extremamente preocupado ligou para Rômulo, ao que lhe informam que Rômulo estava nos Estados Unidos e só voltaria dentro de dez dias.

Imensamente preocupado, Matteo não quis acreditar no que estava acontecendo. Pagara um fotógrafo profissional para ter uma excelente documentação, a fim de que o Professor Bardi e o Professor Camesasca pudessem dar uma opinião precisa, e agora este material desaparecia sem mais nem menos. Era irresponsabilidade demais para pessoas que desempenhavam funções tão importantes no mundo das artes. Por isso Matteo não queria acreditar no que escutara. Seria um ato irresponsável por parte de Sofia ou de Rômulo? Ou nenhum dos dois teria culpa? Mas como tinha acontecido uma coisa dessas, se o próprio Rômulo lhe garantira que tinha entregado as fotos e cromos no MASP? Ou teria porventura alguém usando este material para fazer uma perícia, para que, se desse positivo, tentar boicotar todo seu serviço? Fosse o que fosse, era um fato muito desagradável e incompreensível. Principalmente por estar envolvendo um assunto extremamente importante.

Só teria uma solução, quando Rômulo retornasse, telefonar para esclarecer sobre o ocorrido.

Foram dez longos dias de uma espera preocupante e angustiante, mas não havia outra solução, Matteo pacientemente aguardou o retorno do fotógrafo.

No dia previsto para a chegada, Matteo ligou para a residência de Rômulo, sendo atendido pelo filho do fotógrafo, que lhe disse que seu pai já chegara e que o mesmo se encontrava em outro telefone, passando imediatamente o número para Matteo.

Discando em seguida o número que o filho de Rômulo lhe fornecera, Matteo ansiosamente aguardava ser atendido.

– Alô, Rômulo?

— Alô, quem fala?

— É Matteo. Como vai, Rômulo? Tudo bem? Como foi a viagem?

— Ótima. Mas o que aconteceu?

— Olha, Rômulo, surgiu um problema. Sofia disse que ainda não mandou a correspondência para a Itália porque está aguardando o material fotográfico.

— Mas como? Eu entreguei todo o material. Deve ter havido algum engano.

— Não sei, Rômulo, mas foi a própria Sofia que me disse isso.

— Matteo, deixe comigo. Amanhã vou ver o que aconteceu. Não se preocupe, pois mesmo que tenha havido um extravio, você tem aí todos os negativos e cromos, dos quais podemos fazer novas cópias.

— Sim, Rômulo, mas eu só tenho os cromos do quadro e os negativos que mostram o rosto da Madona e aqueles que mostram com detalhes que a parte branca foi sobrepintada. Aqueles dos detalhes dos dedos, olhos e criança eu não recebi.

— Você não recebeu?

— Não.

— Matteo, fique tranquilo que amanhã mesmo eu resolvo tudo.

— Certo. Aguardarei. Por favor, dê um jeito aí. Até amanhã.

— Pode deixar, até amanhã. Tchau.

— Tchau.

Era difícil para Matteo conseguir aceitar o que tinha acontecido. Logo ele que estava sendo tão cuidadoso com tudo. Será que Sofia não estava interessada no assunto, ou seria o excesso de serviço a razão pela qual o material fora extraviado? Ou quem sabe, ao chegar no MASP, o material foi entregue a alguém que se esqueceu de passar para Sofia?

CAPÍTULO XVII

Com estas perguntas martelando em sua cabeça, Matteo teve muita dificuldade para dormir, somente adormecendo pela madrugada.

Ao acordar, às sete da manhã, teve dificuldade em se levantar. Não fossem os compromissos sérios que tinha marcado, por certo teria ficado no seu leito por muito mais tempo. Mas, ainda cansado, a primeira coisa que lhe aflorou à mente foi a lembrança do dia anterior.

Pouco antes do meio-dia, recebeu uma ligação de Rômulo lhe comunicando que falara com Sofia e como ninguém sabia explicar onde os negativos tinham ido parar, pediu a Matteo que enviasse os negativos para ampliar as fotos novamente.

Matteo esclareceu que naquele dia não teria tempo para ir ao correio, mas que no dia seguinte enviaria o material por Sedex.

De qualquer forma, Matteo achava que o sumiço do material fotográfico era muito estranho. Não estava em questão um simples quadro, mas um possível Rafael. Porém, como já enfrentara outros obstáculos e, por certo, outros tantos teria que enfrentar, não ia se desesperar com mais esse.

Com o seu quadro em segurança em uma instituição bancária, por mais turbulento que fosse todo o mecanismo de investigação, Matteo não perderia o comando, desde que não acontecesse nada à tela.

CAPÍTULO XVIII

Foram momentos de longas conversas entre Lola e Matteo na busca daquilo que seria mais correto e, principalmente, mais seguro fazer, pois nem Matteo nem Lola aceitavam o desaparecimento do material fotográfico que estava em São Paulo, algo que realmente lhes soava muito estranho e deveras preocupante.

No entanto, Matteo já decidira primeiramente pela restauração da obra com as análises que deveriam ser feitas concomitantes, como explicara Bardi e, em seguida, a publicação do livro. Ele imaginava que sendo os fatos publicados, ao tomar conhecimento destes, os próprios museus estariam interessados em esclarecer a verdade. Contudo, era importante que a obra não perecesse ainda mais, pela ação do tempo. Assim, Matteo procuraria aqui mesmo no Brasil um restaurador reconhecidamente competente. Embora não conhecesse pessoalmente Thélio, tanto pelos contatos telefônicos que tivera quanto pelas informações obtidas com algumas pessoas e, principalmente, pelo que Lola vira e sentira, durante sua visita ao ateliê, era provável que fossem confiar a tarefa a ele mesmo. Além disso, havia as garantias que o restaurador lhes dera sobre o material que iria usar, o qual poderia ser removido a qualquer tempo sem prejuízo da obra, e de que a fixação era um processo reconhecido universalmente.

Como já haviam feito vários contatos com Sofia, ele iria mais uma vez ligar para saber sua opinião sobre o trabalho de restauração e se ela poderia indicar alguém. Também perguntaria

CAPÍTULO XVIII

se havia a possibilidade de um novo encontro entre o Professor Bardi e Lola. Contudo, pelo modo como falava ao telefone, Sofia deixou transparecer que não ficara satisfeita com o fato de Lola querer falar novamente com o Professor.

– Mas o que ela quer saber do Professor?

– Gostaríamos de saber alguma coisa sobre restauração, como fazê-la? Se fazer no Brasil ou no exterior, coisas assim. Afinal, como nós nunca restauramos nenhuma obra de arte, é sumamente importante que, antes de confiarmos a tarefa a alguém, tenhamos pelo menos um conhecimento adequado do processo, e por isto para nós é fundamental escutarmos os conselhos do mestre Bardi.

Matteo pensava que se havia alguém tão próximo de si, que conhecia tão bem o assunto, por que não escutá-lo? Era uma questão simplesmente de bom senso e lógica.

Sofia, demonstrando certa irritação, respondeu:

– Eu já disse: é melhor aguardar o resultado da Itália. Um mês ou dois não irá atrapalhar a restauração e a recuperação da obra.

Realmente, um ou dois meses não alterariam quase nada o estado de uma obra que já contava com mais de 490 anos. Mas, pela forma como Matteo estava dirigindo o assunto, a restauração com determinada urgência seria sumamente importante. Dois fatores eram básicos e um dependia do outro: só poderia revelar o fato à imprensa quando o quadro estivesse recuperado, pois uma recuperação posterior à divulgação seria muito difícil por questões de segurança, e o preço que possivelmente cobrariam talvez estivesse além das suas condições financeiras, mesmo que, no momento, isto não fosse problema para Matteo, pois havia uma boa reserva financeira no caixa. Além de tudo, como poderia controlar a restauração de um quadro tão famoso? Assim, entendia Matteo que seria muito mais lógico restaurá-lo primeiro, quando

CAPÍTULO XVIII

tudo seria encarado como uma mera restauração de uma obra desconhecida.

Sofia recomendou então que procurassem conhecer o trabalho de um senhor suíço que residia em São Paulo de nome Brixa.

Tanto Matteo como Lola tinham no fundo a esperança que possuíam um possível Rafael, mas faltava que o mundo científico e das artes analisasse, estudasse e depois concluísse que se tratava, de fato, de um autêntico Rafael.

A partir daquele momento, Lola estava mais uma vez incumbida de ir a São Paulo, para duas missões: uma, falar com o Professor Bardi sobre sua ideia de restaurar o quadro no Brasil, e a segunda, conhecer o outro restaurador, para que ela e o marido tivessem duas opções, escolhendo aquela que melhor lhes parecesse. Também aproveitaria sua ida a São Paulo para revelar outras fotos com os negativos que possuíam, principalmente aquelas dos detalhes do dedo e faces, além de aproveitar para mostrar ao Professor Bardi as fotos perfeitas que tanto ele gostaria de avaliar.

Fazia parte do projeto muita documentação e como eles possuíam os negativos, era questão de coerência revelar as fotos com todos os detalhes do quadro. Além disso, as fotos dos detalhes, por certo, em muito auxiliariam o restaurador a ter mais clareza sobre determinadas partes mais afetadas pela decomposição do tempo.

Assim, em uma noite de domingo lá estava Lola para novo voo até São Paulo. Trajando um vestido azul escuro com uma blusa branca, com cabelos soltos, embarcou para uma viagem de mais ou menos 45 minutos. Pouco antes da meia-noite, Matteo recebeu ligação de São Paulo confirmando que a viagem transcorrera sem problemas. Lola já havia chegado à casa de sua irmã sem nenhum contratempo e, apesar de bastante cansada, a conversa com sua irmã se alongou por mais de uma hora.

Tereza, bastante curiosa, queria saber o porquê de sua nova viagem.

CAPÍTULO XVIII

Lola, embora não contasse toda verdade, relatou superficialmente que tinham comprado um quadro muito antigo, o qual estava se deteriorando e, portanto, teriam que recuperá-lo. Como se tratava de um assunto desconhecido para eles, ela veio até São Paulo para se orientar e conhecer restauradores de telas antigas.

Apresentando visível cansaço, Lola se desculpou e, pedindo licença a sua irmã, se retirou para o quarto.

Era importante repousar cedo, não queria estar com a aparência cansada para o dia seguinte, que sabia que seria bastante atarefado.

Os primeiros raios de sol começavam a surgir quando Lola foi acordada por sua irmã que a convidou para tomar um café. Ela sabia que a missão de Lola em São Paulo necessitava de muito tempo e por isso era bom que começasse logo cedo. Além das fotografias que queria revelar, havia ainda os encontros com Sofia, Bardi e Brixa em seu ateliê, sem contar as compras que desejava fazer.

Após tomar uma ducha, Lola vestiu uma roupa leve, para poder enfrentar o verão paulista confortavelmente. Tomou uma xícara de café acompanhada de um pedaço de pão com manteiga e mel, sentindo-se disposta para dar início a sua missão.

Como o MASP era caminho para o trabalho de sua irmã Tereza, esta se ofereceu para levar Lola a seu primeiro compromisso: o encontro com Sofia, o que agilizou bastante a lotada agenda da esposa de Matteo.

Tão logo Tereza a deixara em frente ao MASP, Lola começou a sentir certa tensão e angústia. Não fazia ideia de como seria recebida. Será que Sofia teria tempo para recebê-la? Iria conseguir falar com o Professor Bardi? Quem sabe? Mas iria tentar, pois se tentando já era difícil, não tentando seria impossível. Assim pensando tomou o elevador que lentamente a levou até o segundo andar. Lá chegando perguntou por Sofia. A secretária lhe pediu

CAPÍTULO XVIII

que esperasse um pouco, pois Sofia naquele dia, para variar, estava bastante atarefada. Teria que ter um pouco de paciência. Mas como Lola vinha com toda resignação, sabia que se esperasse, pelo menos poderia ser recebida por Sofia.

Quem sabe não teria um pouco de sorte e conseguiria falar com Professor Bardi? Ficou ali sentada por mais de quarenta minutos, quando soube pela secretária de Sofia que o Professor Bardi já se encontrava no museu. Saber que Bardi estava no museu já era um ponto positivo, porque nos últimos tempos normalmente Bardi só vinha uma ou duas vezes por semana, e isto quando sua saúde o permitia. Mas saber que o Professor estava não era tudo. O importante era saber se a secretária do Professor iria permitir o seu encontro, e isto não dependia nada dele. Lola sabia que se dependesse de Bardi o seu encontro seria certo. Sentia-se meio tensa, quando a secretária solicitou-lhe que a acompanhasse até a sala de Sofia.

– Bom dia, Sofia – cumprimentou Lola.

– Bom dia, como vai? Você me desculpe, mas hoje estou recebendo gente nova que começou a trabalhar no museu, por isto não terei muito tempo para lhe atender. Terei que ser breve. O que você deseja?

– Conforme o meu marido lhe explicou, nós gostaríamos de saber do Professor Bardi alguns dados de restauração, por isso precisava falar pessoalmente com ele.

– Veja, respondeu Sofia, hoje é impossível, eu não disponho de tempo. Além disso, eu já havia dito para o seu marido que o Professor Bardi vai indicar uma pessoa que eu não recomendaria. Se vocês quiserem um bom restaurador, Brixa é o ideal. – Mas por que não esperam o resultado do Professor Camesasca? E bruscamente, sem esperar pela resposta de Lola, Sofia disse:

– E por falar em Camesasca, é bom saber que a perícia será cobrada.

A DESCOBERTA

CAPÍTULO XVIII

Lola com a face ruborizada nada respondeu, mas ficou indignada com o tratamento rude.

O Professor lhe tinha dito uma coisa, agora Sofia lhe falava outra. Era difícil Lola entender o que se passava na cabeça de Sofia. Então era melhor ficar calada, por isso ela preferiu nada responder. Mas Lola sabia que se o Professor Camesasca quisesse cobrar pela perícia, Matteo não iria se opor, pois ele estava decidido a investigar, custasse o que fosse.

– Sofia, eu precisava falar com o Professor. A sua secretária já me explicou que hoje não é um dia ideal para você, mas como não estamos a par de muitas coisas que achamos importante saber, eu gostaria muito de falar alguns minutos com o Professor – insistiu Lola.

– Não vejo razão para isto. O que tinha que ser feito eu já fiz. Agora é só esperar. Como eu já disse, a possível indicação que o Professor Bardi dará para restauração eu não recomendo. Infelizmente nada poderei fazer por você hoje, eu já havia explicado isto para seu marido.

– É uma pena – respondeu Lola, desapontada –, eu até trouxe um presente para o Professor. Será que tu não poderias me fazer o favor de entregá-lo?

– Deixe aqui comigo, eu mesma entrego – respondeu Sofia.

– Eu trouxe umas iguarias especiais que estão na casa de minha irmã, algumas são para ti e outras para o Professor. Onde posso deixá-las?

– Aqui comigo, eu mesma as entrego ao Professor.

– Então a minha irmã irá trazê-las amanhã para você.

Assim, sem mais rodeios, Sofia, dirigindo-se à porta, rapidamente despediu-se de Lola.

Não poderia ter sido mais frustrante para Lola a sua ida ao museu. Não falara com o Professor. Não sentira segurança na indicação do restaurador. Além de ter se esquecido de perguntar o

CAPÍTULO XVIII

que havia acontecido com as fotos.

O encontro fora frio demais. Porém, tinha que manter a cabeça erguida e seguir em frente. Ainda havia o encontro com Brixa, e não poderia estar com ares de derrotada. Ainda bastante deprimida com o encontro, Lola tomou um táxi e voltou ao apartamento de sua irmã.

Ao chegar, sentou-se, tirou os sapatos para ficar mais à vontade e começou a pensar em uma forma de falar com o Professor Bardi. Afinal, viera a São Paulo para conversar com ele e falar sobre a restauração do quadro. Tinha que conseguir este encontro de qualquer maneira, independentemente da vontade de Sofia, que a deixou indignada com tanta má vontade.

Mal começara a pensar como resolver o impasse quando lhe veio em mente a ideia de ligar para a residência do Professor Bardi. Por que não ligar? Tinha o número do seu telefone, que o próprio Professor fornecera e que fizera questão de dizer que o procurassem sempre que quisessem, e assim pensando pôs-se a discar os números, um pouco mais animada.

A secretária particular ao atender explicou que neste dia seria impossível, pois o Professor teria um jantar íntimo em sua residência, mas que ligasse no dia seguinte e se o Professor tivesse condições ela tudo faria para que Bardi a recebesse. Lola já tinha conversado uma vez com a secretária de Bardi, mas não imaginava que esta seria tão prestativa, muito mais do que Sofia. O fato da secretária da residência de Bardi, que mais tarde ficara sabendo tratar-se de uma pessoa ligada por laços familiares a ele, ter--lhe acenado a possibilidade de um novo encontro apagou muito aquela chama negativa que Sofia acendera no coração de Lola pela manhã.

Este contato fez com que Lola voltasse a ter novamente a esperança em falar com o Professor e também lhe deu mais ânimo para o encontro que teria com o restaurador Brixa durante a tar-

CAPÍTULO XVIII

de. Enquanto pensava o que queria saber a respeito de restauração para poder comparar com o trabalho de Thélio, Lola começou a anotar em sua caderneta os principais pontos daquilo que gostaria de saber, além de organizar as perguntas que iria fazer ao Professor Bardi, caso ele a recebesse no dia seguinte. Terminando de fazer suas anotações, ligou para Matteo contando a decepcionante entrevista que tivera pela manhã, fazendo questão de destacar a impaciência com que fora tratada por Sofia.

— Tu imaginas que Sofia não me deixou nem falar com o Professor, e olha que ele estava no museu! — disse indignada.

— Calma, Lola, tudo vai se acertar. Mas como tu soubeste que o Professor estava lá? — perguntou Matteo.

— A secretária de Sofia me falou.

— Não faz mal, tens o telefone da casa do Professor, por que não tentas ir a casa dele? Não é o ideal, mas acho que se não consegues pelas vias normais, é bom buscares outra forma. Afinal ele mesmo foi quem forneceu o número do telefone, e fez questão de dizer que iria tentar ajudar a desvendar o mistério.

— Já falei com sua residência, e a cunhada do Professor pediu para que eu ligasse amanhã. Se for possível ela irá me avisar. Vamos torcer para dar certo.

— Vai dar, fiques tranquila. Não podes se esquecer do encontro à tarde com Brixa.

— Ah, isto eu não vou esquecer.

— E as fotos? Já entregaste os negativos ao Rômulo?

— Sim, hoje pela manhã, antes de eu ir ao museu, ele passou no apartamento da Tereza e levou os negativos para revelar.

— Então, boa sorte.

Ambos se despediram e Matteo se pôs a pensar. Não conseguia entender por que Sofia se comportara daquela forma, afinal era um assunto tão importante. Primeiro Sofia perdera, ou quem sabe podia ter até escondido, parte do material fotográfico e agora

CAPÍTULO XVIII

criava obstáculos em permitir o encontro de Lola com o Professor Bardi. Era um comportamento muito estranho.

Durante a tarde, ainda bastante chateada com a má vontade de Sofia, Lola chegou ao ateliê de Brixa para conhecer os métodos que usava e ver algumas obras que estava restaurando.

Brixa a recebeu com muita atenção, fez questão de lhe explicar o seu trabalho, métodos que usaria para o restauro, apresentando o seu ateliê. Lola queria saber muita coisa e então aproveitou para perguntar se ele faria a restauração em Santa Catarina. A princípio Brixa achou muito estranho que eles quisessem fazer isto em sua cidade, pois durante toda a sua carreira de restaurador ninguém lhe pedira isto. Nunca alguém até então, por mais importante que fosse a obra, lhe solicitara que a restauração fosse feita fora de seu ateliê.

– Isto é um desejo pessoal de meu marido – confidenciou Lola.

Brixa explicou que, a princípio, seria muito difícil, pois para fazê-lo ele teria que só executar uma obra, ao passo que quando trabalhava em seu ateliê ele podia ao mesmo tempo executar vários trabalhos, pois às vezes enquanto aguardava que o material secasse em uma obra, podia trabalhar em outra tela.

– Isto irá encarecer sobremaneira o restauro.

Mas Lola insistiu:

– Meu esposo não vai abrir mão disto, mesmo sabendo que será mais dispendioso, ele faz questão que o restauro seja executado em nossa cidade.

Brixa quis então ver uma foto do quadro. Mas como Lola não havia levado nenhuma, combinaram que no dia seguinte Brixa passaria no apartamento de Tereza para ver a foto. E só aí então poderia dar um orçamento do seu trabalho, caso viesse a ser do interesse de ambos.

As fotos que Lola mandara revelar, conforme Rômulo ga-

CAPÍTULO XVIII

rantira, ficariam prontas só no dia seguinte. E após cumprir mais um de seus vários compromissos, Lola sentiu-se animada o suficiente para ir ao shopping e fazer as compras que desejava. Esta sua caminhada entre lojas, confeitarias e magazines fez com que esquecesse um pouco a tensão e angústia causados pela forma negligente com que fora recebida por Sofia.

Já estava anoitecendo quando retornou a residência de sua irmã. Assim que entrou no apartamento de Tereza, o telefone tocou. Uma ligação para Lola. Quando desligou o telefone, podia-se perceber, pela fisionomia da esposa de Matteo, que algo de bom tinha acontecido, alguma notícia a deixara radiante, mudando-lhe completamente o semblante abatido pelo comportamento de Sofia naquela manhã. E não era para menos: a cunhada do Professor Bardi confirmava para o dia seguinte o seu encontro com Bardi, na casa dele. Esta fora a melhor notícia que recebera durante sua estadia em São Paulo, algo realmente começava a acontecer. Poderia agora tirar todas as dúvidas que desejava esclarecer com o Professor Bardi.

Sorridente, bem vestida, ela aguardava o táxi que a levaria à residência do Professor Bardi. Quando se preparava para descer, tocou o interfone: era Thomas Brixa, o restaurador que a aguardava no saguão do prédio. Lola desceu rapidamente, e ao se deparar com Brixa, este a cumprimentou.

— Boa tarde, dona Lola.

— Boa tarde, Sr. Brixa. As fotos estão aqui comigo. Veja.

Thomas, após avaliar demoradamente as fotos, fez alguns comentários sobre o procedimento que utilizaria para a restauração caso fosse escolhido e então disse o preço do serviço. Lola lhe explicou que primeiramente conversaria com Matteo, seu marido, em Blumenau, e depois entraria novamente em contato com Brixa. E, despedindo-se de Thomas, saiu à rua onde entrou no táxi que já aguardava para levá-la até o Morumbi, local da residência do Professor Pietro Maria Bardi.

Embora para Sofia fosse um absurdo o fato de Lola querer conversar com o Professor Bardi, para o casal esta conversa era extremamente importante, pois as evidências de que possuíam um legítimo Rafael eram fortes e, de fato, acreditavam que poderiam dar uma contribuição importante às artes, caso a sua suspeita tivesse fundamento. Afinal o Professor Bardi era uma das maiores autoridades, ainda vivas, na obra de Rafael, isto pelo fato de ter passado boa parte de sua vida em Roma, participando da recuperação das obras do Vaticano. Bardi conhecia tudo sobre Renascença e, consequentemente, sobre restauro. Logo, as indicações de restauradores que possivelmente daria seriam muito mais abalizadas do que as de Sofia.

A bagagem acumulada durante os mais de noventa anos de vida do Professor Bardi proporcionava a Matteo e Lola a segurança que eles não possuíam, mas que precisavam para trilhar um caminho para eles até então desconhecido. Por isto a fisionomia de Lola assim que chegou à casa do Professor foi um misto de expectativa e deslumbramento, pelo fato de estar entrando neste templo sagrado onde residia o Professor Bardi.

Assim que adentrou a residência, Lola foi recebida pela cunhada do Professor com muita atenção, que, após cumprimentá-la, educadamente falou:

— Como já lhe disse o Professor não está muito bem, mas ele próprio fez questão de recebê-la.

E assim, fez com que Lola se acomodasse em uma sala decorada com móveis antigos. Pedindo licença se retirou para chamar o Professor Bardi. Não demorou muito e o Professor, vestido em um roupão escuro, a recebeu, desculpando-se por não estar se sentindo bem de saúde.

— A senhora deve saber que na minha idade não é fácil às vezes a gente se recuperar.

CAPÍTULO XVIII

Quis então saber como Lola estava passando e como estavam as pesquisas com a tela. Neste momento, Lola já havia retirado de sua bolsa as fotografias feitas por Rômuldo e as entregou ao Professor. Bardi, vendo as fotos, agora mais perfeitas, ficou extasiado. Seus olhos brilharam e exclamou:

– Belíssimo! São maravilhosas!

Só então Lola comentou que muito pouco tinham feito, explicando-lhe que as fotos anteriores haviam sido perdidas. O Professor ficou indignado e disse:

– Mas isto não é possível!

E passou a fazer uma quase confidência.

– Sabe, dona Lola, certas pessoas não têm tido a devida consideração por nós.

E assim fez uma série de relatos de fatos que vinham acontecendo que muito o machucavam. Relatou passagens que tivera com Assis Chateaubriand, as dificuldades que juntos passaram na montagem do museu, na aquisição de obras famosas. Os obstáculos que teve para convencer a crítica de que as obras que estavam comprando eram verdadeiras. Foi um verdadeiro desabafo de um monstro sagrado das artes do nosso tempo e que Lola jamais esqueceria.

– Se nem por Assis Chateaubriand tiveram a devida consideração, não será por mim que a terão – disse o velho Professor.

Após ouvir atentamente o desabafo do Professor Bardi, Lola pediu-lhe orientação, relatando as dificuldades que vinham encontrando pelo caminho, ao que o antigo mestre insistiu para que entrassem em contato com o Professor Camesasca, enfim, ele seria o melhor caminho para a elucidação do mistério que envolvia a tela.

– É importante que vocês mandem ao Professor um histórico completo, com Raio X, fotos, xerox de documentos, cromos. Quanto mais dados vocês fornecerem mais fácil será para ele elaborar um parecer.

– O senhor acha que o Professor Camesasca é, atualmente, o melhor perito em Rafael?

– Se é o melhor, eu não posso garantir, mas a opinião dele possui um peso considerável no meio acadêmico. No momento em que vocês tiverem um "louco diplomado" atestando que a sua tela é um Rafael as coisas ficarão mais fáceis, mas tem que alguém dizer que é. O Camesasca eu conheço bem, é meu amigo há mais de quarenta anos. É pena que a minha idade me limite muito, mas podem usar o meu nome ao escreverem ao Professor Camesasca.

– Qual o melhor caminho, Professor?

– Primeiramente, eu aconselharia mandar uma correspondência com todos os dados, juntamente com uns mil ou dois mil dólares pelo seu trabalho. A Sotheby's, por exemplo, tem vários peritos, mas nem ela nem a Christie's assumem para si a responsabilidade, quando vendem uma obra, se esta é ou não autêntica. Quantas obras falsas já foram vendidas como verdadeiras e quantas verdadeiras foram vendidas como desconhecidas na origem.

Para o Professor, este assunto despertava um verdadeiro fascínio, seus olhos brilhavam e ele falava então de sua participação na compra de algumas telas para o MASP, juntamente com Assis Chateaubriand. Discorreu sobre museus, obras famosas que conheceu, o tempo que trabalhou na Itália, galerias famosas, a Sotheby's, entre outras famosas casas de leilão. Inclusive fez questão de mostrar a Lola a última revista que recebera da Sotheby's, oferecendo-a de presente à esposa de Matteo. Falou ainda do valor que chegam a ter certas obras famosas. Em suma, ministrou uma verdadeira aula, ainda que condensada, de seus conhecimentos, que Lola guardou na memória com carinho, pois em muito ajudaria a descobrir o verdadeiro autor desta Madona.

– Vocês já pensaram em investigar um pouco na Europa?

CAPÍTULO XVIII

Vivi na Itália e sei como os europeus têm conhecimentos e bibliotecas antigas e famosas e com bibliografias a respeito de pintores famosos. Poderia ser outra fonte de informações a mais para vocês sobre Rafael e suas obras. Penso que se vocês têm condições deveriam pensar nesta possibilidade.

— Vou comentar com meu esposo para ver o que ele pensa a respeito.

Lola então perguntou ao Professor Bardi se ele não poderia lhe fornecer o endereço do Professor Camesasca.

— Eu não me lembro onde está o seu endereço. Nem sei se o tenho aqui.

— O senhor por um acaso não tem uma agenda? — perguntou Lola, querendo ajudá-lo.

— Tenho uma agenda ao lado do telefone. Veja para mim em cima da mesinha do telefone se por acaso não há uma caderneta.

Lola então se levantou, foi até o telefone, que estava bem próximo, e pegou uma velha caderneta.

— Porventura, seria esta aqui, Professor?

— Sim. Por favor, veja na letra "c".

Lola sentiu muita dificuldade em decifrar o que o Professor escrevera, mas mesmo assim conseguiu encontrar "Camesasca, Ettore".

— Isso mesmo, aí está! — exclamou o Professor. — Anote o endereço e entre em contato com ele, conte-lhe tudo o que sabe sobre a tela.

Lola novamente encontrou dificuldades para interpretar o que estava escrito na velha caderneta de endereços, mas com paciência conseguiu decifrar quase tudo, restando apenas uma dúvida quanto à forma de um "5" que parecia um "s". Mesmo assim o anotou e, fechando a caderneta, agradeceu ao Professor por tanta bondade da sua parte.

— O que vocês vão fazer se o quadro for verdadeiro? — perguntou o Professor Bardi.

– Não sabemos, mas por certo ele deve ir para um museu. Não podemos guardar em casa uma obra de tamanha importância, talvez vendamos para o museu de Berlim se demonstrarem interesse. Sabe, Professor, é difícil a gente decidir, mas se for autêntico ele terá que ir para um museu. Isto nós já decidimos.

– Vocês já pensaram em deixar no Brasil, no MASP?

– Quem sabe? É possível.

E, percebendo que Bardi demonstrava cansaço, Lola disse:

– Professor, eu não gostaria de incomodá-lo, mas queria saber em sua opinião se o restauro pode ser feito no Brasil ou se deveríamos executá-lo no exterior.

– Não vejo razão para isto ser feito no exterior. O Brasil tem bons restauradores. Eu faria sem a menor preocupação quanto à qualidade, mas faria com urgência, pois até o transporte pode danificar mais ainda a pintura e até perdê-la.

– O senhor acha que um bom restauro custaria muito caro? – perguntou ainda Lola.

– Com mais ou menos dois mil dólares conseguirão um bom restaurador.

– Meu esposo estava pensando em restaurar na Europa, pois deseja um serviço impecável. Mas se o senhor acha que podemos fazê-lo no Brasil, pensamos em acatar a sua sugestão.

Lola ainda quis perguntar nomes de restauradores, mas como já várias pessoas tinham desaconselhado a pessoa que provavelmente o Professor poderia indicar, por uma questão de elegância e respeito a tudo que o Professor representava para eles, ela preferiu nada perguntar, até porque já dispunha de dois nomes e estaria assim seguindo seus conselhos à risca, sem a necessidade de desapontá-lo na indicação. Lola dirigindo-se novamente ao Professor perguntou:

– O que o senhor acha honestamente sobre a tela?

— Lindíssima. Em minha opinião ela pode ser verdadeira. Vocês têm é que ter paciência e seguir todos os passos da pesquisa como fotodocumentação, Raio X, ultravioleta, análises dos corantes, seguir os conselhos do restaurador. Mas precisam urgentemente pedir a um restaurador para avaliar a tela.

Bardi falou ainda sobre os grandes negócios de quadros, seu valor nos leilões, nas galerias. Mas seu cansaço era visível, por isto Lola procurou não se alongar demasiadamente e logo se despediu, dizendo:

— Não sei como lhe agradecer, Professor. O senhor entende que não é fácil a gente lutar num campo em que não conhecíamos nada. Por isto, o senhor deve ter uma ideia do quanto nos ajudou com as informações que nos deu sobre os passos que devemos percorrer.

— Fiquem tranquilos e sejam perseverantes, vocês estão no caminho certo. Se eu fosse mais novo, faria mais por vocês, mas mesmo ajudando pouco eu já fiquei contente. Se precisarem de algum conselho no futuro e eu puder dá-lo, farei com prazer.

Lola uma vez mais agradeceu ao Professor pela sua bondade e pela gentileza de sua cunhada em recebê-la em sua própria residência. Pediu mais uma vez desculpas pelo fato de estar invadindo a sua privacidade.

A cunhada de Bardi ainda fez questão de levá-la até o táxi, que já estava esperando e, assim, Lola retornou feliz ao apartamento de sua irmã. Estava com o endereço do Professor Camesasca, tinha conseguido falar com o Professor Bardi, algo realmente fantástico e importante para se orientarem em como proceder doravante. Ele lhe transmitia uma sensação de segurança, de bondade e de conhecimento incrível das artes. Só o fato de ter a oportunidade de conversar mais uma vez com esta extraordinária criatura já a deixara contente. Sentia-se presenteada.

Podia agora retornar para casa feliz, rejuvenescida, cheia de vigor após sua conversa com o velho Professor. A maneira como ele falava de seu quadro dava-lhe a impressão de que Bardi não tinha dúvida, talvez o seu sexto sentido lhe desse a certeza de que estava ajudando a descobrir um Rafael. Não havia dúvida, ele era um aliado que, mesmo idoso, com seus mais de noventa anos, tinha feito talvez a parte mais importante, que era transmitir a confiança de que por trás deste quadro se escondera durante séculos uma autêntica obra de Rafael. Se ele tivesse descartado a possibilidade da autenticidade, por certo, não iriam progredir no seu trabalho, especialmente considerando as surpresas de um caminho completamente desconhecido por Lola e Matteo. Mas o modo como o Professor Bardi a tratava e como falava sobre o quadro lhes davam a certeza não escrita, mas comportamental, de que pelo conhecimento que acumulara por anos e anos a obra era, em sua opinião, um verdadeiro Rafael.

Não tivesse ele garantido no primeiro encontro que o quadro do museu de Berlim era em sua opinião falso, talvez eles tivessem desistido, mas não, Bardi fora muito preciso e taxativo: o de Berlim todo mundo sabia que era falso, não era um Rafael. Este, que estava na casa de Lola e Matteo, quando viu a foto, merecia ser investigado. Este poderia ser autêntico.

CAPÍTULO XIX

Bastante cansado, Matteo chegou em casa para almoçar por volta das 13 horas, normalmente costumava chegar ao meio-dia, mas o acúmulo de pacientes nos últimos dias não mais permitia que chegasse no horário habitual para o almoço. Porém, quando chegou em sua residência, notou que a caixa do correio estava semiaberta, tal o número de correspondências que recebera, podia ver, inclusive, cartas e revistas que estavam na parte de fora. Por isto, assim que estacionou o carro e, mesmo cansado, dirigiu-se à caixa do correio.

Como fazia de costume, olhou os envelopes e só abriu os que lhe interessavam. Muitas correspondências bancárias, extratos e material de propaganda ou de políticos, que muitas vezes Matteo descartava sem mesmo abrir.

Assim, verificava os envelopes, quando um deles com o logotipo do MASP lhe atraiu a atenção. Não se contendo, Matteo apressadamente o abriu. Estava mesmo esperando uma resposta do Professor Camesasca. Quem sabe não seria esta a carta que tanto esperava? Sofia lhe garantira que tão logo soubesse de algo ele seria informado. Embora após os episódios do desaparecimento das fotos e do tratamento dispensado a Lola ela estivesse em baixa na cotação de Matteo, ele ainda confiava em Sofia.

Abriu o envelope e de dentro retirou um conteúdo formado por quatro folhas, duas eram xerox e duas datilografadas. Na primeira, Sofia lhe informava de que estava enviando o parecer do Professor Ettore Camesasca. Na segunda, a carta-relato que ela

CAPÍTULO XIX

escrevera ao Professor. A terceira, em italiano, era uma carta manuscrita do Professor Camesasca dando a sua impressão dos dois cromos que recebera. E a quarta, em português, era a tradução da carta de Camesasca.

Atentamente, Matteo leu palavra por palavra e, à medida que se inteirava do conteúdo das cartas, foi invadido por uma enorme decepção. O Professor Camesasca disse que a sua obra era uma cópia executada por copista frio e inábil, talvez da primeira metade do século passado e que, provavelmente, refez a imagem não do painel original, mas de uma reprodução impressa. Matteo não conseguiu acreditar no que leu. Todo o seu trabalho e sonho estavam ruindo. Era inconcebível. Ele não conseguia acreditar, relendo ora uma folha, ora outra, querendo se convencer de que estava havendo algum engano. Camesasca terminava dizendo que lamentava ser tão severo, mas não achava justo criar ilusões e despesas inúteis. Era um duro golpe que Matteo recebia. Ele que tanto estudara sobre Rafael, que já estava se convencendo de que sua obra poderia ser verdadeira, recebia agora este "tapa" de um reconhecido perito, dizendo que sua obra fora executada por um copista "frio e inábil", isto era arrasador.

À medida que leu e releu a carta que Camesasca escrevera, sentiu que o abalizado expert poderia estar cometendo um grande engano. Suspeitar que a cópia teria sido feita na primeira metade do século passado e feito não do painel original, mas de uma reprodução impressa. Mas estava ali: "Probabilmente há ricavato l'imagine non dalla Tavola originale, bensi da una reproduzione encisa", em bom e claro italiano. Mas no fundo de sua alma, Matteo ainda não se convencera de que sua tela fosse uma mera reprodução. Tinha estudado a evolução da fotografia e litogravura, e ficara sabendo que Daguerre descobriu a fotografia em 1833, e que a primeira cópia publicada da Madona foi só em 1851 e em preto e branco.

CAPÍTULO XIX

O quadro não era como Camesasca afirmava, não havia cabimento afirmar que se tratava de uma reprodução impressa. A sua tela jamais poderia ter sido realizada a partir de uma reprodução impressa, pois a primeira reprodução da Madona de Berlim foi em 1851, e em preto e branco, insistia Matteo consigo mesmo. Como então explicar uma reprodução com as mesmas cores, se na primeira metade do século passado não havia ainda fotografia colorida?

O quadro de Berlim fora doado por herança a Maria Colonna, esposa de Júlio Santa Della Rovere, e ela se desfez da obra em 1827, quando a vendeu ao rei da Prússia. Matteo assim raciocinava: fotos do quadro só poderiam ser feitas a partir de 1833, bem depois da compra que o rei da Prússia fizera em 1827, quando foi descoberta a fotografia. Antes desta época, ou seja, antes da descoberta da fotografia só havia um jeito de haver dois quadros iguais, era um servir de cópia para o outro. E como os dois quadros provinham da Itália, de regiões próximas à Florença, era mais lógico que a cópia fora feito antes de Maria Colonna, que residia em Roma, tê-la recebido por herança. Portanto, era provável que a cópia deveria ter sido feita antes de 1827.

Este raciocínio, além de lógico, afastava completamente a possibilidade da cópia impressa. Poderia ser a cópia feita na primeira metade do século XIX; mas aí seria uma cópia não impressa. Cópia impressa, certamente, só após 1851, quando foi feita a primeira publicação impressa e, mesmo assim, em preto e branco, logo na segunda metade do século XIX. Então como justificar as mesmas cores?

Era compreensível que Maria Colonna, ao receber o quadro por herança, não se preocupasse com sua autenticidade, mas simplesmente acreditasse que recebia um autêntico Rafael e não uma cópia. Porque até o momento ninguém sabia da existência de sua tela.

CAPÍTULO XIX

Era uma incoerência por parte do Professor Camesasca afirmar que o quadro de Matteo fora feito de uma cópia impressa antes de 1851. No entanto, poderia estar certo quando disse que a cópia fora feita na primeira metade do século XIX.

Portanto, o rei da Prússia quando o comprara de Maria Colonna já estava comprando uma cópia, ou seja, o rei Frederico Guilherme III em si não fora enganado por Maria Colonna, mas esta sim é que recebera um presente falso, pois como poderia justificar a existência da sua Madona vinda da região próxima de Florença, onde Rafael havia pintado durante boa parte de sua vida? Não havia outra forma de pintar dois quadros iguais antes de 1827, a não ser quando um servia de cópia para outro. E isto mais uma vez vinha reforçar a tese de Matteo de que um servira de cópia para o outro, ou seja, um era verdadeiro e outro era falso. Restava saber qual o verdadeiro. Ou seriam os dois verdadeiros? Nisto Matteo não acreditava, pois os quadros, em sua opinião, causavam efeitos de percepção muito diferentes.

Além disso, o material que Camesasca recebera fora insignificante, não havia Raio X, não havia um laudo de análise do material, não havia histórico correto, e este era outro fator a impedir que ele pudesse tirar uma conclusão correta.

Ora, se o Professor Camesasca cometera um erro até leviano em afirmar que a cópia era de um painel impresso antes de 1850, Matteo imaginava, na mesma linha de raciocínio, que Camesasca também poderia estar tecendo uma conclusão leviana, pois não se sabe se ele tinha feito uma análise aprofundada referente ao tema. Limitou-se em ignorar a possibilidade de Matteo ter um Rafael original, sem levar em consideração a importância contida em um fato como esse para a História da Arte.

Lendo com atenção a carta de Sofia, Matteo percebeu também que ela não fizera o papel de consultar o Professor Camesasca, antes, pelo contrário, tentou induzi-lo ao mesmo raciocí-

CAPÍTULO XIX

nio a que ela já havia demonstrado para com o Professor Bardi. Quando o Professor Bardi contemplava pela primeira vez as fotos ainda simples, feitas por Matteo, Sofia lhe afirmou que as fotos eram cópias do quadro de Berlim. Mas aí o Professor Bardi foi claro, afirmando que aquele não era um Rafael e nunca fora aceito como obra executada por Rafael. E agora na carta ela escreveu ao Professor Camesasca dizendo que pela pesquisa feita na biblioteca tratava-se de uma cópia bastante danificada pelo tempo da Madona Colonna, de Rafael, que está no Staatliche Museu de Berlim, dizendo ainda: "passamos esta informação aos proprietários que, no entanto, insistiram num estudo mais profundo". Ela novamente voltou a afirmar como certo que o quadro de Berlim era de Rafael, não se limitando a perguntar a opinião de Camesasca, mas sim tentando induzi-lo. Além disso, o fato de dizer "passamos esta informação aos proprietários" deu a nítida impressão de que o Professor Bardi tivesse corroborado com a decisão. Quando, no entanto, o Professor Bardi afirmara que o quadro de Berlim não era obra de Rafael, como toda a comunidade acadêmica sabia.

Mais uma vez Sofia havia interferido negativamente nas pesquisas de Matteo e Lola, deturpando todas as informações, pois justamente quem achava que o quadro merecia um estudo mais profundo era o próprio Professor Bardi.

Quantos críticos já haviam escrito dizendo não ser obra completa de Rafael. Claro que eles não sabiam que existia outra tela igual à de Berlim.

Outra coisa que também intrigava Matteo era o fato de Sofia ter traduzido de forma pífia o bilhete sumamente importante deixado pelo frei que o escreveu em 1933, sob o argumento de que se tratava de um documento incompleto que foi escrito pelo dono do quadro, que deixava uma interrogação que ela não entendera bem. Ora, a interrogação quem fizera foi o frei, que, por achar a obra esplendorosa, perguntava: "quem iria descobrir o se-

CAPÍTULO XIX

gredo, o enigma desta pintura?" E era exatamente isso que Matteo estava tentando decifrar, o enigma.

Estava nítido que o Professor Camesasca, ao escrever que não achava justo criar ilusões e despesas inúteis, não havia feito nenhum estudo aprofundado, e era isto que Matteo queria, um estudo profundo de sua obra, mesmo que fosse somente uma cópia, queria desvendar o mistério.

Entretanto, Matteo não se conformava que as informações passadas por Sofia fossem tão superficiais, pois se tratava de um tesouro da humanidade. Tinha, portanto, que encarar este fato como mais uma dificuldade. Ele sabia que agora as coisas estariam cada vez mais difíceis. Como progredir? Tinham se esgotado os caminhos da Sotheby's; da Itália, com o Professor Camesasca; do MASP, pelo comportamento indiferente de Sofia; e do Professor Bardi, pela sua avançada idade. Daqui para frente, Matteo teria que encontrar outros caminhos.

Agora dependeria exclusivamente de si próprio, da disposição e persistência que deveria demonstrar dali para frente. Mas Matteo estava decidido. Vencera grandes desafios na vida. E este também seria vencido, era só uma questão de tempo. Ele tinha certeza de que, dentre todos os desafios que já vencera, este era o que mais exigiria persistência, luta, esforço e dedicação, mas Matteo estava consciente da grandeza desta missão. E se o destino a colocara em suas mãos é porque ele acreditava na sua capacidade para concluir a tarefa. Ele teria que provar a si mesmo que dispunha de condições para elucidar e provar ao mundo das artes que Rafael não podia continuar sendo injustiçado. E ele era hoje este aliado que provaria que um Rafael jamais deveria ser confundido, como o vinha sendo até então, caso o quadro de Berlim fosse visto como autêntico.

Agora Matteo não tinha a quem recorrer.

Inconformado, telefonou para Lola, que naquele momento estava com uma das filhas do casal internada, se recuperando de uma pequena cirurgia a que se submetera para tratar de uma dificuldade respiratória. Lola fez questão de lhe dizer ao telefone que mesmo sem ler a carta de Sofia, tinha certeza que ela representava dificuldade, pelo modo como se portara, pois não demonstrara nenhuma vez muito interesse, somente enviou a carta porque o Professor lhe estava cobrando uma resposta. O que estava ocorrendo para ela não era novidade. Ora, com tantas fotos e negativos, mandara apenas dois cromos, material completamente insuficiente para o Professor Camesasca chegar a uma conclusão segura. Enfim, deveriam se afastar de Sofia, pois além de não ajudar, ela ainda estava criando problemas para a pesquisa.

Se Sofia escrevera a carta no dia vinte de janeiro, que era uma segunda-feira, e a resposta fora escrita pelo Professor Camesasca no dia três de fevereiro, outra segunda, ou seja, quatorze dias após, podia-se assim raciocinar: havia dois finais de semana, logo, dois sábados e dois domingos. O prazo ficaria reduzido para dez dias, tirando três dias entre o dia em que Sofia escrevera e o tempo gasto para o transporte aéreo até o Professor Camesasca receber, sobrariam apenas sete dias para o estudo. Como Sofia mandara apenas dois cromos, o certo é que se Camesasca tentara revelar uma foto, esta iria demorar pelo menos mais dois dias, logo o prazo ficaria reduzido a cinco dias, se não o fizera sobrariam, ainda assim, somente sete dias para o estudo.

De qualquer forma em cinco dias ou no máximo sete dias avaliando apenas um cromo, ser tão taxativo era para Matteo uma atitude no mínimo leviana. Lola, no entanto, estivera no museu no dia dez, ou seja, uma semana após o dia três, quando o Professor Camesasca escreveu sua carta, e até aquela data Sofia não havia recebido a correspondência. E se de Milão a São Paulo a carta levou mais de uma semana, por que levaria ela na ida apenas três dias? Se tivesse levado uma semana o Professor Camesasca teve

CAPÍTULO XIX

somente dois dias para chegar à sua dedução e relatar um parecer.

Além disso, sobre o quadro de Berlim já havia suspeitas de não ser de Rafael. Então, por que alguém faria uma cópia de um quadro que segundo algumas biografias não era reconhecido como verdadeiro quadro de Rafael? Por que alguém faria uma cópia? Era muito mais lógico raciocinar que a tela da casa de Matteo pudesse ser verdadeira, já que era muito mais bela e o outro já era contestado em parte como não sendo um Rafael. Mas como Matteo aprendera que as coisas valiosas são difíceis de conseguir, não seria isto que o impediria a caminhada para o reconhecimento universal desta descoberta.

Levado por uma força interior quase mágica, Matteo decidira definitivamente a meta a ser atingida. Iria recuperar o quadro com todo carinho. Iria documentar tudo, todas as fases da recuperação e quando tudo estivesse pronto, na mesma ocasião publicaria o livro, e mostraria ao mundo o quadro já recuperado. Sabia que o livro era o ponto mais forte, era a sua tese de defesa em prol de Rafael, e o quadro, o fato incontestável da verdade de tudo o que havia escrito. E como havia uma sequência, uma história, uma pesquisa, dados que provavam a antiguidade do quadro, como a carta do frei, os pregos na forja, o depoimento ainda vivo de Selma, o restante aconteceria naturalmente. Por certo não faltaria no mundo das artes algum estudioso da Renascença, algum museu que iria lhes ajudar a provar após uma pesquisa séria com Raio X, com pesquisas de corantes, computação etc. se o seu quadro era um verdadeiro Rafael ou não.

Se o Museu do Louvre se mostrasse interessado em lhe ajudar isto seria a grande recompensa, não para si, mas pela causa que defendia. Salvar uma pintura e restabelecer a verdade de que um Rafael jamais poderia ser imitado, assim estariam desvendando e desmascarando uma mentira de mais de 480 anos. "Que a Madona Colonna era falsa. Não era uma obra de Rafael."

CAPÍTULO XX

Os contatos com Thélio agora vinham se intensificando e Matteo conseguira a garantia de que ele faria a restauração no local escolhido pelo próprio Matteo. Claro que o orçamento seria mais dispendioso, mas Matteo não queria correr nenhum risco de perder a tela. Se eventualmente Thélio estivesse restaurando a obra e esta por qualquer razão desaparecesse, ele não seria responsabilizado pelo ocorrido. Sendo executado em casa o restauro iria custar mais caro, mas teria uma segurança da qual Matteo não abria mão.

Thélio lhe mandara o orçamento completo. Na primeira etapa faria a refixação da tela, ou seja, aplicaria um revestimento especial para que o pano da tela não tivesse novas rasgaduras. Também fixaria a pintura para que a tela não sofresse nenhuma perda de material, como vinha até então ocorrendo. Thélio tinha, inclusive, confidenciado a Matteo que havia planejado uma viagem a Europa, sendo interessante que fizesse a recuperação, ou melhor, a fixação, antes de viajar. Ao ter contato com o quadro teria o conhecimento exato da tela, o que seria importante para uma eventual necessidade de comprar algum material especial a ser usado no restauro. E, quanto mais perfeito o restauro, melhor seria a aparência da tela depois do serviço pronto, sem dúvida.

O restauro não era para diminuir o efeito que a obra por si, mesmo danificada, já transmitia, mas deixá-la o mais perto possível do esplendor inicial que deveria ter quando terminada.

Matteo leu com atenção o orçamento, agora detalhado, bem

CAPÍTULO XX

como a descrição das fases da restauração, a forma de pagamento e o tempo aproximado que todo o trabalho ia levar. Os preços lhe pareciam justos e estavam dentro das condições que Matteo poderia pagar. Mesmo sabendo que necessitava recuperar, a única preocupação era saber se Thélio não seria criticado futuramente em seu trabalho. Queria que a restauração não alterasse o brilho, a beleza desta pintura que, em seu íntimo, poderia ser um Rafael.

Thélio já havia concordado em executar a restauração na residência de Matteo, que providenciou as passagens aéreas para que o restaurador e sua auxiliar viajassem para Santa Catarina. Tão logo terminassem os feriados do Carnaval, Thélio poderia se estabelecer no apartamento que lhe fora reservado, onde teria a tranquilidade necessária para trabalhar sem ser importunado, pois as filhas de Matteo, a este tempo, já teriam iniciado seu ano escolar. Portanto, Matteo e Lola teriam tempo livre suficiente para darem a atenção que Thélio e sua colaboradora eventualmente viessem a necessitar. Além do mais, a sua residência de praia, um apartamento amplo e confortável, era o lugar ideal, onde encontrariam toda segurança, conforto e sossego de que necessitavam para executarem tarefa tão minuciosa e delicada.

As coisas vinham se encaixando, as férias tinham terminado e assim Thélio poderia permanecer o tempo que fosse necessário para realizar seu trabalho. Matteo providenciara as passagens aéreas e, logo que as comprou, comunicou a Thélio, para que ele as retirasse na agência aérea em São Paulo. Agora era só esperar e dar início a esta tão importante fase: o restauro.

Finalmente realizaria a recomendação dada pela conservadora de pinturas da Universidade de Harvard, Tery Hensik: que um conservador profissional, um restaurador cuidasse para que a obra não mais perecesse devido à falta de conservação.

Conforme tinham combinado, à noite Lola se deslocaria até o aeroporto para recebê-los. Matteo permanceria em Blume-

CAPÍTULO XX

nau para continuar a atender seus pacientes e se dedicar a outras atividades que desenvolvia. Lola ficaria no Balneário, a fim de dar a atenção necessária para os visitantes que estariam no centro das atenções. Eles teriam sobre si a responsabilidade de restaurar e conservar a tela. O seu trabalho permitiria que a obra não mais continuasse a se deteriorar, rejuvenescesse e voltasse a ter brilho, sem as marcas ou com menos efeitos das agressões que o tempo fizera sobre ela. Era uma missão extremamente importante e não poderia ter falhas.

Matteo mencionou que gostaria de estar presente para ver o início das atividades, mas seus compromissos profissionais o mantinham neste momento junto com suas filhas em sua residência em Blumenau.

Na manhã seguinte, enquanto suas filhas se entretinham em seus caprichos pessoais, Matteo logo as interrompeu para irem com ele ao culto dominical. Era religioso por convicção e não admitia passar o final de semana sem manter acesa em sua família o respeito à fé religiosa.

Retornando à casa após o culto religioso, assim que terminou o jantar, Matteo telefonou para Lola, queria saber como estavam os seus visitantes, conversar com Thélio, pois àquela altura já deveriam ter chegado, se acomodado e certamente teriam feito um pequeno repouso. Quis saber de Thélio se estavam bem acomodados, se o local se prestava ao serviço que iriam executar. Thélio, com voz tranquila, lhe garantiu que tudo estava ótimo e que não teriam problema algum em executar a empreitada a que se propunham. Pelo contrário, estavam super satisfeitos, pois tinham encontrado um lugar como precisavam, calmo, tranquilo e, como dizia, aconchegante.

– É um lugar relaxante que traz inspiração a qualquer artista – disse o restaurador.

Ainda relatou a Matteo que naquela noite iniciariam a mon-

CAPÍTULO XX

tagem de seus apetrechos, para na manhã seguinte começarem o restauro. Matteo, antes de se despedir, disse a Thélio que no dia seguinte estaria no Balneário para conhecê-lo pessoalmente e ver o início de seus trabalhos.

Foi uma noite agitada para Matteo, parecia não ter fim, os pensamentos e as preocupações com a restauração não permitiam que o sono o acolhesse em seu manto suave e aveludado, como normalmente se fazia sentir quando a seu leito se recolhia. Mesmo todo o cansaço físico do final de semana não foi suficiente para fazê-lo adormecer. A tensão em que se encontrava mantinha Matteo acordado. Os olhos estavam fechados, mas o seu cérebro, como em noites de festa, nas quais o céu entrecortado por fogos de artifícios que deslocam os olhares de um lado para o outro, sem se apegar a nenhum, mas querendo vivenciá-los todos, se deslocava rápido, revivendo tudo o que vivera até então. Assim, quando o último morteiro mental se apagou em sua mente, Matteo, enfim, adormeceu.

Mesmo tendo adormecido tardiamente, bem antes de seu horário habitual já se encontrava desperto a acompanhar o movimento de suas filhas se preparando para o retorno ao primeiro dia do novo ano letivo. Estavam felizes, falavam nas novas amizades, novos professores, novo colégio. E assim, quando o motorista chegou às sete horas para levá-las, as meninas já estavam prontas para acompanhá-lo. A ansiedade de suas filhas em retornar ao colégio era semelhante à sua para chegar ao Balneário. Primeiro, pelo fato de querer conhecer o restaurador e segundo, pelo fato de poder, além de presenciar o início da recuperação do quadro, saber a opinião ou pelo menos sentir o que o restaurador achava após seu primeiro contato com a tela.

Qual seria a sua primeira impressão? E se não sentisse confiança nas pessoas, como iria se portar? Embora nunca tivesse restaurado quadros anteriormente, Matteo tinha ideia da importân-

CAPÍTULO XX

cia do que seria iniciado naquele dia.

A viagem de sua residência ao Balneário foi em clima de imensa expectativa. Era o restaurador. Era sua qualificação técnica. Era o estado atual de sua tela. Era a responsabilidade que estava delegando ao restaurador. Era a impressão que teria do restaurador. Enfim, pensamentos mil povoavam sua mente.

CAPÍTULO XXI

Percebendo o zelador que era o carro de Matteo, este se apressou em abrir o portão eletrônico para que estacionasse o veículo. Assim que saiu do carro, Matteo, com andar apressado, dirigiu-se até o elevador que o conduziria ao andar onde se localizava seu apartamento. Logo que chegou, apertou a campainha e aguardou.

De dentro do apartamento ouviu a voz de sua esposa perguntando:

– É você, Matteo?

Antes mesmo que ela terminasse de perguntar, ele respondeu:

– Sim, sou eu, Matteo.

Lola abriu a porta. Ao entrar pela porta dos fundos do apartamento, Matteo se deparou com seus convidados paulistas sentados à mesa da copa. Inicialmente cumprimentou sua esposa, em seguida teve o primeiro contato com Thélio, que estava sentado junto de sua assistente tomando o café da manhã. Lola, a esta altura, se fazendo de anfitriã o apresentou a Thélio e a Bernadete.

Thélio mais lembrava um cientista, um estudioso do que realmente um restaurador. Seus olhos por trás das grossas lentes de seus óculos de armação preta e sua face arredondada transmitiram de imediato um ar de confiança a Matteo. Calvo, de estatura mediana, andava com dificuldade devido a uma lesão adquirida na infância causada por poliomielite.

Matteo novamente perguntou-lhes se estavam satisfeitos com as acomodações e com o local, e se as condições eram ideais

CAPÍTULO XXI

para o trabalho que iriam desenvolver.

– Está ótimo, não precisa ser melhor – disse Thélio.

Matteo por mais que tentasse não conseguia disfarçar a angústia que sentia com a restauração.

Thélio, sentindo sua ansiedade, fez questão de lhe explicar passo a passo, detalhe por detalhe da recuperação, inclusive lhe mostrando álbuns de obras recuperadas anteriormente por ele. Mostrou ainda os materiais que usaria, pesquisa de corantes que ele iria fazer, material do quadro que iria remover para estudo e análise científica posterior, a fim de precisar a idade do quadro. Relatou para Matteo o que sentira quando viu o quadro, buscando resumir em uma frase a sua opinião:

– É quadro de museu. É uma grande obra que qualquer museu do mundo gostaria de ter. Embora eu não me considere um conhecedor profundo das artes, pelo que conheço dos museus que visitei, pelo que já vivenciei neste mundo das artes, pelas obras que já recuperei, considero esta obra fantástica. Posso lhe garantir que de tudo que já passou pela minha mão esta é a mais bela de todas.

Thélio levantando-se e dirigindo-se à outra sala onde o quadro se encontrava, agora já colocado sobre um cavalete, começou a mostrar o que em sua opinião sentira.

– Veja que sorte tiveram, nenhuma área vital da tela está comprometida. Se porventura a face, o nariz ou os olhos tanto da Madona como da criança estivessem lesados, o restauro seria muito complicado, mas vocês estão com sorte, pois isto não ocorreu, a única área do corpo que foi afetada foram os dedos dos pés da criança, além é claro, o sexo do menino e isto não será tão complicado restaurar.

– Mas na tua opinião, agora que conheces a tela, achas que dará para fazer uma boa restauração? – perguntou Matteo.

– Ah! Isto vai ficar perfeito – respondeu Thélio.

CAPÍTULO XXI

– Sobre a obra, achas realmente bonita? – mais uma vez perguntou Matteo. – Eu sou suspeito, não posso falar, por que estou apaixonado por ela desde o dia em que a conheci. Sem dúvida é obra de museu. Os detalhes da pintura por si dizem que só um grande pintor poderia fazer uma obra tão fantástica.

– O que mais te impressionou? – continuou Matteo.

– Ah! Tudo! – Respondeu Thélio. A expressão facial do rosto da Madona, a sua mão esquerda que parece que vai sair do quadro. Parte do panejamento do vestido do lado direito é extraordinário. Nunca vi algo assim em tela nenhuma. É maravilhosa!

Como Matteo tinha outros compromissos, não pôde ficar para presenciar o início dos trabalhos. Conversou então um pouco mais com Thélio, afirmando que no dia seguinte ele retornaria para ver e acompanhar o início propriamente dito da recuperação. Isto era uma coisa que ele fazia questão de acompanhar, até porque a restauração estava sendo feita aqui para que ele pudesse também acompanhá-la em toda a sua evolução.

Como o tempo que Matteo dispunha para aquela manhã era exíguo, ele rapidamente despediu-se de Thélio, dizendo:

– Thélio, esta primeira visita foi rápida, podes imaginar como é minha vida de cirurgião, mas voltarei muitas vezes, e com mais tempo. Claro que se você não se opuser.

– Claro que não, Matteo. Apareça quando quiser.

– Então, até a próxima.

– Até mais.

Matteo retornou satisfeito para Blumenau, era uma parte de seu sonho que estava se realizando. No caminho pensava na escolha que Lola fizera. Teve a sensação de que mesmo não tendo conhecido Thélio anteriormente, a escolha parecia ser acertada. Esta seria a etapa mais importante antes de relatar à imprensa sobre o quadro e sua história.

No dia seguinte, teria que resolver alguns problemas em

CAPÍTULO XXI

Florianópolis. Ao passar por Balneário entrou e foi até o seu apartamento para verificar como andava a restauração. O Balneário se localizava exatamente a meio caminho entre Blumenau e a capital catarinense.

Encontrou Thélio e sua ajudante debruçados sobre a mesa a fixar a pintura. Thélio lhe explicou que muitas partes estavam soltas, mas não desgarradas, por isso a pintura deveria ser primeiramente fixada, isto o obrigava, já de início, a refixar a pintura pela frente. Este método era conhecido no mundo do restauro como o método holandês.

Thélio usava uma solução a base de cera de abelha, Resina Damar, Cera Microcristalina e Goma Elemi para que os fragmentos soltos da pintura ficassem fixos na tela. Somente após esta etapa é que ele iria fazer o reentelamento propriamente dito, que seria a etapa seguinte. O trabalho que executava era lento e minucioso porque de fato a tela estava, conforme a opinião da conservadora de pinturas da Universidade de Harvard: "em condições muito delicadas".

Matteo permaneceu um longo tempo a observar a execução do trabalho do restaurador. À medida que o via trabalhando, mais seguro Matteo se sentia. Percebia que Thélio era detalhista ao extremo, tentando organizar cada fragmento da pintura que estava a se desprender da tela. Matteo estava satisfeito e começava a se sentir mais tranquilo, afastando a incerteza que sentira no início. Afinal, ele tinha consciência de que se não recuperasse logo, poderia perder este tesouro, mas, por outro lado, se o serviço não fosse perfeito, ele também poderia estar destruindo um patrimônio da humanidade.

Embora Matteo procurasse não conversar para não interromper a restauração, Thélio parou seu trabalho por uns instantes para comentar por mais uma vez a sorte que tivera pelo fato da tela não ter sido danificada nas áreas vitais como face e olhos.

— Sem dúvida, olhos como estes seriam difíceis recuperar — disse.

Sentindo segurança no restaurador, Matteo permaneceu a admirar o trabalho que Thélio executava. No seu íntimo, talvez ele não acreditasse ainda que isto fosse verdade. O restauro estava sendo feito de acordo com a sua vontade, em sua residência, onde ele poderia acompanhar tudo. Assim, mais satisfeito e tranquilo do que no dia anterior, Matteo se despediu.

Evidente que a emoção que vivia era intensa e cada vez mais forte. Afinal este era o passo decisivo e definitivo. Pois, tão logo tivesse terminado o trabalho de recuperação, Matteo poderia divulgar os fatos e a história incrível desta tela. Thélio lhe explicara que uma vez terminada a fixação anterior, ele iria reentelar toda a tela em linho, tecido usado para a fixação definitiva. Após o reentelamento, a pintura poderia então ser manuseada, até mesmo conduzida para outro local sem problemas de avarias, pois os pigmentos agora estariam bem aderidos à tela.

Explicou ainda que era um processo seguro, mas para quem não estivesse acostumado, como ele, poderia inclusive achar muito agressivo.

Claro que muitos passos Matteo não poderia acompanhar em seus mínimos detalhes, mas o fato de ter retornado no dia seguinte lhe premiou com a visão inesquecível da remoção dos pregos que prendiam a tela ao chassi. Para poder fazer o reentelamento era necessário que a tela estivesse livre do suporte que a sustentava. Por isto, havia a necessidade de se remover o suporte de madeira, o chassi, para que ocorresse a adesão da tela antiga sobre o novo tecido que serviria como o novo sustentáculo.

Quando Matteo segurou os pregos com seus dedos, lembrou-se das sábias palavras escritas pelo frade, o qual anotara que os pregos haviam sido feitos em forja, o que denotava a antiguidade do quadro. Matteo não tinha conhecimento até em que época

CAPÍTULO XXI

os pregos foram feitos na forja, mas sabia que isto era sinônimo de antiguidade. Ele nunca vira nem jamais tinha tido em suas mãos pregos tão antigos. Estes sim, a cabeça fora soldada no corpo de maneira rudimentar e primitiva, como eram feitos os primeiros pregos produzidos pelo homem.

Não era somente os pregos na forja que deixavam Matteo emocionado, mas um outro momento de tensão e expectativa estaria reservado a todos, porém especialmente a Matteo: o momento em que a tela seria retirada de seu suporte, o chassi, como é chamado. O chassi era formado de várias partes de madeira que se encaixavam de forma impressionante. Tão bem se encaixavam que não havia necessidade de nenhum prego para mantê-las unidas. O suporte deveria, por certo, tê-la acompanhado por centenas de anos. Foram unidos por anos, companheiros por anos. Quantas coisas vivenciaram, escutaram, quantas situações não teriam enfrentado juntos. O ateliê do mestre Rafael onde se uniram. As salas da corte, a farsa na Itália, silenciosos e imóveis, ambos presenciando a reprodução da tela por um copista que a executara sem saber das reais intenções de seus mentores. Nas mãos dos fugitivos a travessia no Atlântico. Como teria sido sua chegada ao Brasil? Saindo de sua pátria, agora em terras selvagens, em mãos, por vezes, de néscios que ignoravam sua importância. As noites mal dormidas, colocadas sobre sacos, malas velhas, ferramentas dos imigrantes. Mas juntos, as duas partes, tela e chassi, suportaram a tudo. Agora quando em mãos que pareciam salvadoras, ocorreria exatamente o contrário, acabariam separados em definitivo. Quase quinhentos anos juntos, amados e inseparáveis, agora estavam se despedindo. Ela, a tela, por certo voltaria a ser admirada, amada, benquista, desejada, enquanto ele, o chassi, muito pouco do que restava estava sendo colocado em um saco plástico para ser encaminhado para estudo. Os cupins já haviam quase devorado-o por completo e, mesmo assim, seria encaminhado para estudo. Após a passagem pelos laboratórios, certamente ainda serviria para, como num último suspiro, dar calor a uma centelha de brasa. Sentia-se que estavam unidas, quase soldadas, mas quando os pregos foram removidos e as pinças começaram o seu trabalho, pouco a pouco foram se despedindo, e os fragmentos do chassi, como lágrimas, iam caindo pouco a pouco sobre a mesa fria, que, como eles, era espectadora deste duro momento.

O dia marcado para reentelamento era o sábado e Matteo fez questão de acompanhar mais este momento, considerado o mais importante, a UTI do restauro.

Quando chegou ao apartamento, a tela já estava com sua parte anterior protegida por papel japonês, enquanto o linho se encontrava fixado num enorme suporte de madeira.

A tela original então foi fixada com sua face pictórica de encontro à mesa, deixando sua parte posterior exposta e sobre ela, conforme explicou Thélio, seria então colocada a tela de linho.

Após todos os ajustes serem cuidadosamente checados, Thélio deu início ao reentelamento propriamente dito. A tela de linho já havia sido preparada no dia anterior e estava embebida em uma camada de cera. Assim era só colocar uma sobre a outra e começar o reentelamento propriamente dito. Com um ferro aquecido em temperatura apropriada, a tela de linho, graças à camada de cera, começou, à medida que era aquecida, a aderir à tela original. Uma operação difícil de explicar, ver um ferro aquecido derretendo uma solução de cera, que começava a penetrar na tela, algo que até aquele momento era para Matteo intocável e sagrado. Percebia-se que Matteo expressava receio e tensão, pois, obviamente, não queria perder sua tela. Logo ele, que tinha receio de transportá-la ou mesmo de tocá-la, durante meses cuidando para que nada acontecesse a ela, agora presenciar esta quase agressão não era fácil, embora procurasse se convencer de que era uma agressão necessária.

CAPÍTULO XXI

Thélio estava muito concentrado. Percebia-se em sua fisionomia a sua preocupação, o zelo que estava dedicando àquele momento. A única coisa que falou:

– É a UTI, quando terminar esta fase o paciente estará salvo.

Como médico Matteo sabia bem o que significava UTI, zelo, conhecimento, atenção, dedicação extrema. Mas o modo seguro e lento como Thélio trabalhava lhe transmitia a certeza de que tudo terminaria bem. Ver como a solução ia unindo a tela original ao novo tecido de linho era uma imagem estranha e ao mesmo tempo harmoniosa. Quando Thélio percebeu que todo pano estava aderido à tela primitiva, ele parou e disse:

– O paciente está salvo. A fixação está perfeita.

Matteo respirou aliviado e ávido para ver o resultado na pintura. Mas isto só iria saber no dia seguinte. Thélio explicou que era importante a tela ficar até o dia seguinte estável, para que suas duas porções ficassem bem aderidas.

Quantas noites antes desta Matteo havia deitado preocupado com o estado da tela, com a sua possível decomposição. Hoje ele dormiria tranquilo, até feliz, afinal um passo importante tinha sido dado. Aquele esmero quase excessivo para não tocar, não bater, tinha valido a pena, pois já não seria tão preocupante manter a tela em seu novo aspecto, considerado o ideal.

Na manhã seguinte, já acordado, após ter feito a higiene pessoal, dirigindo-se à sala de trabalho, quase não acreditou no que viu. Thélio terminava de retirar os últimos fragmentos do papel japonês, deixando à mostra agora a tela já fixada. Pôde então, pela primeira vez olhar a tela assim. Era inacreditável a transformação que ela sofrera. Com o reentelamento, os fragmentos que antes estavam por se soltar, agora aderidos de tal forma que mal se podia ver que antes estavam separados.

Ver a pintura agora bem aderida, firme, compacta, sem as saliências, acentuava de maneira ímpar a beleza e a perfeição da obra. Se antes a pintura já impressionava, agora com a nova aparência o impacto era ainda mais forte, pois as áreas que antes estavam se desprendendo agora estavam aderidas, fixas no mesmo nível. Thélio passara a solução oleosa e um pouco de terebentina, assim as cores ficaram ainda mais vivas.

Thélio ainda passaria uma camada oleosa para proteger a tela e após isto o trabalho da primeira etapa estaria concluído. Talvez a etapa mais importante. Sim, porque sem o reentelamento qualquer movimento com a tela, ou mesmo um simples movimento de ar sobre a mesma, poderia remover a camada pictórica que inclusive em certos pontos já não se mostrava mais aderida totalmente, mas apenas em pequenas partes. Por isso estas partes que já estavam se desprendendo, após o reentelamento, voltaram a ficar no mesmo nível, dando um novo e impressionante visual à pintura.

Matteo havia combinado com Thélio que esta etapa seria feita antes de sua viagem para a Europa. E que, enquanto Thélio estivesse viajando, os fragmentos colhidos seriam encaminhados para análise. O restaurador poderia aproveitar sua viagem para escolher o melhor material possível para a segunda fase, que seria de preenchimento das lacunas que estavam sem pintura. Thélio garantira a Matteo que usaria material facilmente removível, que se eventualmente alguma coisa não ficasse do seu agrado no futuro poderia removê-la e preenchê-la novamente, ou se um dia algum museu entendesse que o restauro deveria ser melhorado, isto poderia ser feito, sem prejuízo na qualidade da obra, em todo ou em parte. Assim, Thélio terminou de fazer a aplicação da solução oleosa na pintura, o que ajudaria a protegê-la até a sua volta.

Estava Matteo contemplando a tela quando Thélio lhe chamou e disse:

– Matteo, precisamos ir ao hospital para fazer o Raio X da tela.

A princípio, Matteo relutando respondeu:

CAPÍTULO XXI

— Mas devemos fazer agora?

No íntimo, Matteo tinha receio de que alguém no hospital viesse a questionar o porquê deste procedimento, podendo assim descobrir o que ele guardava com tanto sigilo para si, agora do conhecimento de Thélio e sua equipe. Além do que, isto não estava em seus planos, embora Bardi houvesse falado que Raio X fazia parte da investigação.

Percebendo sua preocupação, Thélio lhe explicou que isto era um dado por vezes muito importante na elucidação da origem de uma tela. Poderia não trazer nenhuma informação importante, mas em outras vezes não só elucidaria como forneceria dados que são imbatíveis e irrefutáveis quanto à originalidade de uma obra.

Matteo, como médico que era, não teria dificuldades em conseguir que alguém lhe fizesse o Raio X. Em sua mente surgiram de imediato duas possibilidades: ou faria no hospital em que trabalhava ou no hospital do próprio Balneário.

No hospital em que ele trabalhava era mais fácil conseguir o exame. Por outro lado, a curiosidade que despertaria nos funcionários e os comentários que iriam surgir a partir de então foram os motivos que o fizeram decidir por realizar no Balneário. Ali ele poderia passar por um simples desconhecido, sem maiores perigos de propiciar o vazamento da notícia sobre o que estava fazendo. E isto decididamente ele não queria. Por insistência de Thélio e por ser um domingo à tarde, quando normalmente não há movimento nos hospitais, Matteo acabou concordando em radiografar a tela.

Ao chegarem ao pronto-socorro do hospital local, dirigiram-se à recepcionista, explicando que gostariam de fazer um Raio X. A recepcionista prontamente chamou o técnico. Este, ao ver que portavam um embrulho consigo, perguntou o que desejavam.

— Gostaríamos de fazer um Raio X desta tela – explicou Thélio.

CAPÍTULO XXI

— O quê? Raio X de uma tela? Olhe – respondeu o técnico –, eu nunca fiz Raio X de quadro, mas se vocês quiserem eu posso até tentar bater uns negativos, mas não posso garantir que vai ficar bom. Vocês têm ideia da carga que devo usar?

Thélio retirou do bolso uma pequena caderneta e ofereceu ao técnico para que este pudesse ler os valores da potência e o tempo de exposição.

— Posso tentar. Se os valores estiverem corretos deve dar certo. Vamos então ao Raio X e ver o que acontece.

Seguiram por um corredor estreito até um ambiente formado por duas salas, interrompidas no meio por uma sala fechada, onde não havia nada mais do que uma porta de acesso. Era a câmara escura, onde os Raios X seriam revelados. Era mais do que natural que o fato de quererem revelar um Raio X de um quadro deixasse alguns funcionários curiosos em saber o porquê do procedimento. Por isso, quando colocaram sobre a mesa e abriram a tela alguns funcionários curiosos, que os espreitavam pela porta, fizeram questão de entrar para ver a pintura. Começaram neste momento a fazer algumas perguntas: De quem era a tela? Onde estava? Quem era o proprietário? Por que estavam fazendo o Raio X?

A esta altura, Matteo já havia planejado o que responder caso alguém lhe questionasse.

— Esta pintura é de uma igreja do interior e, vocês sabem, sempre há pessoas que não aceitam ver criança pelada na igreja. Esta parte branca sobre o sexo do bebê umas senhoras mandaram pintar, e agora o pároco pediu a este senhor – apontando para Thélio – que visse a possibilidade de retirar a parte que foi sobrepintada. O Raio X é para sabermos se é possível.

Com tal explicação a pequena plateia começou a rir e um dos enfermeiros ainda fez um comentário jocoso dizendo:

— Só fizeram isto porque era uma criança, se fosse um adulto, elas levariam para casa.

CAPÍTULO XXI

A partir daquele momento, a explicação os convenceu, pois aos poucos deixaram a sala, permitindo que o técnico pudesse trabalhar sossegadamente. Mesmo com os dados fornecidos por Thélio, foram necessário fazer três testes, com três negativos diferentes, até se conseguir um Raio X com imagem de boa qualidade. A quarta chapa ficou nítida e perfeita. O técnico ainda insistiu em perguntar se estava bem, e se ofereceu para realizar novo teste, caso Thélio achasse que não estava do seu agrado.

Thélio virou-se para Matteo e disse:

– A qualidade ficou ótima. Agora vamos registrar as posições que se fazem necessárias.

Thélio então foi indicando os locais que deveriam ser focados e radiografados. O técnico, por sua vez, sempre prestativo, tão logo terminou de bater todas as incidências que lhe foram solicitadas, se retirou a fim de revelá-las.

Quando retornou já com as radiografias feitas, perguntou:

– Desejam algo mais?

Enquanto avaliava o resultado e as imagens, Thélio disse:

– Obrigado, mas acho que não. Para mim estão perfeitos.

O técnico ainda perguntou mais uma vez:

– Desejam algo mais?

– Obrigado, já temos exatamente o que queremos. Onde pagamos?

– Ali na saída, com a secretária – respondeu Angelino, o técnico.

No retorno, Thélio comentou com Matteo que achara a qualidade do exame ótima e completou:

– É mais um dado para o estudo. O Raio X do quadro é fundamental para um bom estudo do autor e da época. Por vezes nos fornece dados surpreendentes. Quando estiver sozinho e com tempo, Matteo, vou tentar decifrar o Raio X e depois conversamos sobre o resultado. Se houver algo de positivo te contarei.

CAPÍTULO XXI

— Algo me faz sentir que as coisas estão indo bem.
— Olhe Matteo, os passos estão certos. O caminho é este mesmo, vamos ver até onde você conseguirá chegar. A obra é excepcional, é antiga e, pela sua extraordinária beleza, está mais próxima da autenticidade que a de Berlim. Só faltam as autoridades do assunto, os museólogos, os historiadores e os expertises reconhecerem o fato e concordarem com o teu raciocínio. Mas eu acho que você está certo e a obra, pela sua beleza, pode ser de fato autêntica. Para mim é a melhor obra em que já trabalhei. É um orgulho poder restaurar um quadro desses. Faço questão de caprichar para que seja a mais perfeita de todas que já fiz.

Enquanto conversavam sobre o que acabavam de realizar chegaram ao prédio, onde Lola e Bernadete já os esperavam para o almoço. Por ser Bernadete vegetariana e gostar de massas, decidiram ir a um restaurante italiano, onde não só iriam satisfazer o desejo de todos, como também aproveitar o tempo juntos para trocar ideias e comentar outros assuntos, como a viagem de Thélio, as impressões que a obra causara em Thélio, o que iria trazer da Europa, enfim, aproveitariam o momento para organizar os próximos passos da empreitada.

O almoço foi um momento descontraído durante o qual Matteo pôde conhecer melhor Thélio, sentir a sua sensibilidade, notar sua empolgação e seu entusiasmo pelo trabalho que estava executando.

— Vais a Berlim, Thélio? – perguntou Lola.
— Olha, é possível.
— Se fores não se esqueças de visitar a Madona. Depois quero saber a tua opinião.

Os quatro, muito a vontade, conversaram sobre os locais que conheciam e os que ainda desejavam conhecer, então Thélio disse que gostaria de conhecer Quatro Ilhas, uma praia catarinense bastante primitiva, com águas cristalinas, o "Caribe do Sul",

CAPÍTULO XXI

como Matteo costuma chamá-la, mas não havia mais tempo, pois queria retornar naquele mesmo dia para São Paulo. Por este motivo, procuraram não alongar sua estadia no restaurante, já que Bernadete e Thélio precisavam arrumar suas bagagens e, se possível, retornar naquele mesmo dia a São Paulo.

Ao deixar Thélio e sua assistente no aeroporto, Matteo estava consciente de que, embora a etapa seguinte ainda fosse demorar bastante para iniciar, a parte mais complexa, em sua opinião, já havia sido executada: o reentelamento, enfim, estava pronto.

CAPÍTULO XXII

Já havia se passado vários dias que Thélio retornara a São Paulo, e Matteo a esta altura estava muito interessado em saber como andava a análise dos materiais retirados do quadro. Thélio havia retirado fragmentos da tela, pregos – aqueles feitos na forja –, pedaços da tela, o linho usado, fragmentos da própria pintura para que pudessem, através do estudo do pigmento, saber o período em que o quadro fora pintado. Thélio explicara a Matteo que, em cada período, havia na composição dos pigmentos utilizados na tinta, por exemplo, características próprias e que através da aglutinação dos corantes era possível saber o período em que fora pintado. Além disso, os corantes poderiam definir se eram aqueles usados ou não no período da Renascença, quando Rafael pintara.

Matteo tentou falar com Thélio por telefone e não o encontrou no ateliê, deixando recado para que ligasse assim que fosse possível.

Algumas horas depois, Thélio ligou contando que estava muito atarefado nos preparativos da viagem que iria fazer na próxima semana à Europa, mas mesmo assim não se descuidava dos contatos que prometera fazer. Matteo havia dito a Thélio que ele não estava preocupado com o valor que pagaria, mas sim com a qualidade e honorabilidade do órgão, instituto ou laboratório que iria proceder à análise. Thélio lhe explicou que enviaria dois fax, um para o A.I.C. – American Institut for Conservation – e outro para o McCrone, o laboratório que fez, segundo Thélio, uma análise do Santo Sudário. No entanto, além dos dois laboratórios

CAPÍTULO XXII

americanos, Thélio iria, durante a viagem, verificar a possibilidade de encontrar algum outro meio de reconhecer o verdadeiro autor da obra. Aliás, já estava contatando amigos seus que lhe ajudariam no sentido da escolha do melhor lugar, um destes inclusive estava no momento na Fundação Paul Getti.

    Matteo estava decidido a restituir a verdade. Principalmente agora que ele possuía um livro com todas as obras de Rafael, as evidências da fraude no quadro de Berlim estavam para si patentes demais. Assim como as evidências de autenticidade no quadro que ele possuía também lhe pareciam inconfundíveis e incontestáveis. Tinha na noite anterior junto com a esposa passado longo tempo a comparar as Madonas de Rafael, a pintura de Berlim e a sua. As diferenças visuais e os detalhes entre as duas telas lhes davam mais convicção ainda na sua suspeita: primeiro o fato de no quadro de Berlim o manto da Madona não estar completo e o pintor quando o copiou, ao invés de pintar todo o vestido, desenhou algo estranho que ocupou o lugar na parte inferior que no seu era todo da mesma cor e era todo manto. Também lhe chamou muita atenção o fato de que no joelho direito da Madona, o manto era de um desenho igual à outra Madona pintada por Rafael na quebra e relevos do manto, o panejamento, ao passo que no quadro de Berlim era grotesco, faltava graça, leveza e firmeza dos detalhes.

    Thélio por telefone fez questão de lhe dizer que já estava com saudades do quadro.

— É difícil a gente se desligar dele, há um ímã que me une a ele – disse o restaurador.

— De fato – respondeu Matteo –, eu não sei se um dia poderei viver sem contemplá-lo de vez em quando.

    Agora que o quadro estava reentelado era uma satisfação imensa poder contemplá-lo, observá-lo. Às vezes Matteo tinha vontade de guardar para si este segredo, mas sabia que o tempo corria e em breve tanto o livro como a restauração estariam prontos e aí o mundo iria, como eles, poder contemplar também, em sua opinião, um dos mais belos quadros de Rafael. Imaginava Matteo, que como este fora o último quadro que Rafael pintara antes de ir a Roma, teria este que ser, sim, uma das mais belas Madonas que existiam no planeta.

Antes de se despedirem, Matteo pediu para que Thélio lhe enviasse tudo o que ele possuía a respeito das normas e laboratórios que poderiam ser consultados nesta pesquisa, pois era seu desejo fazer uma elucidação completa e com base científica, enfim sabia como as análises químicas dos corantes poderiam ajudar.

Matteo, antes de Thélio viajar, mais uma vez tentou conversar com o restaurador, para lembrar-lhe de que não se esquecesse de procurar trazer o melhor material possível para a restauração. Ao ligar foi informado por Bernadete de que Thélio não estava no momento, mas esta lhe garantiu de que iria avisá-lo de que Matteo havia ligado.

Não tardou e Thélio lhe telefonou, justificando-se de que no momento que ligara ele estava entretido com assuntos de sua viagem.

Matteo perguntou-lhe como se sentia e se porventura iria a Berlim. Aí Thélio explicou o que iria fazer, os locais que gostaria de visitar e que Berlim não estava no seu roteiro, mas iria fazer o possível para visitar o Museu de Berlim e conhecer pessoalmente a Madona Colonna.

Era evidente que esta notícia deixou Matteo sumamente feliz pelo fato de Thélio ter um histórico mais profundo sobre a obra e conhecer detalhes dela in loco. Que emoção não estaria reservada para ele assim que visse a Madona no Museu de Berlim!

– Olha Matteo, eu vou tentar ir a Berlim para conhecer pessoalmente a obra. Mas ainda não tenho certeza se irei até lá.

Nisto Matteo ainda insistiu para que não se esquecesse de procurar o melhor material para que a recuperação ficasse perfeita.

CAPÍTULO XXIII

Enquanto Thélio viajava, Matteo procurou ocupar o tempo para conhecer mais detalhes sobre o livro escrito em alemão por Wilhelm Kelber: RAFAEL VON URBINO LEBEN UND WERK (Rafael de Urbino Vida e Obra), um livro de 500 páginas com todas as obras do famoso pintor italiano.

Como não entendia bem o idioma alemão, Matteo chamou uma professora de alemão para que o ajudasse na tradução. Durante a noite, em uma das salas de visita, Matteo explicava à professora que precisava que ela lhe traduzisse alguns trechos do livro, pois estava interessado em conhecer a vida de Rafael.

Ela achou natural que Matteo, como descendente de italianos, estivesse interessado em conhecer um pouco da vida e obra de Rafael, até porque Rafael sempre fora considerado um dos maiores pintores da Renascença.

A professora garantiu que os trechos solicitados seriam entregues no máximo em cinco dias, pois eram relativamente curtos.

Porém, antes de se despedirem ele aproveitou para perguntar o que significava holz, porque em muitos quadros aparecia a tal palavra. Ela lhe explicou que aquilo significava que a obra tinha sido pintada em madeira, e que leinwand era tela.

Ele havia sempre associado que o seu quadro que media 44 x 59 cm poderia ter alguma ligação com outras três telas que possuíam as mesmas dimensões. Rapidamente foi verificar se as três obras com as metragens iguais ao seu quadro também eram em tela. Matteo imaginou que quem fornecera as telas a Rafael po-

CAPÍTULO XXIII

deria ter fornecido quatro telas iguais. Para sua decepção, as três outras obras com as dimensões iguais à sua não foram pintadas em tela, mas sim em madeira e o seu era em tela.

Para Matteo aquele momento fora de decepção, a coincidência que ele imaginava existir não tinha nenhuma procedência porque as três outras foram pintadas sobre madeira, e a sua sobre linho. Já a Madona Colonna de Berlim estava sobre madeira, embora a Madona de Berlim não tivesse as mesmas dimensões da sua tela.

Ainda na frente da professora, ele procurou ver se havia alguma escrita leinwand e para sua surpresa em uns quinze quadros que procurou só havia holz, ou seja, em madeira.

Quis olhar mais outras telas, mas receando que isto pudesse trazer nova decepção, Matteo fechou o livro rapidamente. Por isso, logo que a professora se despediu, ele começou a ter a sensação de que todo trabalho que tivera até aqui fora completamente em vão. Rafael teria pintado só sobre madeira.

Se isso fosse verdade, a sua pintura, por ser em tela, seria de fato uma cópia. Estava decepcionado. Como pudera cometer tal leviandade, não ter se preocupado com o fato de saber se Rafael pintara em tela de pano? Não sabia explicar, talvez pelo hábito de praticamente só ver pinturas em afrescos nas igrejas ou em tela nos museus, assim ele nem poderia imaginar que um pintor só teria pintado em madeira.

Naquela noite, estava frustrado consigo mesmo, ele não se conformava, estava decepcionado, como ele não notara isto antes? Ele já sabia que a obra em Berlim estava sobre madeira, mas em sua opinião, Rafael deveria ter pintado mais em telas ou quase só telas. Foi uma semana terrível, saber que de repente todo o trabalho poderia não ter nenhum valor caso fosse real a sua suposição: Rafael só pintara em madeira?

Naquela noite, quando ele perguntou a Lola o que ela achava, ela riu a gargalhadas.

– Rafael pintou também em telas. O que tu estás pensando não tem fundamento – brincou.

A partir de então não via a hora da professora retornar com a tradução e com o livro para que pudesse ter a certeza de que Rafael pintara também telas e não só sobre madeira.

Porém, uma surpresa agradável lhe estava reservada.

Quatro dias depois ele recebeu em sua clínica o livro com a tradução dos trechos que ele havia solicitado, e aí novamente ele se recompôs, recebendo uma nova injeção de otimismo. Havia no livro vários quadros que foram pintados em tela, o que afastava completamente a sua preocupação inicial. Mas a grande surpresa foi quando leu o que o autor dizia sobre a Madona Colonna: "através de herança o quadro veio da casa de Salviati para Colonna, mulher de Giulio Sante Della Rovere".

A opinião sobre o estado do quadro ainda pintado em Florença era a de que ele não estaria terminado. Tinha pouca clareza e pouca modelagem. Esta posição era citada na Gemaldegälerie. Este quadro nunca foi restaurado e serve como exemplo para as técnicas usadas em pintura. "A Colonna Madona com o sol por dentro e por fora não está pronto, mas tem uma clareza variada, porém não modificada". Além de mencionar o provável colaborador que teria executado o quadro, ainda disse que o quadro nunca fora restaurado. Claro estava que a dúvida era universal, o quadro de Berlim não teria sido executado por Rafael, e a restauração não foi necessária, porque o quadro original teria sido feito a quatrocentos e oitenta e oito anos, e a cópia, quem garantira, poderia ter sido feita muitos anos mais tarde, supunha ele. Isto lhe parecia o mais provável. E o de Berlim seria uma cópia? Isto se encaixaria com mais precisão. A obra não fora realizada por Rafael, porque muitas coisas não batiam com Rafael. Mas como ele imaginava que o seu pudesse ser autêntico, ele entendia que provavelmente

CAPÍTULO XXIII

quando a cópia fora feita, esta teria sido realizada com o intuito de preservar a verdadeira. Então, provavelmente, se a cópia tivesse sido executada bem mais tarde, este seria o motivo de não ter tido necessidade de restauro. Por outro lado, a pessoa de Siena que encomendara o quadro deveria ter recebido um quadro naquela época e, portanto, seria mais lógico imaginar que a cópia tivesse sido feita exatamente em 1508, assim que Rafael foi a Roma. Como Bellini provavelmente soube da trama que poderia ter ocorrido anos antes, ele sabia que se fugisse com a obra ninguém poderia denunciá-lo, sob pena de tornar público uma farsa feita pela própria nobreza. Isto poderia não só comprometer o valor das obras italianas que eram vendidas para toda a Europa, como também abalar a credibilidade daqueles que foram os autores da trama. Por certo, isto teria sido realizado com a anuência dos proprietários da obra, pois para fazer a cópia o copista, além de ser um bom pintor, também necessitaria ficar longas horas em frente ao quadro. As diferenças, como as do vestido do manto da Madona, seriam propositais para evitar que eventualmente alguém pudesse facilmente descobrir a embuste que os próprios proprietários tinham feito. Ou então, a obra de Rafael estava inacabada e assim quem a copiou interpretou o que faltava a seu modo, por isso as diferenças gritantes. Cada vez mais tudo o que Matteo pensava tinha lógica e bom senso, cada vez mais ele sentia que a tese que iria defender seria imbatível. O quadro de Berlim fora pintado para ser comercializado como autêntico, mas talvez os proprietários e, quem sabe, os que realizaram o negócio com o rei Frederico William III, da Prússia, nem fossem os mentores da trama. Quem organizou e executou a farsa dificilmente ou jamais se saberá, mas que ela fora executada isto não havia dúvida, se foram os Salviati, ou a casa de Giulio Sante Della Rovere ou o marchand era impossível saber, até porque todos os que participaram da farsa estavam mortos, como também as testemunhas de toda história.

CAPÍTULO XXIII

Provavelmente a cópia tinha sido feita ainda em Florença, por duas razões: primeiro por ser uma cidade onde viviam grandes pintores. Segundo, como seu quadro provinha do norte da Itália, nas redondezas de Florença, era mais lógico pensar que ambos deveriam ter saído da mesma região da Itália, assim, provavelmente, teria sido pintado antes de ser presenteado a Maria Colonna, ou seja, antes de 1800.

Matteo agora sabia como eram importantes os exames que seriam realizados com os fragmentos do quadro, pois se as características fossem da época de Rafael, ele teria menos problemas para convencer a opinião pública. Havia também, além da investigação científica que seria feita, outro fato incontestável: cópia se faz de grandes pintores. A esta altura, provavelmente um era cópia e outro era autêntico. Restava só provar qual a cópia e qual o verdadeiro.

Com todos estes pontos positivos e favoráveis, Matteo, embora não entendesse alemão, procurou verificar as referências bibliográficas e acadêmicas, para também saber e entender quando surgiram publicações sobre Rafael. Ficou surpreso e, ao mesmo tempo, feliz por ver que Ettore Camesasca era citado três vezes em Tutta la Pintura di Raffaelo e uma vez em Tutta la Pintura di Perugino. Por certo, quando no futuro lesse o seu trabalho não teria dificuldades em entender que Sofia, secretária do MASP, induziu o mestre italiano ao erro, até porque ela escrevera dizendo que estava mandando o cromo de uma cópia. Claro que se mandarem um paciente dizendo que ele foi operado de apendicite, e que esta complicou com infecção, ele irá tratar acreditando que o paciente foi operado de apendicite, e não vai pensar que o colega escreveu apendicite, mas pode tê-lo operado do colecistite. Matteo não tinha dúvida de que quando o Professor Camesasca – que era um estudioso sobre Rafael – recebesse todos os dados de que dispunha e fizesse um estudo sério, como deveria ser de

CAPÍTULO XXIII

sua qualificação, as dúvidas se dissipariam, pois o Professor Bardi recomendou a sua avaliação. Matteo imaginava que o Professor Camesasca seria o maior interessado em ajudar a recuperar a verdadeira imagem de Rafael.

"O tempo dirá", pensou Matteo.

Agora, embasado com as provas de antiguidade que seriam feitas nos laboratórios, ele confirmaria definitivamente a sua hipótese ou afastaria totalmente a sua suposição.

Conforme Matteo tinha combinado com Selma, ligaria para saber a data da morte de Bellini, pois lhe intrigava o fato de no bilhete estar escrito que o quadro teria sido doado ao convento em 1917, e ele sabia que Bellini já chegara com certa idade ao Brasil. Possivelmente ele teria vivido até 1917. Era importante saber quando fora assassinado e Selma assumira o compromisso de tentar elucidar esta passagem da vida de Bellini.

Final do dia, Matteo resolveu ligar para Selma e saber se ela conseguira algum dado a mais, pois ele gostaria de escrever uma história mais verídica possível.

– Como está a senhora? – perguntou Matteo.

– Bem! Eu estava ansiosa para conversar contigo e contar as novidades. Consegui revelações preciosas.

– O que você descobriu?

O meu cunhado, irmão de Natal, me contou que sua mãe – neta de Bellini – viveu seus últimos dias na companhia do avô e este teria lhe contado coisas impressionantes. Bellini, quando vivia na Itália, fazia parte de um bando de salteadores que atacava e roubava coisas preciosas. Inclusive raptava mulheres com frequência. Contou também que a fuga de Bellini da Itália teria sido consequência do rapto de uma donzela de família nobre, cuja matriarca e avó era uma pessoa importantíssima, que teria oferecido somas vultosas a quem conseguisse matar ou prender os raptores.

Bellini e seus amigos que faziam parte do bando costuma-

CAPÍTULO XXIII

vam se esconder nas montanhas, e quando souberam que suas vidas estavam a prêmio, decidiram fugir. Assim Bellini e mais três amigos: Ferretti, Mezadri e Cani, decidiram imigrar. Quando aqui chegaram, após algum tempo, por razões desconhecidas, Bellini teria assassinado um de seus amigos de forma violenta, esfacelando-o com enxadadas em sua cabeça e em seu corpo.

Selma contou ainda que os quatro elementos eram pessoas altamente violentas que causavam terror onde quer que chegassem. Mais tarde, em 1886, os dois elementos restantes assassinaram Bellini de forma também violenta. No intuito de não deixarem marcas, o teriam imprensado com sacos de areia até sufocá-lo. Assim, portanto, dos quatro, dois tiveram morte violenta causada por intrigas entre eles próprios.

Havia a esta altura, para Matteo, três possibilidades imagináveis: a primeira e mais remota: Maria Colonna teria feito e vendido o quadro falso e ficado com o verdadeiro; a segunda: um membro da família Salviatti teria feito uma cópia antes de doarem a falsa a Maria Colonna; e a terceira: a cópia teria sido feita em Florença a pedido de algum marchand. Este ficou com a Madona de Rafael, mandando a cópia para Siena. A cópia, vista como uma autêntica obra de Rafael, até por que ele pintara uma Madona, cruzara o tempo até os dias de hoje como verdadeira. Quem ficara com a verdadeira teria doado por herança ou, através de algum negócio, vendido a Bellini e seu bando. Ao doarem ou venderem a Bellini a tela, contaram a verdadeira história do quadro aos saqueadores, que, sabendo do valor de um Rafael, o mantiveram com o grupo, trazendo-o ao Brasil.

Agora havia uma pista de como o quadro fora parar nas mãos de Bellini. A cópia Matteo sabia que fora feita muito antes de 1827, quando então fora vendida ao rei da Prússia. A verdadeira, através de uma farsa, ficara na Itália. Esta de forma não esclarecida foi parar nas mãos de Bellini. Como provavelmente

CAPÍTULO XXIII

todos soubessem do valor histórico da tela, teria havido entre eles desentendimentos que provocaram as suas mortes. A única dúvida que ainda restava era quem de fato, e quando, teria doado o quadro ao mosteiro. O frei, ao escrever a carta em 1933, disse que o quadro teria sido doado em 1917 por um colono. Ficava claro que não foi Bellini que o doou, pois fora assassinado em 1886. A não ser que antes de ser assassinado, Bellini tenha confiado a guarda do quadro para algum frei, que após a sua morte optou por encaminhá-lo ao patrimônio do mosteiro. Ou então, uma das filhas de Bellini tenha confiado a guarda ao mosteiro.

Matteo não sabia como agradecer a Selma tantas e preciosas informações, e assim ficaram ainda longo tempo a confabular sobre as várias hipóteses a respeito do que teria ocorrido. Como teria se sucedido a posse do quadro? Fora por herança ou Bellini o comprara?

O direito de posse talvez nem fosse tão importante, pois se Bellini fosse o chefe do bando, por certo seria respeitado. Por outro lado, por que fizera de sua casa uma verdadeira fortaleza com orifícios para colocar o cano de suas armas? Assim, ainda envoltos nesses pensamentos, ambos se despediram e Matteo disse que tão logo o quadro estivesse restaurado, Selma seria, conforme prometido, uma das primeiras pessoas a ver a tela. Desligou o telefone sentindo dificuldades em acreditar no que escutara. As primeiras informações foram bastante distantes da realidade. Bellini teria sido assassinado por dois elementos do seu próprio grupo, Cani e Ferretti, conforme havia lhe dito Selma, ao passo que Mesadri, o quarto componente do grupo, fora assassinado por Bellini.

Agora sim havia lógica no raciocínio, na história. Estava explicado como o quadro viera parar no Brasil. Matteo jamais saberia quem falsificou e fez a cópia na Itália, mas sabia que o que estava em sua casa era o verdadeiro, porque um grupo de italianos o trouxe para o Brasil, e por felicidade do destino ele estava agora

CAPÍTULO XXIII

reconstituindo a verdade de Rafael. Estava restaurando sua obra e recuperando sua verdadeira imagem.

Agora ele conseguia compreender e isto aumentava ainda mais a certeza de que o seu raciocínio tinha lógica. Se os quatro italianos eram, conforme a própria Selma revelara, pessoas perigosas, eles não iriam trazer a tela com algum intuito religioso, mas sim porque a obra era cara, e se a conservaram até a morte é por que havia a certeza de que o autor era famoso e, por conseguinte, ela deveria ser muito valiosa.

Estava evidente que como já tinha a explicação cabível para o fato do quadro ter chegado ao Brasil, faltava agora encontrar uma explicação plausível que lhe esclarecesse como os alemães teriam comprado um quadro polêmico atribuído a Rafael. Matteo tinha que pesquisar junto à bibliografia que possuía para ver se algum fato da época pudesse explicar o engano.

À medida que Matteo foi se inteirando dos procedimentos para aquisição de obras de arte pelo governo prussiano as coisas se tornaram fáceis de serem entendidas. Foi no ano de 1756 que o rei Frederico, o Grande, tentou construir junto ao Palácio de Sans-Souci um lugar para expor obras de grandes pintores. A partir desta data a dinastia do rei Frederico Guilherme começou a investir em obras de arte. Entretanto, foi com o rei Frederico Guilherme III que este movimento deu o grande e verdadeiro passo para a consolidação e aquisição de obras de artes reconhecidas e admiradas até hoje. No ano de 1815 o rei Frederico Guilherme III comprou a coleção Giustiniani em Paris com 157 quadros, dos quais 73 foram incorporados mais tarde ao acervo do museu.

O interesse pelas artes nesta época foi tamanho que em 1821 o próprio rei comprou toda a coleção particular de Edward Solly, um comerciante inglês que vivia em Berlim e que possuía aproximadamente 3.000 quadros, dos quais 1.150 foram depois considerados como apropriados para o museu. Com a aquisição

CAPÍTULO XXIII

cada vez mais acentuada de obras de arte, surgiu a necessidade de construir um local apropriado para expor tantas pinturas. Foi assim que o rei Frederico Guilherme III autorizou em 1823 o início da construção do Museu de Berlim, inaugurado em 1830.

Imaginar a equipe responsável pelo museu que tinha a seu encargo a seleção dos quadros da coleção de Solly, com 3.000 obras, Giustiniani, com 157 obras, mais a compra de outros quadros, faz pensar que a quantidade de trabalho deveria ser imensa.

Sem dúvida a construção do museu deve ter criado um espírito de orgulho no brio dos prussianos. Teriam um museu e ele não poderia ser apenas um museu comum. Teria que ser um exemplo de organização, principalmente um ponto de referência para o mundo das artes. Claro que para ser o museu que era o sonho do povo prussiano, teria que ter grandes obras. Era evidente que Rafael deveria estar entre os pintores. Afinal, fora considerado por Michelangelo o maior pintor de todos os tempos.

Havia uma comissão, presidida por Wilhelm Von Humboldt, encarregada da compra de novos quadros. Esta comissão selecionou e comprou aproximadamente cem outras obras de arte. No meio de tantas obras de arte que iam comprando, poderiam com facilidade ser envolvidos na compra de algum quadro falso. Todavia, para venderem um Rafael que fosse cópia, tinham pelo menos que dar uma margem de segurança, a fim de evitarem suspeitas. Por isto ao venderem o quadro diziam que era um Rafael, mas que não teria sido Rafael quem terminara a obra e, por isto, na literatura, nas publicações sobre a vida e obra de Rafael, se mencionava outros pintores que teriam colaborado na execução do quadro, como Domênico Alfani e até mesmo Ghirlandaio.

Matteo também descobrira que muitas obras de artes eram tidas como verdadeiras e na realidade não eram. O próprio museu de arte de São Paulo possuía obras de arte adquiridas no período de sua fundação que até hoje não são reconhecidas como autên-

CAPÍTULO XXIII

ticas, como o quadro de Rembrandt. Até mesmo a pintura que Rafael fez do Papa Júlio II, da qual existem dois quadros, um exposto em Londres e outro em Florença, gera polêmica se ambos são verdadeiras obras de Rafael ou somente um deles, e se apenas um é original, qual deles?

Assim, provavelmente, quem em 1827 vendera a Madona deve ter usado daquele momento oportuno para, junto com outras obras de fato verdadeiras que foram adquiridas, vender uma falsa.

O próprio agenciador de compras para o museu no período de 1829, Rumohr, um crítico de arte, no livro L'opera Completa de Raffaello, de Michelle de Prisco, diz que a Madona Colonna vem identificada, segundo informações de Vasari, como sendo iniciada por Rafael Sanzio, mas terminada por Ridolfo Ghirlandaio, e segundo Cavalcaselle, por Domênico Alfani, um aluno.

Claro que para aqueles que compraram o quadro, a história não deixava dúvidas, ou pelo menos foi aceita ao ponto dos alemães o terem comprado e este estar inserido em vários livros de Rafael como sua obra. No momento em que se desvendar a farsa na qual os alemães foram envolvidos, eles serão os primeiros a quererem esclarecer a verdade. E a verdade será incontestável. Pois um Rafael não se consegue falsificar. Ficava assim claro que o quadro não poderia ser vendido como autêntico, pois além de não ser autêntico, na realidade era uma cópia até bastante medíocre quando comparada à sua, que Matteo imaginava ser original. Contudo, Matteo precisava ainda aguardar mais algum tempo para poder, quando tudo estivesse pronto, tanto a recuperação como os exames que agora seriam feitos, revelar toda a farsa, pois quando divulgasse teria que fazê-lo de forma incontestável.

Antes de partir para a Europa, Thélio havia enviado uma correspondência a vários centros de pesquisa do mundo, que faziam estudos das épocas das pinturas, do tempo aproximado, para saberem quando seu quadro fora feito e, assim, fechar todo o cer-

A DESCOBERTA

CAPÍTULO XXIII

co, sanar todas as dúvidas que porventura poderiam ser lançadas sobre sua versão.

Thélio estava viajando, por isso Matteo ainda não sabia exatamente qual centro de pesquisa se responsabilizaria por esta análise. Tão logo ele retornasse, com certeza avisaria Matteo, até porque isto teria um custo e Matteo estava bancando todo o projeto. Teria que logicamente ser informado do preço que deveria pagar. Com a certeza de que era possuidor de um Rafael e com a vontade que tinha de recuperar a verdade sobre esse fato, qualquer espera, sacrifício e paciência seriam válidos. Quem sabe seria a Madona chamada a partir de então, como Lola às vezes brincava com o marido, de Madona de Cadore? Seria uma bela homenagem a seus ancestrais que vieram da Itália. Por que não sonhar? Parecia justo no meio de tanto trabalho, de tanta esperança e paciência sonhar um pouco, até para curtir esta emoção de viver com um provável Rafael.

CAPÍTULO XXIV

Matteo aguardava ansioso o retorno de Thélio. Queria saber se durante a viagem ele fizera contato com algum estudioso de Rafael, ou mesmo se tinha descoberto qualquer pista a mais que pudesse lhes auxiliar nas provas da verdadeira autenticidade do quadro.

Após o retorno de Thélio, ao falar com ele, Matteo soube que a viagem fora muito produtiva do ponto de vista da pesquisa para o estudo dos materiais que usaria na restauração da tela, mas não trouxera nenhuma novidade com relação ao quadro de Berlim.

Thélio não fora a Berlim. Estivera em vários locais da Europa, mas o tempo não lhe permitiu conhecer a Madona Colonna. Isto de certa forma decepcionou Matteo. Não obstante, tinha que concordar com Thélio que para o restauro, a ida até Berlim de nada serviria, pois o seu trabalho se baseava naquilo que o quadro apresentava de lesado e não nas cores e detalhes do quadro de Berlim, uma suposta cópia do que estava restaurando.

Como tinha pressa na recuperação da tela, Matteo procurou marcar o dia em que Thélio reiniciaria o trabalho. Combinaram que Matteo mandaria as passagens para Thélio e Bernadete para que ambos estivessem no aeroporto de Navegantes na próxima segunda-feira.

Naquele momento, os compromissos profissionais de Matteo o impediam de recebê-los, mas Lola se prontificou mais uma vez em buscá-los no aeroporto.

Portanto, conforme o combinado, Lola os recebeu e procurou acomodá-los da melhor forma, sem deixar faltar nada, para

CAPÍTULO XXIV

que tivessem novamente uma estadia agradável, para executarem tranquilamente a fase final da recuperação da tela.

Aproximadamente às cinco horas da tarde, Matteo ligou para o Balneário. Queria saber se seus colaboradores tinham chegado e se tudo estava correndo bem. Thélio lhe explicou que durante a viagem tinha recebido várias correspondências de laboratórios da Holanda, Itália, EUA, Suíça e Alemanha. Todos se propondo a analisar o material do quadro e os preços que seriam cobrados por isso.

Matteo combinou com Thélio que tão logo se encontrassem, provavelmente na quinta-feira, definiriam o lugar onde seria realizada a análise dos fragmentos da tela para poderem, assim, ter a prova definitiva da idade do quadro. E era claro que a data da época era sumamente importante para saber se a tese de Matteo estava correta.

Infelizmente, embora Matteo ansiasse demais em ver o reinício dos trabalhos e conversar com Thélio, era impossível antes de quinta-feira se deslocar até a praia.

Para aumentar ainda mais sua ansiedade, no dia marcado para ir ao Balneário surgiram imprevistos novos, uma cirurgia muito delicada que teria que fazer na manhã seguinte, ficando impedido de prosseguir com seus planos.

Teve que conter sua ansiedade e aguardar. Somente no sábado é que ele poderia, além de conversar com Thélio, verificar o andamento da recuperação.

No sábado Matteo acordou cedo para o tão sonhado reencontro com o restaurador. Antes, porém, passou no hospital para ver como evoluíam os pacientes que havia operado durante a semana. Feita a visita habitual, partiu despreocupadamente, embora estivesse ansioso, com o pensamento fixo na tela.

Chegando ao apartamento foi recebido por Bernadete e, após cumprimentá-la, procurou por Thélio, o encontrou sentado

CAPÍTULO XXIV

na sala próximo à sacada, rodeado de mil apetrechos que estavam sobre a mesa.

— Bom dia — respondeu Thélio, enquanto se levantava.

— Como vai? Tudo bem?

— Tudo ótimo, Dr. Matteo.

— E a viagem, como foi?

— Excelente.

— E o quadro?

— Veja, o que acha?

O quadro estava bem diferente do que era. As cores mais vivas, o pano que os frades tinham sobrepintado sobre o neném estava parcialmente removido. Era inacreditável a transformação que o quadro já sofrera. Em questão de três dias já havia mudanças significativas.

À medida que Matteo contemplava a tela, Thélio ia lhe explicando cada passo do que fizera, como removera o material até aí, e o porquê das cores estarem mais vivas. Matteo observava como se esta fosse a primeira vez cada detalhe, cabeça, cabelos do bebê, os olhos. Em algumas áreas ele fazia questão de utilizar uma lupa e aí podia ver com mais exatidão os detalhes. Não queria acreditar que uma boa parte da porção branca que cobria o neném já não mais existia. Podia ver o que antes ele nunca vira: o ventre do bebê, a parte interna de suas coxas. Esta transformação deixou Matteo extremamente preocupado. Não estaria Thélio lesando em parte a beleza que Rafael havia pintado?

Compreendia que Thélio tinha que fazer o restauro, mas não imaginava que esta fase seria tão agressiva. Havia solicitado a Thélio para caprichar ao máximo. Sabia que estava sendo atendido pelo restaurador, mas a nova visão lhe deixou bastante preocupado. Para que ele pudesse ver com mais precisão, Thélio colocou terebintina sobre algumas das áreas já limpas, de modo a realçar os detalhes e as cores da tela.

CAPÍTULO XXIV

Até ali ele já vivera várias emoções com a tela, mas naquele dia a emoção se revestia de muita preocupação, na mesma proporção que ele amava esta obra de arte. Cada dia estava mais e mais apaixonado por tudo, no entanto, a mudança que a limpeza fizera sobre a tela o preocupava.

Thélio deixou que ele admirasse bastante a obra. Percebia-se que Matteo como em êxtase, mas extravasando preocupação, não se cansava de ver cada detalhe do trabalho de restauração.

O restaurador fez questão de mostrar como ficaram vários chumaços de algodão que usara para remover as impurezas e a quantidade de sujeira que havia se depositado sobre a tela. Não havia dúvida de que a quantidade de impurezas que fora depositada sobre a tela, em função dos anos de existência, era assombrosa. Ao mesmo tempo em que Thélio mostrava os chumaços, explicava que fazia questão de sempre verificar se não estava removendo junto a parte da camada pictórica.

– Até agora conseguimos ser perfeitos. A pintura está preservada. Só removi depósitos de sujeira que os anos fizeram. Mas veja, é só sujeira. Não há tinta alguma.

Matteo contemplava a pintura, quando Thélio lhe interrompeu e disse:

– Matteo, preciso lhe dizer que este quadro já foi retocado.
– Como? Retocado? O que queres dizer com isto?

Pegando a lupa e dirigindo para o lado esquerdo do manto da Madona, ao mesmo tempo em que apontou para onde deveria ser a perna esquerda coberta pelo manto, Thélio disse:

– Neste lado aqui o manto foi retocado – e, virando a lupa para que Matteo pudesse observar bem, emendou:

– Veja como os traços do pincel são mais grosseiros, bem diferentes do restante do quadro.

Podia-se perceber neste momento na fisionomia de Matteo a decepção que se estampava com a afirmação que Thélio fazia.

CAPÍTULO XXIV

– Como? Você quer dizer que o quadro, além do branco que os frades pintaram, sofreu outro retoque?

– Sim, com toda certeza o lado esquerdo do manto foi retocado, inclusive a coloração é mais escura e diferente da restante. Quem fez e quando, isto eu não sei, mas com certeza foi feito por pessoa diferente do pintor original.

– Mas por que será que alguém teria retocado?

– O porquê eu não sei, mas com certeza alguém o fez. Talvez algum dano pode ter ocorrido com o tempo, e alguém resolveu consertar o quadro.

A diferença de cores entre as áreas limpas e as sujas era tão significativa que deixou Matteo preocupado.

Contemplava ainda o detalhe que Thélio mencionara sobre o manto do lado esquerdo quando este pediu que Matteo olhasse o Raio X da Madona feito dias antes, que estava colocado sobre a janela de vidro.

– Olhe, veja se consegue notar algo no Raio X – disse Thélio.

Matteo examinou com toda atenção. Como médico ele estava acostumado a interpretar Raio X, contudo este lhe era completamente estranho. Thélio lhe chamou a atenção para um detalhe que até então ele não percebera.

– Veja, aqui no Raio X você pode ver com exatidão os dois suportes da cadeira. Os braços da cadeira. Isto foi pintado por baixo, mas levemente, apenas para que o artista pudesse com exatidão desenhar a Madona. Se fosse uma cópia não haveria a necessidade de pintar o fundo, ou seja, a cadeira. Claro que a cadeira não aparece na pintura, só o que está sobre a cadeira, ou seja, o manto. O artista, no caso, pintou o esboço da cadeira que lhe serviu de referência para fazer com mais exatidão as proporções das figuras, cabeça, tronco, braços, para que não houvesse aberrações anatômicas, ou seja, não houvesse desproporções nas figuras concebidas. O Raio X mostra que ela fora levemente pintada. Isto é uma prova in-

A DESCOBERTA

CAPÍTULO XXIV

contestável de que esta tela é autêntica. Este quadro é original. Só isto já é o suficiente para provar que este não é cópia. O teu quadro é original, Matteo. E eu tenho certeza que um Raio X da tela de Berlim não terá este suporte da cadeira. Esta tela é original. Se é Rafael ou não, isto é outro detalhe. Veja como o vestido no Raio X acompanha as curvas do braço da cadeira. Teu quadro é original com absoluta certeza. Quem o pintou eu não sei. Mas com absoluta certeza teu quadro é original. Se é Rafael ou não, torno a dizer, eu não sei, mas teu quadro, Matteo, não é uma cópia.

Era incrível, Matteo já possuía várias provas, mas esta sem dúvida era incontestável. Agora ele podia entender o porquê da necessidade do Raio X. Fora esclarecedora a explicação que Thélio lhe fez sobre ser comum os artistas usarem a técnica de pintarem um fundo, que apenas servia como ponto de referência sobre os quais seriam pintados os reais motivos.

Claro, sabia que quanto mais provas tivesse mais fácil seria o trabalho futuro. À medida que Matteo ia mais e mais acumulando dados e provas, mais sentia vontade de denunciar a fraude, a mentira que haviam feito com um dos maiores pintores de todos os tempos. Fizeram uma cópia que poderia ficar para sempre considerada verdadeira se ele não tivesse tido a sorte e o privilégio de descobrir esta farsa. O Raio X era a prova irrefutável. A partir deste momento, Matteo sabia que o seu quadro não era uma cópia.

Obtivera, enfim, a confirmação científica de que o seu quadro era autêntico, era o original. Com isto ele tinha a garantia que o de Berlim era cópia. Faltava ainda coletar mais alguns dados, e tudo o que ele pesquisasse era com o intuito de reforçar a sua tese e facilitar o seu trabalho, o qual fora recompensado. Matteo agora tinha a certeza de que era dono de um quadro autêntico e não de uma cópia. Restava provar se era de Rafael ou de outro artista.

Matteo sentia uma força estranha, mas era tão grande que parecia que algo lhe dizia cada vez mais que Rafael não era apenas um grande artista, mas um amigo que ele precisava defender.

Havia um outro detalhe que Matteo já há mais tempo vinha querendo entender. Referia-se à posição em que estava sentada a criança, se era na perna direita ou na esquerda. No quadro de Berlim a criança estava sentada na perna esquerda, pois o copista, ao fazer a pintura, interpretara o manto do lado direito da cadeira como se fosse uma perna, e com isto posicionara a criança sentada na perna esquerda. Ao copiar, o pintor fizera uma distorção anatômica importante. Tão importante que a parte inferior da vestimenta junto ao solo do lado esquerdo ele subtraiu, pintando no lugar do manto uma pedra ou algo parecido.

Eram falhas que deveriam ser registradas em todos os seus detalhes, pois tudo poderia ajudar no seu trabalho de contestação. Quem sabe as diferenças não poderiam ajudar a justificar e a confirmar sua suspeita?

Estava ele ora admirando o Raio X, ora admirando a tela, enquanto o pensamento lhe conduzia em uma viagem através do tempo até a Idade Média. Vivia o clima, talvez pelo fato de a sala ter se tornado um verdadeiro ateliê. Eram recipientes, suportes, quadro, pincéis, potes de vidros com produtos químicos. Observava tudo como se estivesse admirando não Thélio no trabalho, mas uma reencarnação de Rafael através do tempo.

Poder sentir, vivenciar este trabalho do restauro era algo que lhe fascinava. Ele próprio, muitas vezes, quase não acreditava que isto tudo estava ocorrendo dentro da sua casa. A mesa que antes era seu ponto de reunião agora era suporte para quadro, pincéis, tintas, pigmentos, enfim, o seu apartamento era hoje o centro de sua atenção, do seu grande desafio.

Matteo estava envolto nos seus pensamentos quando Bernadete lhe interrompeu para dizer que precisava ir ao fotógrafo buscar as fotos que mandara revelar. Thélio estava registrando tudo que fazia e para saber se as fotos estavam ficando perfeitas

CAPÍTULO XXIV

ele as mandava revelar de tempo em tempo.

Tão logo Bernadete saiu, Thélio pegou uma pasta que estava em um canto, a abriu sobre a mesa, retirou vários papéis, dizendo:

– Matteo, aqui estão as correspondências que recebi dos laboratórios que fazem análises dos materiais do quadro. Gostaria que você desse uma olhada.

Matteo, então, começou a ler uma a uma. Havia correspondências de Florença, na Itália, Lausane, na Suíça, Alemanha, Espanha, Holanda, Estados Unidos, enfim, várias correspondências. Após examinar todas, Matteo se pôs a conversar com Thélio sobre os prós e contras de cada laboratório, até decidirem mandar amostras para serem analisadas nos Estados Unidos, pelo laboratório McCrone. Outras amostras enviariam para Lausane, na Suíça. Matteo fazia questão de enviar para dois laboratórios, pois se houvesse concordância nas informações, ele não teria o que questionar. Considerava importante ter duas opiniões, seriam bem menores as chances de erro. Ele queria a garantia em todo o estudo. Um até podia falhar, dois seria quase impossível. Portanto, assim ficou decidido: cada laboratório faria seis análises de seis partes diferentes e dificilmente iriam ter chance de erro. Naturalmente que isto poderia lhe custar um valor elevado, mas a segurança que ele queria valia o preço a ser pago. Thélio mandaria, no decorrer da semana, o material aos laboratórios. Agora era aguardar para ver se este dado também seria concordante com tudo que fora descoberto até aquele momento.

O dia fora tão cheio de surpresas que Matteo ao se despedir irradiava felicidade. Retornando a Blumenau, ele tinha a certeza que tão logo o quadro estivesse recuperado e as análises feitas, com o resultado em seu poder ele poderia publicar tudo. E isto tudo ele imaginava que deveria ser conhecido num prazo máximo de trinta a sessenta dias.

O que ele vira no dia anterior fora algo tão impressionante

CAPÍTULO XXIV

que os pensamentos, por mais que ele tentasse, não saiam de sua cabeça. A certeza que o Raio X lhe dera e o que vira no restauro lhe povoavam a mente. A limpeza provocara uma mudança de cor e fazia com que o quadro parecesse que estava sendo pintado pela primeira vez. Ver a parte branca que havia sido sobrepintada já removida em parte, ver com os próprios olhos quase toda a pintura real da criança o deixara estarrecido. Havia dito a Thélio que durante a semana iria retornar a fim de acompanhar mais de perto o restauro, porém havia dentro de si uma vontade incontrolável de rever o que ele havia contemplado no dia anterior.

No final do dia ligou novamente para Thélio, queria saber como estava o andamento da restauração. Thélio lhe disse que a parte branca havia sido quase totalmente removida, ao que Matteo não se conteve, prometendo que visitaria Thélio mais tarde, ainda naquele dia.

Assim, às vinte e uma horas e trinta minutos, junto com sua esposa, após dar todas as recomendações às suas filhas e pedir à mais velha, Lisandra, que se responsabilizasse por suas irmãs, partiram para o apartamento no Balneário, agora transformado em um ateliê.

Lá chegando, encontraram Thélio executando a limpeza. Se a cena do dia anterior já lhe impressionara, a de hoje então despertara em Matteo uma emoção muito mais forte. Todo o lado direito, inclusive a coxa da criança, estava completamente limpo da pintura branca sobrepintada, e agora se podia ver com exatidão a perfeição com que a obra fora executada.

Nem Lola nem Matteo podiam acreditar no que viam da pintura. Thélio procurava ser perfeito em seu trabalho. Jamais poderiam imaginar quão delicado era o trabalho de restauro. Matteo não conhecia o trabalho de outros restauradores, mas o que Thélio realizava parecia até aqui estar dentro da expectativa.

Enquanto contemplavam o quadro, Thélio dizia:

— Dr. Matteo, isto é uma obra que qualquer museu do

CAPÍTULO XXIV

mundo gostaria de ter. É fantástica. Espero que o senhor esteja com razão no seu raciocínio. A obra é maravilhosa.

Como Lola não havia visto o Raio X, Thélio fez questão de mostrar-lhe o detalhe da cadeira, o braço desenhado ao fundo e sobre o braço esquerdo a exatidão com que o manto cobria a mesma.

– O quadro não é cópia com toda certeza – dizia Thélio. – A cadeira era pintada ao fundo para que o artista pudesse se orientar. Isto é a maior prova de que esta obra não é uma cópia. Se fosse cópia a referência para o pintor seria a própria pintura original.

Toda sua suspeita de que a obra de Berlim era uma cópia estava confirmada através do Raio X.

No final do século XVIII e no início do século XIX foram feitas inúmeras cópias de obras famosas. Teria a de Berlim sido feita neste período?

Thélio mostrou a Matteo a dificuldade que estava tendo para remover uma tinta escura que estava sobre o sexo da criança. Expressou sua preocupação a Matteo:

– Estou preocupado que os padres possam ter feito abrasão, ou seja, terem removido o sexo. Vou torcer que não tenha sido executado, mas é possível. A gente sabe que com muitas obras de arte isto ocorreu.

Embora tivessem chegado por volta das dez e trinta da noite, ficaram até depois da meia-noite sentados conversando. Lola, Bernadete, Thélio e Matteo trocavam ideias sobre esta fantástica e inacreditável história. Era muito além da imaginação. Conversavam sobre obras de arte, pintores da Renascença, falaram de copistas que só faziam cópias de outras obras para expô-las em igrejas, casas particulares, enfim, assuntos pertinentes às maiores preocupações de Matteo. Provavelmente, algum copista teria feito a de Berlim, que a partir de certo momento passou a ser considerada como autêntica, e esta teria permanecido com alguma família nobre até que fosse parar nas mãos de Bellini.

CAPÍTULO XXIV

Este ir e vir entre Blumenau e Balneário Camboriú, ao invés de cansar Matteo, o animava e o fortalecia, uma vez que a cada dia algo evoluía com relação à restauração.

Passou a apreciar ainda mais os fins de semana, quando podia dispor de bastante tempo para acompanhar e avaliar demoradamente a evolução do trabalho de restauro do quadro.

Lola tinha ido na quarta-feira passar o dia com Bernadete e Thélio. Tinham prometido que nada faltaria em atenção, e por isto era importante saber como estavam sendo assistidos nos quesitos alimentação e acomodações, também do ponto de vista emocional. Não podia faltar nada. Além de tudo, Thélio tinha dito que tão logo terminasse a etapa do preenchimento das lacunas, iria fazer a substituição dos pigmentos e que ele tinha uma pessoa, sua assistente, que era perfeita na montagem das cores. Portanto, se Matteo concordasse em ceder mais duas passagens aéreas, ele gostaria de dispensar Bernadete e trazer Paula. Embora os pigmentos pudessem ser removidos quantas vezes fosse necessário, ele queria o melhor. Portanto, Lola estava encarregada de levar Bernadete ao aeroporto ao mesmo tempo em que apanharia Paula.

Como Lola passava o dia todo acompanhando a evolução, o seu relato diário deixava Matteo bem informado a respeito do andamento. Mas isto não diminuía sua ansiedade em acompanhar in loco a evolução.

Quando retornou e Thélio lhe mostrou o quadro, Matteo pôde de fato ver o quanto tinham evoluído. Mas um detalhe o deixou bastante frustrado, o fato do sexo do menino não ser visível.

– Teriam os frades mandado removê-lo por abrasão? – perguntou Matteo.

Ao que Thélio respondeu:

– É possível se ver o volume que corresponde ao sexo, mas não me é possível expô-lo totalmente.

Assim o tempo ia transcorrendo e a cada novo retoque as

CAPÍTULO XXIV

lacunas, uma a uma, iam sendo preenchidas.

Enquanto Thélio trabalhava, Matteo sempre que podia lá estava para ver e sentir cada avanço que ocorria.

Numa destas ocasiões, enquanto observava o quadro, Thélio lhe chamou para mostrar as correspondências que recebera do laboratório McCrone. Na realidade, Olga, uma amiga de Thélio, era quem estava fazendo o contato com o laboratório para saber se McCrone poderia realizar o exame.

Na correspondência que McCrone enviara a Olga, dizia que no momento estava a fazer análises em telas de Correggio, Remington, Twachtman e Leonardo Da Vinci. Isto era prova mais do que suficiente da credibilidade do laboratório.

Havia duas coisas que eram fundamentais na determinação da época: a primeira para mais uma vez mostrar que Camesasca estava errado, e a segunda, a mais importante, provar que os pigmentos correspondiam à época de Rafael. Se a análise revelasse que eram da época de Rafael seria a recompensa final de todo o trabalho e dedicação devotados a esta tela, o que para Matteo já parecia não haver dúvida.

Nesta fase, cada acréscimo que se fazia nas áreas que se desprenderam da pintura ia tornando mais viva a obra. Matteo fez questão de acompanhar com muito mais afinco do que fizera até então.

Por isto decidiu que, embora tivesse no dia anterior ido ver o restauro, voltaria no domingo para melhor curtir e sentir este avanço.

A esta altura já havia confidenciado a uma pessoa a incumbência de corrigir os manuscritos da parte literária. Logo que tudo estivesse terminado, gostaria de publicar esta intrigante história. Queria saber se era a pessoa ideal, se possuía, além do conhecimento, a sensibilidade para compreender a empolgação interior que ele transmitia quando falava sobre o quadro.

– Gostaria de ver o texto e a obra – confidenciou o escritor a Matteo.

CAPÍTULO XXIV

— Assim que for possível eu lhe mostro.

Alguns dias depois, surgiu o momento certo, pensava Matteo, para ver o quadro com o escritor. Ainda em fase de recuperação, seria uma boa oportunidade para apresentar a obra e sentir se despertaria o mesmo interesse que este projeto lhe despertara. Bastou que comunicasse ao escritor por telefone que iria ver como estava o quadro, perguntando se ele desejava também vê-lo nesta fase do restauro, para que do outro lado da linha telefônica seu amigo respondesse:

— Ficaria honrado se me permitires ver a obra.

Horário combinado, lá estavam eles indo para o Balneário.

Durante a viagem comentavam os fatos, as coincidências desta empolgante história.

Pela expressão, o amigo letrado deixava claro que participar deste projeto era algo que muito o emocionava.

— Estou feliz em poder dar uma pequena contribuição para o seu projeto.

As fotos do quadro e alguns dados da história já eram conhecidos pelo novo colaborador, o que explicava seu interesse. A felicidade que ele estampava em sua fisionomia por participar deste momento inusitado assegurava a Matteo que a escolha não poderia ter sido melhor. Era um literato que estava se aliando a ele. Tornava-se importante neste momento um escritor de comprovada experiência ajudando-o a corrigir seus manuscritos.

Neste dia o caminho que normalmente faziam para ir ao Balneário estava interrompido. Matteo optou por passar em Brusque, sua terra natal, lugar a que devotava uma estima e um carinho especiais. Foi ali que nasceu, foi ali que cresceu, cursou os primeiros anos escolares, enfim, deu os seus primeiros passos, realizou os primeiros sonhos. Foi dali que ele partiu para cursar colégio, faculdade, especialização, tornando realidade o que era na infância apenas um sonho. E hoje, apesar de residir em outra cidade, Brusque era para ele o rememorar da infância, uma forma

CAPÍTULO XXIV

de voltar no tempo e viver o presente com o sabor do passado.

Assim que chegaram ao apartamento, Matteo apresentou seu amigo a Thélio e Paula, explicando-lhes o que representava a entrada do amigo neste contexto.

– Thélio, por gentileza, mostre-lhe a tela.

Virando o quadro para que este ficasse de frente para o espectador, disse:

– Veja, o que acha?

Seus olhos faiscaram, seus lábios se transformaram em um sorriso largo.

– Isto é incrível! – exclamou. – Não parece ser verdade. Uma obra tão bonita aqui! É incrível. Maravilhoso!

De fato a evolução dos retoques, ou melhor, o preenchimento das lacunas dava ao quadro uma visão mais rejuvenescida. Quanto mais contemplava a tela, mais sua fisionomia irradiava admiração. Roberto estava encantado.

Passado o impacto inicial, Matteo convidou-os a se sentarem em um sofá que estava no meio da sala-ateliê, onde começaram a trocar ideias, esclarecendo certas dúvidas que lhe atormentavam.

Entre questionamentos, opiniões pessoais, contemplação da tela, comentários, ora sobre um detalhe, ora sobre outro, ficaram um longo tempo entretidos. De repente a necessidade de acender uma luz devido à escuridão que começava a se fazer notar os alertou para o adiantado da hora, mesmo assim não conseguiam esquecer a tela.

– É inacreditável. Será um Rafael? – repetia o amigo de Matteo.

– Acredito que sim – disse Matteo.

Finalmente, quando Matteo comunicou ao amigo que estava escurecendo e teriam que voltar, foi como se o estivesse acordando de uma viagem através do tempo, ao que ele exclamou:

– Isto parece um sonho! Ainda não consigo acreditar que isto é real. Rafael estaria renascendo? – perguntou Roberto a Matteo.

CAPÍTULO XXV

O tempo é fatídico. Ele não perdoa e passa irredutível, ainda que às vezes desejássemos que certos momentos fossem eternos.

Thélio trabalhava sério e firme, cada dia podia notar-se que ora uma, ora outra lacuna era preenchida e assim o quadro recebia cada vez mais vida.

Enquanto era feita a remoção da sujeira que cobria a pintura e a remoção da parte branca que cobria o menino, Matteo chegou a ficar extremamente preocupado. Teve a sensação de que o quadro estava ficando borrado nas linhas, entre as cores da pintura, inclusive comentou com Thélio sobre a sua preocupação, ao que o restaurador lhe explicou, procurando tranquilizá-lo:

— Por ser a limpeza feita com um chumaço de algodão em partes, ou seja, cada pedaço é delicadamente limpo, e cada centímetro consome bastante tempo, quando você olha o quadro as áreas que se encontram limpas ficam de coloração completamente diferente das que estão ainda por limpar. Esta variação de tonalidade causa muita estranheza a quem observa este tipo de trabalho pela primeira vez.

Realmente as fotografias que iam sendo reveladas para registrarem o acompanhamento, a evolução do restauro, mostravam com bastante clareza a diferença de tonalidade entre as áreas já limpas e as demais.

Para Matteo, que durante tanto tempo já se acostumara a contemplar a velha tela, as modificações de tonalidade e colora-

CAPÍTULO XXV

ção o deixaram bastante preocupado. Respaldado nas garantias que Thélio lhe fazia, afirmando que tudo fazia parte do processo de restauração, Matteo, embora preocupado, acabava aceitando a sua explicação como cabível. No entanto, para Lola, Matteo às vezes comentava:

— Será que a obra não era mais bela antes?

O tempo corria célere, os dias iam se passando e eles, Matteo e Lola, vivendo cada momento, cada detalhe do que ocorria com a sua Madona, naquele momento que seguramente ficaria registrado como uma das fases mais delicadas pela qual essa obra passaria em toda a sua existência.

Assim, após mais de um mês de início desta segunda fase, Thélio chegou ao término de seu trabalho. Por isso, à noite, antes de Thélio partir, Matteo resolveu ir cedo ao apartamento da praia para poder conversar demoradamente com o restaurador.

Como era natural, ele procurava olhar o quadro buscando descobrir se algum ponto precisava ser retocado, ou melhor, se porventura alguma lacuna tivesse sido preenchida com uma cor não condizente com a área.

Seria impossível precisar o tempo que Matteo ficou admirando a Madona e a criança, e assim ele se encontrava a dar a atenção para os detalhes quando Thélio lhe convocou para observar o canto direito do quadro junto a beira do vestido da Madona, perguntando:

— Matteo, você já tinha notado esta inscrição?

— Que inscrição?

— Esta aqui – e Thélio apontou a Matteo a inscrição, localizada no canto esquerdo do quadro, em sua parte inferior.

Olhando atenta e demoradamente Matteo teve um sobressalto.

— Mas isto é um R! – exclamou.

— Exatamente! – respondeu Thélio.

CAPÍTULO XXV

— Mas, Santo Deus! Isto é demais. Primeiro o quadro, Madona, depois o cartão, depois a coincidência com o de Berlim, depois os saqueadores que trouxeram ao Brasil, depois a carta do frei, depois os críticos de arte que não reconhecem a Madona Colonna como obra de Rafael, depois o braço da cadeira no Raio X, agora o R? Não, não é possível, isto é incrível. Era só o que faltava, um R! R de Rafael! Mas será que não estamos querendo ver demais? Não será fruto da nossa imaginação?

— Claro que não! — disse Lola, que naquele instante, levada pela curiosidade, também observava. — É um R e R é R.

— É Thélio, os dados são demais. Não tenho a menor ideia se Rafael assinava ou não seus quadros, mas seja como for são evidências demais, e somadas, então, tudo leva a crer que estamos no caminho certo.

— Thélio, tu tens ideia se Rafael assinava? — Lola perguntou.

— Olhe, Lola, eu não sei se ele assinava, e se assinava, como assinava, se o nome completo ou apenas R. Naquela época muitas obras não tinham assinatura.

Matteo sabia que a maioria das obras antigas não tinham assinatura, mas a inicial do nome era algo nada agressivo e, além do mais, em um lugar muito discreto. E, olhando com mais atenção e com exatidão, havia acima do R mais algum detalhe que ele não conseguia interpretar com exatidão, um arabesco que não conseguia entender, mas parecia ser S ou algo parecido, mas o R era inconfundível a clareza.

Quis então saber de Thélio quando foi que ele percebera o detalhe.

— Ora, já há vários dias que eu notei isto, inclusive, percebi desde o início da restauração, mas estava um pouco mais apagado.

— Como eu não havia percebido até então? — perguntou Matteo.

A revelação de que Thélio já havia percebido há mais tem-

CAPÍTULO XXV

po despertou em Matteo a curiosidade em saber se porventura a assinatura era perceptível anteriormente.

E para se certificar se era ou não real a percepção, Matteo procurou uma foto em tamanho grande para ver se aí era perceptível.

E qual não foi a sua surpresa ao constatar que o R era também visível na foto que Rômulo fizera no início da sua pesquisa.

Só o fato de poder claramente perceber a inscrição do R na foto já valera a vinda de Rômulo. Fora o registro incontestável que isto não fora sobrepintado.

O ocorrido lhe deixou extremamente feliz, pois Matteo já vinha lutando para esclarecer a origem da obra há muito tempo. Já muitos fatos, como a vinda do quadro para o Brasil, a forma como ele foi conseguido na Itália, o fato do cartão de Natal e o Raio X com o detalhe da cadeira ao fundo, tudo isto já era por si algo espetacular, fantástico. Como tudo acontecera desde o início era algo quase místico, e agora mais esta coincidência. Um R, uma possível assinatura. A coisa soava tão coincidente que Matteo, inclusive, chegou a questionar Thélio.

— Será que nós não estamos sonhando?

— Tudo é possível, Matteo. Pelas leis da probabilidade eu diria que o quadro não é um Rafael e mesmo que fosse, deve ser o único Rafael no mundo na mão de uma pessoa física, e não de uma instituição, mas tudo é possível. Vamos torcer para ser. Se não for, de qualquer forma, é uma obra para se colocar em qualquer museu do mundo. Imaginar que no meio de seis bilhões de seres humanos, você, Matteo, é o único a ter tido o privilégio de descobrir, de conviver, de ser o protagonista de uma história além da imaginação, é estupendo, sem sombra de dúvidas.

Só o fato de poder contemplar a obra totalmente restaurada já era emocionante. A isto vinha agora se somar à descoberta do R, tão claro, tão inconfundível. Era impossível de se saber e medir como a adrenalina se comportava dentro de Matteo. A incrível novidade fez com que o estado de excitação, de gratificação interior, merecesse uma comemoração. Matteo o fez abrindo uma garafa de vinho para brindar com Lola, Thélio e sua ajudante, Paula, este inesquecível momento. Thélio agradeceu, mas não bebia, embora a ocasião merecesse ser comemorada.

Mesmo assim, os últimos momentos que passaram juntos, antes de irem repousar, foram gratificantes e Matteo não sabia como agradecer a Thélio por ele ter sido tão gentil em executar o trabalho no Balneário, longe de seu ateliê, longe de sua família e de seus amigos. Sem dúvida, uma gratidão que jamais deixará de ter pelo restaurador. Afinal, tudo o que Matteo pagara pelo serviço não incluía a atenção, o carinho, o esmero, os quais, sem dúvida, Thélio devotou durante todo o tempo que permaneceu no apartamento-ateliê, juntamente a Matteo e Lola, para realizar a restauração. Além do mais, Thélio descobrira o esboço da cadeira no Raio X e o R na borda do manto.

Com o trabalho de Thélio finalizado, era a hora de se despedirem. Matteo pagou-lhe as horas de serviço prestado, mas as artes é que iriam julgar a qualidade do seu trabalho e diriam se o restauro deveria ser refeito em parte ou todo no futuro.

CAPÍTULO XXVI

O tempo fluia e a cada dia Matteo ficava mais impaciente por notícias sobre a análise do material, que a esta altura por certo estaria em Chicago com o Professor McCrone. O material fora colhido em março e já estavam no mês de julho. Matteo esperava, como era natural, que tudo estivesse correndo como planejara com Thélio.

Para sua surpresa, cada vez que ele ligava para Thélio afim de saber se já havia enviado o material, sentia que o interesse de Thélio havia diminuído, coisa que ele próprio não conseguia entender. Sempre havia algo a impedir o envio do material.

Era compreensível que, como Thélio ficara muito tempo afastado do seu ateliê, ao retornar tenha encontrado uma série de problemas e dificuldades a solucionar. Matteo até entendia que o encaminhamento do material pudesse estar atrasado. Mas como quase quatro meses haviam se passado e o material ainda permanecia em São Paulo, Matteo resolveu, até por sugestão de Thélio, assumir o comando do processo de encaminhamento do material ao Professor McCrone.

Era sumamente importante a identificação da época em que o quadro fora realizado. Era o único dado que faltava para então poder divulgar sua suspeita de que o mundo das artes poderia estar diante um fato novo.

Thélio lhe dizia que compreendia sua ansiedade, e que estava fazendo tudo para agilizar o mais breve possível a resposta. Mas como Matteo se achava em condições de encaminhar sem proble-

CAPÍTULO XXVI

ma algum o material, aceitou também mais este desafio como o último passo, para, aí sim, divulgar sua história.

Em certos momentos chegava a pensar em divulgar os fatos na medida em que eles fossem ocorrendo, pois o fato em si merecia que mais pessoas pudessem participar de algo tão fascinante. Mas por outro lado sabia que uma divulgação maciça lhe traria muito incômodo, insegurança e perderia toda a tranquilidade que tivera até então. Tinha a necessidade, para bem desempenhar a sua profissão, de estar sempre tranquilo e sem envolvimentos que pudessem lhe tirar a paz.

Até então Matteo tivera um relacionamento muito cortês com Thélio, mas a demora para encaminhar o material e o fato de ele passar a ter o contato direto com McCrone abalaram um pouco aquele relacionamento. A ideia partira de Thélio, Matteo acatou e assumiria a responsabilidade no intento de agilizar os exames dos pigmentos.

Assim, a primeira coisa que Matteo fez foi redigir uma carta em inglês e passá-la por fax o mais rápido possível ao Instituto de Pesquisa McCrone em Chicago. No dia seguinte, sua correspondência estava sendo enviada a Chicago.

Foi uma emoção agradável quando sua secretária lhe trouxe o canhoto onde havia o OK do recebimento do seu fax.

Agora que McCrone já recebera a sua solicitação e tão logo lhe respondesse aceitando fazer a análise, Matteo enviaria o material que Thélio lhe encaminhara por Sedex, acompanhado de uma fotografia assinalando o local de onde cada partícula fora removida para ser analisada.

Naquele dia, Matteo voltou para casa sumamente alegre, pois sabia que em breve teria um resultado das amostras da pintura que iria encaminhar a McCrone.

No entanto, os dias foram passando, e ele, que imaginava receber uma resposta dentro de no máximo quatro ou cinco dias,

CAPÍTULO XXVI

ficou novamente surpreso com o fato de que os dias foram de silêncio e sem nenhuma manifestação por parte de McCrone. O que estaria ocorrendo? Estaria o Professor de férias? Afinal, julho e agosto é verão e era provável que o Professor nem estivesse em Chicago. Mas de qualquer forma Matteo imaginava que receberia algum comunicado.

Esta demora o deixava até certo ponto frustrado. Matteo não conhecia McCrone, a pintura não era seu mundo, não era restaurador e nem tinha nada a ver com o mundo das artes, enfim, McCrone não fazia parte do seu mundo. E se porventura ele não aceitasse fazer exames a não ser de pessoas ligadas a ele ou ao Instituto, o que Matteo faria? Teria que encaminhar a outro laboratório?

Inicialmente, junto com Thélio, Matteo havia decidido enviar o material a dois laboratórios. Nos contatos posteriores que teve com o restaurador por telefone, ambos chegaram à conclusão de que primeiramente o importante era ter a opinião de um único centro de pesquisas. Guardaria as outras amostras para uma eventualidade de ocorrer dúvidas. Aí sim, então enviaria a outro laboratório.

E agora, a demora, o silêncio do laboratório. Era importante saber o que estava acontecendo. Teria que dar um jeito de saber o que ocorria. Bastava telefonar diretamente ao Instituto. Possuía o número do telefone. Era ter a coragem e tentar a aproximação com o Centro de Pesquisa. Falar em inglês por telefone era uma das coisas a que Matteo não se habituara, mas a situação o obrigava a isto. Embora se comunicasse relativamente bem em inglês, o telefone o embaraçava um pouco.

Na primeira tentativa o telefone estava ocupado, fazendo com que Matteo ficasse ainda mais tenso. Tentou novo contato minutos após e logo ao tocar o telefone uma voz do outro lado atendeu:

CAPÍTULO XXVI

— McCrone Research.

— Senhora, aqui é do Brasil. Desculpe-me, o meu inglês não é dos melhores, mas se a senhora tiver um pouco de paciência comigo e falar devagar eu poderei lhe entender.

— Com prazer – respondeu ela. – Qual é o seu nome e o que deseja?

Matteo se identificou e a seguir explicou que o motivo do seu telefonema era decorrente do fato de ter há dez dias enviado um fax ao Professor McCrone. Queria saber da possibilidade de ele fazer a análise de uma tela italiana, da qual necessitava que fosse determinada a data em que fora pintada. Talvez o número do fax ou do telefone como não foram com o código do Brasil, tenham dificultado o contato.

— O Professor – disse ela – está em aula e não pode lhe atender no momento, mas se me deixar o número do seu telefone e do fax, tão logo for possível eu lhe darei um retorno. Pode ficar tranquilo, eu vou cuidar pessoalmente do caso.

Após fornecer o número do fax e do telefone, Matteo se despediu agradecendo o modo gentil como fora atendido.

A sensação do contato tão direto com a secretária do Centro de Pesquisa McCrone lhe fora muito reconfortante. O laboratório já não era mais um sonho distante. O laboratório agora tinha telefone e endereço, assim Matteo começava a sentir que a instituição fazia parte do seu mundo, da sua pesquisa. Tinha a certeza que teria um retorno garantido, na pior das hipóteses.

Os dias se passaram e novamente para sua surpresa ele não recebeu o tão esperado retorno, nem fax nem carta. O que estaria ocorrendo? Se ele dera o número do fax correto, sabia que o Professor estava em Chicago, inclusive dando aulas, por que não havia o retorno? Era difícil entender.

Mais de seis dias já haviam se passado e Matteo não recebera nenhum retorno. Como ele já havia feito uma ligação anterior ao

CAPÍTULO XXVI

Instituto, por que não fazer outra chamada? Teria a resposta à sua pergunta. Matteo não imaginava a grande surpresa que aquele telefonema lhe reservava.

Quando se identificou, a secretária solicitou que ele aguardasse um momento, deixando por segundos o telefone em silêncio, ela a seguir o colocou em contato direto com o Professor McCrone.

Quase não acreditou quando do outro lado da linha a voz grave e firme lhe disse:

— Alô, aqui é McCrone.

Matteo, disfarçando o nervosismo, disse:

— Professor, me desculpe por estar lhe telefonando, mas acontece que eu estou necessitando de seu auxílio na identificação da idade de uma tela italiana que eu possuo. Meu inglês não é muito bom, porém se o senhor tiver um pouco de paciência comigo, eu lhe contarei o que se passa.

E assim, Matteo fez-lhe um histórico sucinto do que ocorrera até então e da importância da análise de que necessitava.

O modo como falava demonstrava que McCrone ficara muito surpreso com sua história:

— Olha, tentei o contato por fax e não consegui, por isso estava preparando uma resposta para sua correspondência. Em breve a receberá.

Sabendo que o contato com o Professor não era fácil, Matteo aproveitou para lhe perguntar.

— Eu só gostaria de saber se já posso então lhe enviar o material para a análise?

— Sim, pode me mandar. O custo é de 50 dólares por amostra.

O preço Matteo já sabia, pois no fax que enviara a Olga ela colocara exatamente o mesmo. Assim, não sabendo como agradecer, Matteo se despediu emocionado.

CAPÍTULO XXVI

Fora inacreditável. Ele falara com o Professor McCrone e conseguira lhe relatar um pouco de sua história. Isto não lhe parecia verdade. Estaria na sua mão a responsabilidade do veredito final do quadro. Embora Matteo não tivesse a menor dúvida de que o seu quadro fosse antiquíssimo, ele precisava da comprovação científica da época de sua execução. O Raio X era inquestionável, mas se o estudo dos corantes também fosse favorável, seria duplo o seu efeito, primeiro seria a prova de que fora feito na época de Rafael e segundo, a prova contra possíveis questionamentos por parte do parecer negativo que dera o Professor Camesasca.

Era a reta final. Talvez o penúltimo capítulo desta emocionante história. Matteo sabia que se conseguisse esta prova final positiva, teria definitivamente salvo uma obra renascentista.

Talvez as emoções que sentia em cada etapa era o que lhe dava tanta força para nunca ter desanimado. Fora indescritível o que significara aquele dia, ter falado com McCrone. Embora Matteo não o conhecesse pessoalmente, sabia, segundo informações do próprio Thélio, que o homem já teria dado laudos de importantes patrimônios da humanidade. Quadros suspeitos de serem de Leonardo Da Vinci e outros famosos pintores já teriam sido analisados por ele. O próprio Santo Sudário, o pano que teria servido para cobrir o corpo de Cristo após sua morte, era, segundo Thélio, uma das peças mais célebres e polêmicas que teriam passado por seu crivo e sua opinião. Mas ainda assim seria importante ressaltar que o Santo Sudário permanecia sob polêmica. Ou seja, era mais um dado a se somar pró ou contra sua investigação.

Mesmo que tenha tido contato nesta caminhada com pessoas absolutamente competentes em seus setores, como o fotógrafo Rômulo Fialdini, o restaurador Thélio, o Professor Bardi, a conservadora do museu de Harvard, o contato agora com o Professor McCrone ainda lhe dava a sensação do inatingível, do quase impossível. Isto para Matteo era a demonstração de como o ser humano quando deseja e se dedica, quando tem uma meta, um objetivo pode atingi-lo. O importante é ter força de vontade, persistência em seus objetivos. É só querer e acreditar no seu sonho, na sua missão. E ele acreditava que recebera uma missão que deveria cumprir até o final.

Talvez, para muitos o trabalho que estavam fazendo, ele e sua esposa, poderia não significar tanto quanto eles imaginavam, mas se conseguissem provar e, em especial, conservar e recuperar para a humanidade esta preciosidade, este tesouro da Renascença, isto lhes deixaria imensamente gratificados.

Sabiam de suas limitações, por mais que eles quisessem ou se esforçassem, eles jamais seriam um Rafael. O dom de Matteo era a medicina, era tratar de doentes, era cirurgia, esta era sua vocação, a sua realização interior. Mas também acreditavam que, se o destino lhes encarregara de uma missão completamente desconhecida, a princípio impossível, é porque alguma razão, alguma força "cósmica" entendia que eles dispunham das condições que eles próprios até então não sabiam que eram possuidores.

Por isso tinham que ter fé, acreditar que receberam uma missão e que esta não poderia parar no meio do caminho. Estavam na reta final, era reunir forças, caminhar os últimos passos para, então sim, como vencedores, sentirem o sabor da vitória.

Como o Professor McCrone disse que Matteo poderia enviar o material, ele deu início aos preparativos para o envio. Embora já houvesse conversado e acertado com o gerente da empresa de aviação, pela qual mandaria o material para a análise, ele ainda precisava fazer a embalagem e a correspondência que seguiria junto, explicando o que continha em cada frasco.

Thélio havia recolhido nove amostras para serem encaminhadas, uma, inclusive, era do tecido e outra da madeira do chassi onde estava presa a tela. Por isto, ele tinha que relatar de onde foram tirados os fragmentos e, conforme lhe orientara Thélio, di-

CAPÍTULO XXVI

zer quais os fragmentos que deveriam ser submetidos ao corte estratigráfico.

Pensando em cada detalhe, Matteo preparou a carta que seguiria junto com uma foto onde estavam marcados os pontos de onde foram colhidas as amostras, e então se dirigiu à companhia aérea para encaminhá-las ao Instituto McCrone.

Já passavam alguns minutos do meio-dia quando Matteo chegou à agência. Esta se encontrava fechada. Mas como Júlio, o gerente da companhia aérea, era seu amigo pessoal e ele sabia que o mesmo morava no andar superior da loja, decidiu estacionar seu carro nos fundos do estabelecimento. Abrindo a porta do carro notou que a porta dos fundos da agência se encontrava semiaberta. Matteo chamou por Júlio, que não demorou a aparecer, sorridente, lhe perguntando o que ele desejava.

— Sabe Júlio, eu gostaria de encaminhar o material que te falei para Chicago.

— Tu podes deixar aqui que eu mesmo me encarrego de encaminhá-lo. Temos um representante em Chicago e ele próprio se encarregará de entregar o material à pessoa que desejas.

Matteo procurou ser breve para não importuná-lo, mas Júlio ainda fez questão de acompanhá-lo até o carro. Tinham um relacionamento familiar de longa data, e como Matteo bem o conhecia, sabia que poderia ficar tranquilo, o material chegaria ao destino final. Ao se despedir, Matteo tinha certeza de uma coisa: este era o último passo. Agora não dependia mais de sua vontade.

Daqui para frente era o Professor McCrone quem marcaria o tempo, o término de tudo. Fecharia o pano do palco. Se ele dissesse que a data não era do século XVI, tudo estaria encerrado de maneira frustrante para si, mas seria um fim, de certa forma.

O espetáculo poderia ter um final feliz, mas Matteo estava consciente que toda a aventura poderia terminar de forma, em parte, frustrante para ele. Um esforço, um trabalho, por um fim inglório. Mas mesmo ciente disto ele achava que valia a pena correr os riscos.

Se havia dois quadros iguais atribuídos a Rafael e um destes – o de Berlim – era questionado por várias razões como obra duvidosa, por que a verdade não poderia estar naquele quadro que estava em sua casa?

Se tivera tantas esperas difíceis, demoradas, esta seria então mais uma, talvez a maior de todas. Cada dia após o décimo dia seria um mais angustiante que o outro. E se a resposta não correspondesse ao esperado, qual seria o caminho? Desistir ou encaminhar a outro laboratório? Como ele possuía ainda outro jogo com mais nove frascos de amostras, provavelmente ele até iria encaminhar a outro laboratório, mas aí seria já sem motivação, sem esperança. Ele já tinha que provar que o Professor Camesasca estava errado, ou melhor, tirara conclusões precipitadas. Não queria nem pensar em um desacordo com o Professor McCrone. Mas isto era uma possibilidade que ele tinha que considerar.

Matteo não tinha a menor ideia de como seria realizado o exame, qual a possibilidade do erro, mas tinha conhecimento superficial de que o processo se baseava no fato dos corantes. A semelhança dos cristais quando secavam, dependendo dos seus componentes, assumiam formas próprias e, como as tintas usadas na época de Rafael apresentavam alguns componentes diferentes de outras épocas, isto permitia ao pesquisador afastar ou afirmar que a obra era ou não da época de Rafael, além disso, reações químicas revelariam com exatidão os corantes usados na pintura da sua tela.

Matteo estava convencido que o Raio X onde apareciam os braços da cadeira sobre a qual a Madona estava sentada era a prova incontestável da verdade, pois se havia dois quadros iguais, este e o de Berlim, estava claro que o Raio X do de Berlim não podia mostrar os braços da cadeira, pois se isto aparecesse iria

CAPÍTULO XXVI

demonstrar que os dois teriam sido feitos ao mesmo tempo, mas esta possibilidade para si seria inconcebível, seria um absurdo dois quadros iguais terem a mesma imagem do Raio X. Para que isto fosse possível, só se o mesmo pintor realizasse os dois quadros. Mas se o mesmo pintor fosse o autor de ambos os quadros, o primeiro ele até faria o fundo (os braços da cadeira), mas o segundo seria cópia e logo ele não teria necessidade de pintar o esboço da cadeira, pois o primeiro serviria de referência. E caso fossem dois pintores diferentes, e isto era o mais lógico de se imaginar para o caso, o segundo não poderia em hipótese alguma ter os braços da cadeira no fundo, e se tivesse é por que teriam sido feitos na mesma época e por pintores diferentes, neste caso, mesmo quando uma pessoa posava para vários pintores, por maior que fosse o seu número, nunca, jamais, sairia tão semelhante, tudo igual, como de fato são os dois quadros em questão, o seu e o de Berlim. Isto só ocorre quando existe uma cópia. Este é que seria o ponto mais forte da sua divulgação e, além de provar que o seu é o verdadeiro, revelar que o de Berlim é uma cópia.

Transcorrera mais de uma semana desde que havia enviado o material para Chicago e Matteo a cada dia se sentia mais tenso e preocupado, pois queria saber se tudo já havia chegado às mãos do Professor McCrone. Ele sabia que o voo que levou o material chegara a Chicago na quinta-feira, e como até agora já havia passado exatamente uma semana, Matteo queria se certificar de que o material já se encontrava nas mãos do Professor. Para ter certeza ligou à companhia aérea perguntando se a entrega havia sido efetuada. Ao fazer a ligação para Marcos, o encarregado do setor de cargas, este lhe avisou que a embalagem chegara no dia previsto, o Instituto havia sido comunicado sobre a encomenda a ser retirada na companhia aérea em Chicago. Porém, até aquele momento a embalagem ainda se encontrava à disposição do destinatário.

Matteo achou estranho, afinal de contas ele havia passado

CAPÍTULO XXVI

um fax ao Instituto comunicando a chegada do material e junto acrescentou a documentação da ordem da carga, pedindo que os mesmos fossem até a companhia aérea retirar o material. Marcos lhe assegurou que a companhia estava aguardando que alguém fosse retirar a encomenda. Teria o Instituto em função de muito trabalho esquecido o seu pedido? Teria assim que fazer nova ligação. Chamou Chicago.

– Alô, é do Instituto McCrone?

– Sim, senhor, o que deseja?

– Aqui é novamente do Brasil, necessito falar com o Professor McCrone.

– Olhe, o Professor está ocupado, mas posso passar a seu assistente.

– Ok, por gentileza.

Tão logo o assistente de McCrone lhe atendeu, Matteo explicou o que estava se passando, e perguntou se ele sabia de alguma coisa sobre a encomenda a ser retirada, ao que ele explicou:

– O problema é a burocracia alfandegária. A alfândega examina todo material que vem do exterior, e tão logo o material seja liberado, nós o receberemos.

A explicação, embora fosse aceitável, não lhe convencera, por isto Matteo voltou a contatar a companhia aérea para saber se a informação procedia. E novamente Marcos lhe explicou que isto não era a realidade dos fatos, pois a alfândega já havia vistoriado toda a carga assim que esta chegara aos Estados Unidos. E que a mesma estava à disposição do Instituto.

– O melhor que podes fazer é contatar novamente Chicago e pedir que entrem em contato com o encarregado de cargas, Luís Neto, da Varig, no aeroporto.

Isto lhe forçou a uma nova ligação. Mas era importante que o material chegasse ao Instituto, pois eram estes os únicos fragmentos que haviam sido colhidos antes do restauro. Tinha deci-

CAPÍTULO XXVI

dido resolver de vez o problema. Este novo contato lhe reservava nova surpresa, pois a secretária lhe pôs novamente em contato com o Professor McCrone.

Matteo jamais esquecera esta ligação. O Professor, além de falar pausadamente, fora extremamente gentil e lhe assegurou que iria imediatamente ao aeroporto buscar a embalagem.

Sua voz firme e segura, além de bondosa, deu a Matteo a certeza de que agora sim poderia ficar tranquilo, iria finalizar esta novela que se iniciara em março. Sim, o material havia sido colhido em março e só agora, setembro, é que chegaria ao laboratório para análise. Que caminho difícil. Às vezes ele não conseguia entender por que tudo parecia ser tão difícil. Mas enfim, tudo estava vencendo, ele agora poderia ficar certo de que a análise seria procedida.

De fato, meia hora depois de sua conversa com McCrone, a agência Varig lhe ligou comunicando que a embalagem de Chicago acabara de ser entregue ao destinatário.

Matteo sentira na voz de McCrone a certeza de que isto iria acontecer, mas não imaginara que fosse com tamanha rapidez como ocorreu. Quanta espera, quanta dificuldade, mas também esta etapa tinha sido vencida.

A tela que por mais de um século ficara obscura em uma pequena cidade no interior de Santa Catarina tinha agora fragmentos que seriam analisados em um dos mais conceituados laboratórios norte-americanos. Um caminho tortuoso, complicado, cheio de dificuldades, maus-tratos, abandono, tudo ela passara. Até por um depósito de velharias ela passou. Mas agora não, agora ela estava recebendo a atenção da qual era merecedora.

Um dos mais conceituados laboratórios de análise de pigmentos iria cuidar de descobrir sua idade e, quem sabe, garantir e definir a sua paternidade, o seu genitor. Iria, enfim, ter uma identidade.

CAPÍTULO XXVII

Já era final de outubro, um mês havia se passado, e como ainda não recebera nenhuma correspondência por parte de McCrone e ele sempre se mostrara muito cordial nos contatos telefônicos que fizera, Matteo decidiu fazer um novo contato para saber se havia alguma novidade.

McCrone esclareceu que os exames ainda não tinham terminado, mas que até o final da semana com certeza deveriam estar prontos. E que tão logo terminasse ele lhe remeteria um laudo com o resultado final.

Matteo, não se contendo em sua curiosidade, perguntou:

– Professor, dos exames que foram feitos até então alguma má notícia?

– Ainda não posso dizer nada.

Matteo falou, então, da sua ansiedade e da importância do seu relatório.

– Fique tranquilo, em breve terá o retorno.

Só o fato de lhe dizer que até aqui não havia nada de negativo lhe deixara contente, mas a angústia pelo resultado final ainda era grande. Matteo sabia que muito iria depender desta análise. Se ele confirmasse que os pigmentos usados eram os mesmos do século XVI isto facilitaria sua tese em provar que o mundo estava diante de uma farsa, de uma mentira que não poderia mais continuar sendo aceita. No entanto, se o resultado fosse negativo tudo o que ele sonhara poderia ter outro rumo. De qualquer forma, ele aprendera muito.

CAPÍTULO XXVII

Quando começara o restauro ele não imaginava que o Raio X e toda a análise seria comandada por ele pessoalmente. Tudo aquilo que imaginava que deveria ser feito por um grande museu ele já tinha, com dificuldades, em parte realizado.

Agora ele dependeria sim das opiniões e comentários das análises dos grandes entendidos em arte, museólogos, historiadores, mas eles já teriam em mãos a tela, fotos, Raio X, análise do material e histórico completo para concordarem com a sua tese ou a rejeitarem. Poderiam até sugerir nova análise, mas já havia andado um bom pedaço do caminho. Mas como ele dispunha de outro jogo de amostras, embora colhido após o reentelamento, era só realizá-la se fosse necessário.

O que estaria reservado para Matteo tão logo o livro fosse publicado? Quantas emoções, quantas perguntas, quantas dúvidas, quantos a lhe defenderem e quantos a lhe contestarem. Mas teria que enfrentar, tinha que estar preparado, porque tão logo o mundo das artes tivesse conhecimento de tudo, analisassem as provas, avaliasse o quadro, por certo, haveriam aqueles que tomariam posição favorável e outros posição contrária. Iria angariar aliados, com certeza, dos quais muito iria precisar.

Matteo, pelo que estudara, vivera e aprendera estava convicto de que tudo seria confirmado. Sabia que contra os fatos não existiriam argumentos e os fatos até aqui eram inquestionáveis. Tudo era só uma questão de tempo e persistência.

Pensava ele em como a história fora incrível. Se não houvesse a publicação do cartão de Natal, ele jamais iria chegar a algum lugar, vivendo tudo de maravilhoso que viveu junto com sua família, pois existiam detalhes de cor que mesmo leves poderiam atrapalhar no reconhecimento, e detalhes de confecção da pintura como a face da Madona, os braços da criança, entre outros, que pareciam à primeira vista serem os quadros totalmente diferentes.

Foi o cartão que, por ser publicado em preto e branco e ser

CAPÍTULO XXVII

montagem de computador, possibilitara a ele a suspeita, e por incrível que pareça o cartão era cópia da primeira publicação alemã de 1851.

Mesmo um bom observador, se recebesse as fotos em cor normal talvez nem suspeitasse de nada, porque o efeito visual que a pintura transmitia a quem observasse os dois quadros em locais e situações diferentes não perceberia que era a mesma pintura. Provavelmente ninguém perceberia que retratavam o mesmo motivo. No cérebro as duas telas causavam ao mesmo observador sensações e emoções totalmente distintas.

Além da sorte ímpar em receber o cartão de Natal com a foto do seu quadro, também importante era o fato de existir a cópia em Berlim. Sim, porque se não existisse a cópia de uma obra de Rafael em um museu, como Matteo poderia afirmar que o seu quadro era um Rafael? Que sorte estupenda a sua em existir uma cópia inacabada, como estava escrito no livro alemão de Wilhelm Kelber, Raphael Von Urbino, Leben und Werk.

Sim, a cópia inacabada da Madona Colonna é que lhe abriu, através do cartão, a suspeita de que seu quadro poderia ser um autêntico Rafael.

Havia certos detalhes de elaboração que confundiam até mesmo um bom observador. Foi talvez por isto que Camesasca, ao dar seu parecer, disse: "cópia executada por um copista frio e inábil". Sim, a cópia de Berlim comparada com o seu revelava, pela diferença de beleza, que o copista realmente era inábil. Mas a sua existência possibilitara salvar um verdadeiro Rafael, se isto fosse comprovado. Talvez o Professor Camesasca se referisse, ao dizer inábil, às diferenças gritantes de tonalidade entre os dois quadros.

O que também demonstrava ser Matteo um homem de sorte referia-se ao fato de que o quadro de Berlim saiu da Itália antes da descoberta da fotografia, o que impossibilitava alguém de fazer

CAPÍTULO XXVII

cópia incisa entre 1827 até 1851, quando foi feita a primeira reprodução impressa, por sinal bastante rudimentar, da Madona. E como o seu quadro provinha da Itália era quase impossível cópia impressa anterior a 1862, quando o seu quadro saiu da Itália.

Por não existir foto colorida até 1862, isso impossibilitava alguém na Itália de fazer um quadro igual se o outro estava na Alemanha.

Matteo estava mais uma vez entretido com outro Natal. Só que este era diferente dos demais, desta vez Matteo tinha uma preocupação. O resultado que McCrone ainda não enviara.

De Natal a Natal o tempo voava. Havia mandado o material no final de agosto. McCrone o retirara da agência no início de setembro e agora quase quatro meses após o envio, nada de resposta ainda.

McCrone quando escrevera a Olga dizia que em quatro semanas concluiria os exames. Quando respondera a sua carta dizia que o mais demorado seria a coleta e o envio do material, mas, uma vez recebido, em poucos dias ele teria o resultado. Em outubro, por telefone, garantira para a semana seguinte.

Nada disto estava acontecendo, nem poucos dias, nem quatro semanas, agora eram quase quatro meses.

Provavelmente, pensava Matteo, McCrone à medida que ia realizando os exames, ia encontrando dificuldades para determinar se era da época de Rafael, e como estava em jogo o seu nome, a sua honorabilidade, ele queria dar um laudo incontestável. Ele, a princípio, talvez nem acreditasse que fosse uma obra de valor, até porque o Brasil não tinha tradição de ter um acervo respeitável de obras da Renascença. O Brasil tinha uma história de artes muito recente. Por isso, acreditar na existência de um Rafael no Brasil, e ainda por cima contestando uma obra exposta na Alemanha, isto era impossível. As artes e a ciência são muito sérias, não podem nem devem ser tratadas com leviandade.

CAPÍTULO XXVII

Claro que a verdade era importante para o bem das artes. Embora Matteo fosse descendente de italianos, sabia que neste momento não estava em jogo a nacionalidade, a origem de quem estava descobrindo a farsa. Estava em jogo o nome de um dos mais famosos pintores de todos os tempos: Rafael Sanzio.

Matteo queria fechar o último capítulo, mas isto ele só faria quando recebesse o resultado de McCrone.

Faltavam dois dias para o Natal e mais uma vez Matteo resolveu voltar a contatar McCrone. Como não o encontrara, deixou recado na secretária eletrônica, dizendo que estava preocupado com a demora, e ficaria aguardando seu retorno.

Era início de ano e final de expediente, Matteo mais uma vez chamou Chicago. A secretária disse que McCrone não se encontrava.

— Não sabe a senhora quando ele irá me mandar a resposta da pesquisa?

— No último dia 30 foi-lhe endereçada uma correspondência.

— Então já terminou a pesquisa?

— Sim — disse ela.

— A senhora tem uma cópia da carta?

— Sim.

— Por gentileza, poderia ler para mim?

— Os pigmentos encontrados são posteriores a 1920.

— Como? — interrompeu Matteo. — Os pigmentos são posteriores a 1920?

— Sim — respondeu a secretária.

— Eu não acredito.

— Por que o senhor não liga amanhã?

— Está bem, provavelmente volto a ligar amanhã.

Matteo solicitou ainda que ela fizesse a gentileza de ler mais uma vez o que estava escrito. Ela então lhe pediu para ligar no dia seguinte e falasse com McCrone.

CAPÍTULO XXVII

De todas as esperas e respostas, esta era milhões de vezes mais frustrante do que as anteriores. Matteo queria e precisava do parecer de McCrone, de um parecer favorável, mas nada disso acontecia.

E agora, o que fazer?

Na mente de Matteo, como em tela cinematográfica, ele rememorou tudo o que já passara, os prós e contras de sua tese.

Tery, da Universidade de Harvard, fora honesta, dera uma orientação precisa para fazer com urgência o restauro, além de dizer que o período renascentista não era seu forte. Mas quando opinou que as proporções não pareciam ser de Rafael, ela errava, porque se no quadro de Berlim, que tinha as mesmas proporções que o seu, eram aceitas as proporções como de Rafael, o seu por ser igual também deveriam ser aceitas. Depois Camesasca que imaginou uma cópia impressa na primeira metade do século XIX. Agora McCrone, a afirmar que o material era posterior a 1920, se o quadro viera por volta de 1860 com imigrantes italianos. O que teria acontecido?

Mas por que não aguardar a correspondência e lê-la com calma, analisá-la como fez até aqui com tudo o que se relacionava ao quadro? Seria mais prudente aguardar a correspondência.

Foram momentos de grande apreensão, mas também estes passaram e Matteo acabou recebendo a tão esperada correspondência.

McCrone assim dizia: "Eu sinto ter que afirmar que várias das amostras contêm pigmento moderno, titânio branco, possível somente após 1920. Há também zinco branco, não utilizável antes de 1840, em todas as amostras".

Matteo aguardava com tamanha ansiedade como nunca aguardou nenhum resultado. Ele sabia que mesmo que McCrone afirmasse que os pigmentos fossem do século XVI, com isto não estaria garantindo que seu quadro era um Rafael, mas era um dado valioso que iria se somar aos demais. Isto não acontecia. McCrone afirmava que havia em algumas amostras pigmento moderno posterior a 1920 e zinco branco só utilizável após 1840 em todas as amostras.

Estranhamente a carta era curta, sucinta e não comentava nem explicava se havia analisado tanto o linho como o fragmento de madeira que foram encaminhados.

O resultado da análise não comentava os materiais ao todo, mas apenas dois dos materiais encontrados: zinco branco e titânio branco, os demais componentes, as cores verde, azul, vermelho e preto não apareciam no relatório.

Não era bem esta análise que Matteo esperava. Ele imaginava receber um relatório completo, analisando ou pelo menos relatando sua opinião a respeito do linho, da madeira, dos cortes estratigráficos, análise de todos os elementos das cores escuras, vermelho, azul, verde, enfim, todos os componentes que estavam presentes na tela. Como ele mandara nove frascos com nove amostras diferentes, inclusive uma foto identificando a área de onde fora removida a amostra, ele esperava um relatório detalhado de cada amostra.

Claro que isto o deixara de certo modo frustrado, mas como ele já tinha feito vários contatos telefônicos, já havia explicado a McCrone a importância da análise e só recebera um curto relatório depois de longa espera de quatro meses, a solução era tentar em cima destas informações negativas tirar as conclusões possíveis.

Com o resultado de McCrone, Matteo se recolheu e resolveu então passar a colher dados, informações a respeito de análises de material, de sua composição química e onde encontrá-los. À medida que foi estudando e coletando dados, aquela imagem negativa da análise passou a ser para ele algo também explicável e sumamente valioso.

CAPÍTULO XXVII

Matteo tinha certeza de que o Raio X era uma prova imbatível, por isso era importante achar uma explicação para o resultado das análises científicas. Afinal, não havia como questionar o resultado de análise química, pensava.

McCrone afirmava que havia pigmento moderno de titânio branco, só usado após 1920.

Depois de muito ler, muito consultar, conversar com Thélio, conversar com químicos, isto agora era explicável. Se o frei dizia em sua carta que o quadro chegara ao convento em 1917, e Matteo sabia que o Frei Modesto, que autorizara a pintura branca sobre o sexo do neném, fora superior até 1923, a explicação era muito simples. A pintura branca fora executada após 1920, quando o Frei Modesto ainda era superior. Isto era o lógico.

Assim, o primeiro obstáculo não só era vencido, mas passava a ser uma prova científica a seu favor. Provava que o branco fora sobrepintado após 1920.

Mas como explicar o zinco branco que só era utilizável como elemento de pintura, como McCrone escrevera, após 1840?

McCrone escrevera dizendo que o zinco branco fora encontrado, conforme ele fazia questão de sublinhar, em todas as amostras. Ora, Matteo sabia que Thélio havia colhido várias amostras e uma destas amostras era só do plaster, isto é, uma camada que é feita sobre o linho antes do mesmo ser utilizado para pintura. É a base de preparação no linho sobre o qual é feita a pintura.

Matteo ficara sabendo através de Thélio que naquela época o plaster era feito a base de cola animal, um tecido amolecido das cartilagens. Continha também gesso e carbonato de cálcio ou branco de chumbo.

Matteo também, a esta altura, sabia que no branco de chumbo havia impurezas em pequeno percentual e estas impurezas, em torno de 3%, eram de zinco. Além disso, no carbonato de cálcio não depurado também há zinco branco em pequenos

CAPÍTULO XXVII

percentuais e nas cartilagens animais há zinco em pequenos percentuais. Soube também que o zinco só começou a ser separado dos demais elementos com os quais normalmente ele vinha associado, como carbonato de cálcio e chumbo, após 1700. Assim, com todos estes dados, ele conseguia entender o que a análise de McCrone revelava. McCrone afirmava que todas as amostras continham zinco branco. Com isto ele também afirmava que a base, ou seja, o plaster tinha no seu conteúdo zinco branco. Então era provável que o zinco branco encontrado em todas as amostras fosse do plaster e não propriamente da tinta, pois quando Thélio colheu as amostras, ele as colheu até a sua base, ou seja, com plaster, inclusive. Como o quadro de Berlim saíra da Itália em 1827 e a sua Madona chegara ao Brasil em 1862, no seu quadro se o zinco não fosse do plaster, teria que obrigatoriamente ter sido então pintado entre 1840 a 1862. Na Itália, a Madona Colonna não estava, teria então que ser feito de uma reprodução impressa. Como a primeira reprodução impressa, bastante primitiva, fora feita em 1851, em preto e branco e na Alemanha, como então explicar a cópia feita na Itália em cores e o fundo do Raio X? Em cópia não se fazia o fundo. Como explicar as cores tão semelhantes? A foto era em preto e branco, não havia reprodução colorida. Como explicar então que a cópia ficasse completa e tão perfeita enquanto a de Berlim não? Pois a de Berlim era considerada imperfeita por alguns críticos de arte, além de perder, e muito, em beleza para a sua. Matteo sabia que Rafael pintara quase só em madeira, e pouquíssimos quadros em tela. Ora, como é fato sabido que durante a Renascença praticamente cada pintor tinha sua própria fórmula de preparo para o plaster, e como Rafael já era famoso no seu tempo, era bem possível que nos materiais que teria usado para o plaster de suas telas estivesse o zinco associado com outros elementos, já que o zinco era um material mais resistente e que era encontrado muitas vezes junto com carbonato

CAPÍTULO XXVII

de cálcio ou chumbo. Foi McCrone quem disse que em todas as amostras havia zinco branco. Como uma amostra era do plaster, deduziu-se que o zinco estava no plaster. Somado a tudo isto, tinha outro fato que Matteo observara: todas as áreas que tinham se desgarrado do quadro também estavam sem plaster, o que demonstrava que a aderência da pintura era tão forte ao plaster que se o plaster não se soltasse, a pintura também não se desprenderia. Além disso, ainda havia a possibilidade de McCrone ter analisado apenas uma das amostras. Assim, portanto, Matteo acabara de encontrar a explicação para todas as amostras terem zinco branco. Se não fosse assim, a amostra somente do plaster não teria zinco branco. McCrone dizia claramente que todas as amostras continham zinco branco. E todas as amostras que foram colhidas foram até a sua base, a ponto de Thélio sugerir que fossem feitos cortes estratigráficos para que houvesse a separação das camadas pictóricas, para que assim elas fossem analisadas separadamente. Além do que, também era possível que como o quadro sofrera um acréscimo em torno de 1920, quando o Frei Modesto ordenara que se fizesse a cobertura no sexo do neném e esta parte na análise também continha zinco branco, e conforme Thélio lhe explicara, qualquer acréscimo era suficiente para que partículas ínfimas, não visíveis, se espalhassem por toda a tela, isto também poderia ser outro fator a possibilitar a presença do zinco branco, ainda mais sendo o acréscimo grosseiro, inclusive no plaster.

Não bastando tudo isso, ainda tinha outro detalhe que Matteo se recordava. Uma das amostras era de gesso que havia caído sobre a tela. Ora, se no gesso que havia sido removido sobre o canto superior esquerdo a análise revelava zinco branco, era um terceiro fator a possibilitar a presença de zinco nas demais amostras. O gesso sobre a tela poderia ter sido consequência de algum reboco ou reforma ocorrida em algum dos muitos ambientes por onde a tela teria passado nestes últimos dois séculos. Teria assim não só uma, mas três possibilidades para explicar a presença de zinco branco.

Matteo agora estava feliz, pois a análise que a princípio parecia descartar a possibilidade de ser um Rafael acabava se transformando num dado importante a favor do documento do frade.

Sim, a análise que revelava titânio branco só encontrado após 1920 era a prova que o frade estava dizendo a verdade, pois o frei dizia em 1933 que a parte branca fora sobrepintada no convento a mando do Frei Modesto, isto depois que o quadro chegara ao convento em 1917.

O exame agora dava credibilidade total às informações do frei e, portanto, ninguém poderia duvidar de seu documento, da informação que o quadro era italiano e viera com imigrantes italianos, porque isto o frei afirmava na carta de 1933.

Matteo sentia-se aliviado, sua missão chegava ao final. Sua mente sintetizava de maneira muito simples toda a epopeia vivida até então.

Muitos italianos, proprietários de quadros famosos, para preservarem algumas de suas obras de possíveis roubos pelas invasões que ocorriam na Itália, teriam feito cópia das originais. Tanto isto era verdade que em 1797 uma obra de Rafael, A Coroação da Virgem, que se encontrava na Perúgia, foi roubada pelas tropas francesas de uma igreja que era um lugar sacro, intocável. Esta, depois de devolvida ou recomprada pelo Vaticano, voltou à Itália em 1815.

Assim os donos da Madona em questão devem ter feito uma cópia para guardarem a verdadeira. Cópia provavelmente feita na casa dos Salviati, ou mesmo logo após Rafael tê-la pintado por algum pintor em Florença em torno de 1508, fora depois herdada por Maria Colonna, que depois a vendeu ao rei da Prússia.

Assim imaginava Matteo, Camesasca teria razão no seu raciocínio se aceitar a ideia de que a de Berlim é uma cópia feita

CAPÍTULO XXVII

provavelmente para esconder a verdadeira. Fato é que a Madona veio ao Brasil e, posteriormente, acabou nas mãos de Matteo.

Os proprietários da verdadeira Madona com certeza sentiram vontade de denunciar o seu desaparecimento. O que diriam se fossem eles ou seus ancestrais os responsáveis pela farsa? Desta forma, não poderiam comunicar o desparecimento, pois estariam delatando a si próprios como farsantes.

CAPÍTULO XXVIII

Matteo sempre acalentou o desejo de ver suas filhas estudando na Europa, ao mesmo tempo em que ele pudesse se aperfeiçoar em seu campo profissional.

Se o sonho já era uma constante antes da existência de sua tela, agora então, com a necessidade de conhecer mais sobre a vida de Rafael, levado pelo conselho de Bardi, o qual disse que na Europa teriam mais condições de investigar sobre a vida de Rafael, e procurando entender como tudo o que descobrira sobre sua Madona acontecera, o sonho passou a ser uma meta. Como lecionava no departamento de cirurgia da universidade local, poderia tentar um intercâmbio com uma universidade alemã e, assim, não só estar mais próximo da Madona de Berlim, como também estar mais próximo dos grandes centros de pesquisa do mundo das artes. Foi assim que fez. A Universidade de Heidelberg foi solícita ao seu requerimento. Em pouco tempo começara uma nova fase em sua vida.

As malas prontas, passaporte com visto alemão, Matteo, esposa e filhas se despediram dos familiares e amigos e seguiram para Heidelberg, no coração da velha Alemanha.

Era uma mudança radical, mas estratégica. Chegaram durante o inverno e, na primeira manhã, a família teve contato com o frio europeu ao perceber nas folhas das árvores que cercavam o apartamento alugado flocos da mais branca neve. Isto os encantou e os apaixonou. A família foi se adaptando e começou a

CAPÍTULO XXVIII

admirar esta bela e maravilhosa cidade que, com todo carinho, os acolhera.

Aos poucos Heidelberg já não lhes era uma cidade estranha.

Seus vizinhos foram os primeiros a lhes ajudarem na adaptação aos novos costumes, língua e hábitos. Rapidamente começaram a se sentir como se já fossem parte integrante da comunidade local.

Matteo, embora envolvido com as atividades médicas, não se descuidava, e nos momentos de folga se dedicava ao que chamava de desafio: a sua tese em defender Rafael de uma farsa.

Certo dia, Matteo entrou em casa sorrindo, anunciando que, como era Páscoa, a Universidade o liberara por duas semanas de suas atividades.

– Por que não vamos à Itália? – interrompeu a esposa. – Vamos passear, já vamos a Milão e quem sabe não conseguimos falar com Camesasca?

– A ideia é ótima! – afirmou Matteo.

– Nós também achamos – gritaram entusiasmadamente as crianças.

– Que bom, vamos conhecer o Papa – disse Lola.

Semblantes alegres, ouvindo música, a família deixou Heidelberg. Cruzando a fronteira com a Suíça, entraram em Basel. Ao passarem por Luzerna descobriram ao chegarem a Engelberg, uma estação de esqui, incrustada nos Alpes Suíços.

Uma acentuada precipitação de neve deixou Engelberg fascinante. A vista era deslumbrante. Para eles que moravam num país tropical o fascínio exercido pela neve era então compreensível. Suas filhas insistiram e Matteo se rendeu ao encanto desta paisagem maravilhosa, permanecendo neste paraíso gelado por mais dois dias.

Patinar no gelo, esquiar, os esportes de neve eles já haviam praticado anteriormente em Bariloche, na Argentina e em Co-

CAPÍTULO XXVIII

lorado, no Chile, mas poder novamente praticá-los era algo que não estava em seus programas. Isso os fascinava. Os dois dias que ali permaneceram fizeram com que se transformassem em eternos cidadãos de Engelberg. Era a arquitetura de suas casas, a beleza de sua Igreja com mármores encantadores e de colorido variável, o brilho do Sol refletido nos cumes gelados, o aconchego do hotel com suas camas confortáveis e asseadas, os manjares deliciosos preparados por excelentes gourmets, o chocolate quente de sabor inigualável, que contrastava com o frio das noites cálidas. Viveram neste deslumbrante paraíso, que os acolheu posteriormente por diversas vezes, um sonho de conto de fadas.

Em uma manhã ensolarada, deixaram Engelberg, cruzando por um estreito caminho que os conduziria à autoestrada que os levaria até Lugano, última parada antes da Itália.

A passagem de algumas vacas leiteiras, com o tilintar de seus sinos, cruzando lentamente a estrada, os obrigou por momentos a parar seu carro. Esta repentina interrupção os premiou com um encantador cenário, onde, além das reses, podia-se contemplar um trem vermelho subindo as encostas dos Alpes, enquanto alguns jovens em seus parapentes coloridos flutuavam em meio ao azul anil do céu que se estendia até o cume das montanhas com seus picos esbranquiçados, imagens estas que eternamente ficaram gravadas em suas mentes.

De Lugano a Milão a viagem foi rápida e sem contratempos. Ao chegarem se instalaram num hotel central. Na manhã seguinte, logo após o desjejum, Matteo pediu à telefonista que lhe ajudasse a encontrar o número do Professor Camesasca. Era sua intenção conversar pessoalmente com o mestre, por isso tentaria um contato prévio.

Mas foram infrutíferos seus esforços. A telefonista lhe disse que o nome não constava do guia telefônico.

Não teria Camesasca telefone, pensou Matteo.

CAPÍTULO XXVIII

Porém, Matteo tinha seu endereço, que o Professor Bardi fornecera para Lola, mas não queria procurá-lo sem se anunciar, pois não sabia qual a reação de Camesasca se o procurasse pessoalmente sem ter pelo menos avisado.

Mas como não havia outra forma de chegar ao Professor, mesmo pensando não ser um modo educado de fazê-lo, Matteo se sentiu forçado a procurá-lo ainda que sem avisar.

Com o endereço na mão, dirigiu-se à recepção do hotel para saber onde se localizava o endereço fornecido pelo Professor Bardi. Na recepção lhe informaram que a rua mencionada ficava bem próxima ao hotel e que poderia, em 3 a 5 minutos a pé, chegar ao destino.

Matteo, antes de sair ainda abriu a pasta onde estavam todos os documentos e fotos que acumulara ao longo da pesquisa, se certificou de que tudo estava em ordem, só então, fazendo-se acompanhar da esposa e de uma de suas filhas, se dirigiu ao endereço mencionado.

Andando por uma rua estreita, com prédios antigos, oscilando entre três a seis pavimentos, chegaram ao destino. Leu com atenção para ver se o número estava correto quando notou abaixo do número junto ao portão eletrônico uma lista com vários nomes, os prováveis moradores do edifício. Procurou e localizou Camesasca. O nome ali estava bem a sua frente, E. Camesasca. Um misto de tensão, medo e nervosismo invadiram Matteo, tinha investido muito esperando chegar este momento. Cruzara o Atlântico. Trouxera sua família à Europa. Alugara um apartamento em Heidelberg, adquirira um automóvel, pois imaginava ficar alguns meses na Europa, enfim, fizera uma mudança radical em sua vida. Decidira fixar residência por um período na Alemanha. E agora, o que iria se suceder?

Não tinha a menor ideia de como seria recebido. Estava preocupado com uma possível reação negativa por parte do Professor.

CAPÍTULO XXVIII

Como querendo uma resposta a sua decisão, perguntou a sua esposa:

– Lola, qual será a reação do Professor?

– Não sei, Matteo, mas já que era isto o que queríamos, agora temos que ir até o final.

Apertaram o botão e esperaram, ansiosos.

– Quem está? – perguntou uma voz forte.

Matteo, como descendente de italianos, falava italiano relativamente bem.

– Aqui é um médico do Brasil que gostaria de lhe falar. O seu endereço e a recomendação foram fornecidos pelo Professor Bardi.

– Pois não, subam – respondeu gentilmente o Professor.

Assim que chegaram à área interna do velho prédio, uma voz em um dos andares superiores os chamou.

Dirigindo seus olhares para cima, notaram um senhor já idoso, trajando terno escuro, a lhes indicar a escada, que supunham ser Camesasca.

– Subam, por ali.

Localizando a escada circular que Camesasca apontara, eles rapidamente subiram e encontram, finalmente, o Professor.

Matteo assim que chegou ao Professor se apresentou e pediu desculpas por estar invadindo a sua privacidade de um modo nada tradicional.

Perguntando se gostariam de entrar, Camesasca os acomodou em dois sofás.

– Está bem, mas o que desejam?

– Professor, nós temos um quadro no Brasil, uma Madona, e o Professor Bardi gostaria que escutássemos a sua opinião.

– Uma Madona? Mas existem tantas Madonas!

– O senhor permite que a mostremos?

– Sim, como não?

CAPÍTULO XXVIII

Matteo, abrindo sua pasta, começou a fazer um pequeno relatório da sua história.

Porém, o Professor, desapontando-o, o interrompeu perguntando.

– Onde está a Madona?

Matteo interrompeu o relato que fazia, e tentando conquistar a simpatia do velho mestre, apressou-se a localizar uma foto que mostrasse o quadro por inteiro e a entregou ao Professor.

O Professor olhou rápido e fulminou:

– Isto é uma cópia do início do século passado.

Matteo ainda não tinha se recuperado do nervosismo inicial e agora, somado a isto a decepção pelo que Camesasca acabara de lhe afirmar, ele tentou disfarçar a decepção e então perguntou:

– Professor, o senhor não acha que possa ser autêntico?

– Não – respondeu ele –, isto é uma cópia.

– Professor – insistiu Matteo –, o quadro semelhante está em Berlim, e o Professor Bardi afirmou que vários críticos de artes, bem como ele próprio, acham que o quadro de Berlim não é um Rafael.

– Não – disse ele –, este aqui é uma cópia incisa.

– Então o senhor acha que o quadro de Berlim é verdadeiro?

– Para mim é.

– O que o senhor quer dizer com cópia incisa?

– Ora, o copista pegou uma foto do quadro, a copiou por cima e depois a pintou.

– Mas Professor, este quadro foi da Itália para o Brasil com imigrantes, e a Madona Colonna de Berlim saiu da Itália em 1827, quando Bunsen, embaixador da Prússia em Roma, o comprou, portanto, antes da invenção da fotografia. O quadro que possuo o senhor afirma ter sido pintado no início do século passado, como então explicar uma cópia incisa se ainda não existia fotografia?

– Ah, isto não interessa, se é incisa ou não, mas é cópia.

CAPÍTULO XXVIII

— Professor, o senhor me desculpe por ser insistente, mas o senhor poderia olhar este Raio X?

Já bastante contrariado, Camesasca consentiu e disse:
— Sim.
— O senhor acha que o Raio X revela os braços da cadeira? O restaurador que fez o restauro no Brasil garante que os braços da cadeira aparecem no Raio X.

Olhando atentamente e dando demonstração de conhecimento com o dedo indicador apontou os braços da cadeira.

Então, virando-se disse:
— Sim, está muito evidente, são estes – apontando para ambos os braços da cadeira onde a Madona estaria sentada.
— Então como o senhor pode afirmar com certeza que isto é uma cópia se há no fundo a cadeira, e sobre os braços da cadeira é onde exatamente o manto dobra? Como alguém poderia copiar o fundo que ele próprio não vê? O nosso restaurador garante que isto é a prova da originalidade.
— Isto para mim não tem importância. O que vale é o quadro e eu já disse, este é uma cópia.
— Professor, se eu lhe trouxesse o quadro não seria melhor para o senhor avaliar?
— Não – disse ele –, a minha opinião eu já tenho e já lhe dei. Isto é cópia. Isto não é Rafael, este cabelo, estes lábios. Isto para mim não é Rafael.
— Professor, o senhor me desculpe, mas o senhor não tem aí uma foto colorida da Madona de Berlim para que possamos compará-la? Acho que o senhor ficaria impressionado se visse as duas lado a lado.

Contrariado, demonstrando certa indecisão, Camesasca levantou-se e começou a procurar, entre vários livros sobre Rafael, uma foto da Madona Colonna.

Decididamente este não era o seu dia de sorte, pois o Pro-

CAPÍTULO XXVIII

fessor procurou entre as páginas de três diferentes livros sobre Rafael e não encontrou a gravura que procurava.

Então, voltando-se para Matteo, disse:

– Se o que vocês queriam era a minha opinião, então já a têm: isto é uma cópia.

– Professor, o senhor deu algum parecer para o MASP sobre um quadro de uma Madona achada no Brasil?

– Não – disse ele. – Há mais de dois anos que eu não tenho contato com eles. Depois que eu saí do Brasil tenho tido pouco contato com eles.

– Ah, o senhor morou no Brasil?

– Sim, mas decidi voltar e agora já estou velho demais para sair daqui.

Matteo, pegando uma cópia da carta que Camesasca escrevera meses antes, mostrou-a ao Professor.

– Esta letra é sua?

O Professor olhou meio desconfiado, leu e disse:

– Sim, é minha. Eu já nem lembrava mais. Fui eu quem a escreveu. A minha opinião é esta e acho que se vocês quiserem um Rafael vão ter que procurar outro, porque este não é.

Matteo sentiu-se machucado, ferido com o que o Professor lhe disse. Mas como o Professor estava lhe atendendo, deixou de lado o orgulho pessoal, engoliu esta quase provocação e conseguiu ainda, sobrepondo o caráter ao temperamento, perguntar:

– Em sua opinião o quadro de Berlim é de Rafael?

– Para mim é.

– Mas o Professor Bardi e tantos outros acham que não é. O que o senhor pensa disso?

– Eles têm uma opinião e eu, outra.

– Então para o senhor a Madona Colonna de Berlim é de Rafael? – insistiu Matteo.

– Mas claro. Eu não tenho dúvida.

CAPÍTULO XXVIII

E Matteo, finalmente, se deu por satisfeito. Como médico ele sabia, como ninguém, que o ser humano é vulnerável e passivo de erro.

Como médico ele vira também mestres e famosos professores darem pareceres errôneos. Camesasca era um estudioso da Renascença, mas não era o dono da verdade.

Além do mais, uma das maiores autoridades do mundo das artes reconhecida neste século, o Professor Bardi, fora claro: "o quadro de Berlim não é de Rafael, este sim tem que ser estudado".

Mantendo a classe, Matteo agradeceu ao Professor e perguntou:

– Quanto lhe devemos?

– Nada – respondeu secamente.

Rapidamente se despediram do Professor que, saindo de dentro de seu apartamento, ainda lhes indicou o caminho da escada.

Matteo sentia-se de certo modo frustrado, mesmo que ele não aceitasse as colocações, Camesasca era um estudioso de Rafael, e era uma opinião reconhecidamente importante.

Mas apesar de tudo, duas coisas deixavam-no sereno: a primeira era o fato de Camesasca concordar com os braços da cadeira no Raio X, e isto para sua lógica, para sua tese era fundamental, pois Camesasca reconhecia que o Raio X mostrava com clareza os braços da cadeira; a segunda era o fato de Camesasca afirmar com certeza que o quadro de Berlim era de Rafael.

Ora, quantos críticos já haviam contestado a Madona Colonna. E se os outros críticos estivessem com a razão, Camesasca estaria dizendo uma asneira, e quem comete um erro na mesma linha de raciocínio pode cometer vários outros. Além do que, Camesasca estaria se contradizendo ao reconhecer os braços da cadeira no Raio X e não aceitar que o quadro de Matteo fosse original, pois o esboço da cadeira era a forma inquestionável da

CAPÍTULO XXVIII

originalidade do quadro. Camesasca não só vira como fizera questão de mostrar onde estavam os braços da cadeira, mesmo lugar já descrito e visto por Thélio. Podia não ser Rafael quem o pintara, mas era original na sua confecção inicial.

Teria Camesasca já se comprometido e afirmado anteriormente que o quadro de Berlim era de Rafael? E se tivesse, como acabara de demonstrar, fazê-lo mudar de ideia não seria assim tão fácil, pois estaria desmentindo o que já escrevera e publicara.

Isto poderia esfriar o ânimo de quem não estivesse convicto de seus propósitos, mas para Matteo isto se transformou em uma alavanca de apoio à sua tese. Camesasca acabara de, sem querer e perceber, declarar que a Madona de Matteo era o original. Assim, Matteo e família deixaram Milão. Estava feliz por ter escutado a opinião de um crítico e estudioso da Renascença que acabara de reconhecer, sem concordar com seu raciocínio, que sua tela era original.

CAPÍTULO XXIX

Como sabia que teriam ainda um grande percurso a ser feito antes de seu retorno à Alemanha, Matteo procurou não se alongar na permanência em Milão, até por que seu objetivo naquela cidade já estava concluído. O destino agora era Roma, mas Matteo decidiu com a esposa fazer uma parada com o intuito de retornarem a Florença, onde já haviam estado uma vez, porém desconhecida para suas filhas, e que agora representava a terra que por um bom período abrigou o nobre pintor Rafael e onde recebeu influência de outros pintores que o fizeram evoluir sobremaneira no seu estilo e nos detalhes anatômicos de suas pinturas, conhecido no mundo da pintura como a fase florentina de Rafael.

Florença, na época de Rafael, era a verdadeira meca das artes e da pintura. Foi ali onde seguramente Rafael deu seu grande passo e evoluiu na qualidade de suas obras. Foi em Florença que conviveu com Michelangelo e Leonardo Da Vinci, quando esses pintavam o Palazzo Della Signoria. Foi ali, sob a influência de Da Vinci, que aprendeu a técnica do chiaroscuro, ou seja, o contraste de luz e sombras e o sfumato que tão bem ele usaria a partir do seu rico período florentino. A evolução foi tamanha que suas obras passaram a ser admiradas e requisitadas por famílias nobres da época e sua fama crescia na mesma proporção da execução das mesmas, ao ponto que, sabendo disto, o Papa Júlio II, a pedido de Michelangelo e Leonardo Da Vinci o convocou para trabalhar no Vaticano, realizando ali grandes pinturas e afrescos, que já foram

CAPÍTULO XXIX

vistos e admirados por mais de cinco séculos, e o serão por outros tantos séculos enquanto perdurar a humanidade.

Matteo e a família conseguiram um bom hotel, a apenas uma quadra do Museu Uffizi, junto de Duomo.

A família estava encantada, nem mesmo a variação de idades, que eram entre 13 a 16 anos, foi empecilho para que suas filhas também participassem alegres e dispostas dos longos passeios pelos museus, como Uffizi, Pitti e outros pontos turísticos da encantadora Florença.

Matteo não planejara nenhum encontro, não tinha nada agendado, a não ser as visitas aos museus com o intuito de conhecer e ter contato mais próximo com inúmeras obras de Rafael expostas à visitação pública. No entanto, talvez por sentir tanto a realidade de Rafael e o apelo de suas obras que vira nos museus, teve uma ideia repentina: porque não procurar contato com algum estudioso ou entendido em Rafael? Estava tão próximo às obras do mestre Rafael, por certo nos museus deveriam ter pessoas reconhecidas como especialistas na Renascença. Assim pensando, após avisar e comentar sua intenção com Lola, foi sozinho ao Museu Uffizi. Após contatar várias pessoas que trabalhavam no museu, conseguiu, através de indicação de um dos funcionários, ser recebido, segundo lhe informaram, pelo maior conhecedor em obras renascentistas do Museu Uffizi.

Chegando em seu escritório, fez um relato sucinto de sua história. O senhor, que deveria ter entre sessenta a setenta anos, escutou atentamente tudo o que Matteo lhe narrava.

Assim que terminou seu relato, o gentil senhor lhe perguntou:

– Voce tem consigo alguma fotografia da pintura?

Matteo retirou de uma pasta onde portava as fotografias de sua tela e entregou duas fotografias ao Professor, uma feita antes do restauro e outra após o restauro. Enquanto o mestre analisa-

CAPÍTULO XXIX

va atentamente as fotos, Matteo fitando este senhor grisalho lhe perguntou.

— O que o senhor acha?

Um silêncio se fez na ampla sala, enquanto o Professor ainda por mais alguns instantes analisou suas fotos.

— Primeiro, o que posso dizer é o seguinte: o quadro de Berlim é de fato um quadro polêmico. Eu pessoalmente tenho minhas dúvidas se é um quadro de Rafael. Se foi ele quem fez eu não sei, mas tem lá, isto sim, muitas imperfeições que podem ter sido por que Rafael não o tenha terminado ou até mesmo não o tenha feito. Quanto ao seu quadro, ele realmente é muito bonito, mas eu pessoalmente gosto mais dele antes deste restauro que você fez no Brasil.

— Mas o senhor acha que o restauro pode ter prejudicado a beleza do quadro?

— Veja bem, existem escolas com comportamento diverso quanto ao restauro de pinturas, especialmente as famosas. Eu pessoalmente prefiro deixar o velho, mas se você olhar as obras no Vaticano verá que a Capela Sistina está recebendo uma roupagem nova. Há quem critique a forma como estão quase repintando a capela. Do outro lado da moeda, nós não podemos permitir que obras como a Capela Sistina se percam pelas agressões do tempo.

— Se o senhor estivesse em meu lugar, o que o senhor faria?

— Quero ser honesto contigo, Matteo. Você me parece uma pessoa muito sensata e lúcida. Por isso vou dizer-lhe o que penso para te ajudar. Primeiro deve concordar comigo que achar uma Madona e ainda mais no Brasil é algo quase, senão, impossível. Segundo, se você realmente tiver vontade e disposição precisará ter muita persistência, muita paciência, estar disposto a gastar um bom dinheiro e pesquisar muito. Se tiveres sorte, a pesquisa vai te ajudar a dizer se está ou não com razão em teu raciocínio. Mas quero te adiantar, nada será fácil. E pode chegar ao final das

CAPÍTULO XXIX

pesquisas à conclusão de que a tua obra não passa de uma cópia. Mas aprenderás muito e acho que não se arrependerá pelo modo e forma como está levando este projeto para frente. Para terminar, quero te dizer honestamente que eu acho o teu quadro mais bonito que o de Berlim. Se eu pudesse escolher entre os dois, eu ficaria com o seu. O seu tem traços que lembram Rafael. Mas se é um Rafael eu não posso dizer.

Agradecendo muito a cortesia daquele senhor em lhe atender, Matteo se despediu.

Levantando-se de sua cadeira, o senhor ainda lhe falou:

– Boa sorte.

Matteo perguntou se lhe devia alguma coisa.

– Não, não me deve nada.

– Então, muito obrigado. Obrigado mesmo!

Ao deixar o museu podia-se perceber na fisionomia serena estampada em Matteo que a opinião expressada por um estudioso do Uffizi, que não fora nem positiva, nem negativa, lhe reforçava a certeza que deveria persistir em sua pesquisa caso desejasse chegar um dia à verdade.

Retornando ao hotel, sua esposa, que já o esperava, o convidou para junto com suas filhas irem à bela praça central, a Duomo, onde, tomando um café acompanhado de alguns pedaços de tortas e de tiramissu, podiam observar o Palazzo della Signoria, onde Rafael iniciara sua vida artística em Florença, trabalhando junto com Michelangelo e Leonardo Da Vinci. Enquanto comentavam suas últimas novidades, planejaram o restante de sua viagem.

Após Florença, o destino agora seria Roma e, assim, retornariam a Heidelberg.

CAPÍTULO XXX

O tempo passou rápido e Matteo, à medida que os dias corriam, sentia que muito pouco daquilo que ele pretendia fazer realizaria durante a sua estada na Alemanha.

Tentou contato com editoras, para ver se alguma se interessava em publicar seus manuscritos. Havia trazido seus manuscritos traduzidos para o alemão, a fim de ver se conseguia interesse de alguma editora em publicar sua história. Tentou alguns contatos. Mas nenhuma editora sequer lhe permitia, ao menos, que mostrasse seu material. Quando conseguia algum contato telefônico, as poucas editoras com que conseguiu falar alegavam que gostavam de publicar livros de pessoas e escritores já reconhecidos. Não tinham interesse em lançar um livro de alguém totalmente desconhecido do grande público. Pessoas que entendiam de artes com quem teve contato achavam as fotos do seu quadro lindíssimas, muito superior em beleza ao de Berlim, mas achavam quase um absurdo a sua pretensão de pensar que o seu quadro pudesse ser autêntico. Camesasca lhe arrasara. Sua esposa, já desanimada, aconselhava-o: venda o quadro.

Matteo percebeu que a possibilidade de algum resultado positivo na Europa praticamente não existia, mas mesmo assim decidiu realizar o que prometera a si mesmo. Visitar Berlim e conhecer a Madona Colonna.

Assim, em uma manhã de sábado, partiram cedo, pois o caminho entre Heidelberg e Berlim era longo.

CAPÍTULO XXX

Matteo já estivera anteriormente em Berlim, visitara museus que lhe haviam encantado, mas nunca o Museu Dahlem. Seu objetivo era conhecer pessoalmente a Madona Colonna. Ao entrar na instituição, Matteo perguntou ao segurança onde se situava a sala da Madona Colonna, além de outras obras de Rafael?

– Naquele setor, à esquerda, na segunda sala, estão as obras de Rafael.

Apressadamente cruzaram a primeira sala, e antes mesmo de chegarem à sala mencionada, já vislumbraram a Madona Colonna, à sua direita.

Tanto Lola como Matteo não cabiam em si de contentamento. Era uma espera de anos que estava agora se concretizando. Estava em sua frente, em meio a outras pinturas de Rafael, principalmente as do período perugino, o quadro que a princípio nem imaginavam existir: Madona Colonna. Seus semblantes eram um misto de curiosidade, encanto e contemplação.

Era a pintura que intimamente os ligava de uma forma estranha e ao mesmo tempo intensa. Sim, fora a sua existência que permitira a suspeita que o mundo estaria diante de uma grande farsa. Fora um cartão de Natal com a sua reprodução que estava lhe possibilitando desvendar um mistério secular. Refeito do impacto inicial, Matteo começou a analisar detalhadamente e a verificar cada centímetro, cada detalhe do quadro que estava a sua frente.

A primeira impressão foi relativamente boa, o quadro era de certa forma bonito, bastante vivo. Mas Matteo e Lola, que tinham cada centímetro da tela da Madona em sua mente, conseguiam ver agora com mais exatidão quantas diferenças existiam entre as duas telas. Tudo o que Matteo já registrara anteriormente se confirmava. A Madona Colonna era outra pintura. Com certeza não seriam as duas obras feitas pelo mesmo artista. Haviam diferenças muito acentuadas entre elas.

CAPÍTULO XXX

Os braços do neném mais pareciam os braços de Popeye dos contos infantis do que braços executados por um pintor do nível de Rafael no final do tempo florentino. As faces da Madona, a colocação de ambas as pernas, eram completamente diferentes. A Madona e a criança eram frias, a expressão do olhar, totalmente diferente daquela encontrada no quadro que Matteo tinha em sua casa. As cores eram bem mais vivas, muito diversas das outras pinturas de Rafael que ele já tanto contemplara, tanto em livros como em museus.

Não haviam sombras. A expressão facial, os traços eram muito, mas muito diferentes. O manto, a cor uniforme em toda a tela era seguramente a prova de que um único artista a pintara.

Matteo demorava-se em fitar a foto de sua Madona, que ele portava consigo, comparando-a com a que estava a sua frente. Quando um dos funcionários do museu lentamente se aproximou dele e começou curiosamente, à distância, a observar a foto que ele possuía. Matteo nada percebia. Continuava em seu estado de concentração, quase em êxtase, quando o funcionário dirigindo-se a ele perguntou:

– De quem é este quadro? – apontando para a foto que estava em sua mão. Matteo como acordando de um sonho virou-se com a voz embargada e perguntou:

– O senhor falou comigo?

– Sim – respondeu o funcionário.

– O quadro? Sim, este é meu.

– Mas é lindo. O senhor deve ser um homem muito rico.

Matteo achou graça e riu.

– Sim! – insistiu o desconhecido. – Esta foto é lindíssima – disse, enquanto se aproximava um pouco mais, para melhor observar. – Como o senhor conseguiu?

Matteo então lhe contou um pouco da história vivida até aquele momento.

CAPÍTULO XXX

— Que história intrigante — disse, e ainda surpreso, lhe desejou boa sorte, completando: — Se este quadro existe e é seu, o senhor não precisa mais trabalhar. Isto vale uma fortuna, é muito mais bonito do que este aqui — e, sorrindo, retirou-se.

Somente após demorada análise de tudo o que lhe interessava e que lhe pudesse chamar atenção sobre a Madona Colonna, é que Matteo começou a ver outras obras do período perugino de Rafael também expostas no mesmo museu. Já satisfeita a sua curiosidade e a sua análise crítica, Matteo convidou a esposa para conhecerem as outras obras expostas no mesmo museu.

Afinal, o quadro que ali estava era até então tido como verdadeiro Rafael, e Matteo sabia, conforme havia afirmado Bardi, que outros críticos e museólogos não o aceitavam como verdadeira obra de Rafael.

Mas até ali ninguém conseguira provar ou desfazer a suspeita.

Por isso qualquer informação que o museu lhes desse poderia ser de alguma valia.

Do lado de fora das salas onde estavam expostas as telas, ainda dentro do museu, Matteo procurou adquirir tudo o que o museu dispunha, desde slides, postais e até um livro no qual estariam fotos de todas as obras expostas ali. Levado por intensa curiosidade, já fora do museu, resolveu abrir o livro, e na página 243, onde estava a fotografia da Madona Colonna, Matteo parou bruscamente. O livro dizia, entre outras coisas, que nos dois últimos séculos surgiram dúvidas com relação à autenticidade da Madona ali exposta. Rumohr, Cavalcaselle, Longhi e, mais recentemente, Pope Hennessy, contestavam a originalidade da Madona Colonna.

Era inacreditável, quatro escritores museólogos contestaram o quadro que Matteo acabara de ver.

CAPÍTULO XXXI

A ida ao museu de Berlim foi um novo tônico para Matteo. O seu quadro provavelmente poderia ser um Rafael, mas isto não era o suficiente. Sua missão era bastante difícil e ele bem sabia que teria que ter muitos argumentos para poder convencer outros historiadores a aceitarem a sua tela como verdadeira, e a de Berlim como cópia.

Em sua volta de Berlim, mil pensamentos povoavam sua cabeça. Queria saber por que tantos críticos eram mencionados no livro do museu contrários à Madona Colonna como obra de Rafael, mesmo sem saberem da existência do seu quadro.

Isto aguçava sobremaneira a sua curiosidade. Sabia que Heidelberg era uma referência cultural da Europa e da Alemanha. Assim, aproveitando o tempo livre que dispunha, começou a se dirigir com frequência à estupenda biblioteca da Universidade de Heidelberg para ver se havia livros sobre os autores que contestavam a Madona Colonna de Berlim e saber o que eles pensavam a respeito.

Matteo não imaginava até conhecer a biblioteca da Universidade que estava a seu alcance uma biblioteca tão completa, a ponto de todos os livros mencionados pelo museu fazerem parte de seu acervo.

Entendia melhor, naquele momento, porque Heidelberg tinha tanto prestígio no meio cultural. Sentiu-se grato consigo por ter escolhido Heidelberg para ser sua base na Alemanha. A mesma gratidão nutria para com o departamento de cirurgia da

CAPÍTULO XXXI

Universidade de Heidelberg, que o aceitou para fazer seu estágio em Cirurgia.

Preenchidas as fichas e colocando-as em lugar apropriado das solicitações, ele agora já com os números e a ordem dos livros fornecidos pelo terminal do computador se dirigiu à sala de leitura.

Lá chegando, seguiu até o setor de artes, encontrando nas prateleiras primeiro o livro de Vasari, escrito em 1568, que mencionava as obras de Rafael na ordem como foram executadas.

Vasari dizia que Rafael teria pintado em Florença, por encomenda, a coleção Siena, uma tela que não teria sido totalmente terminada. O pano azul teria sido finalizado por Ghirlandaio a pedido do próprio Rafael.

O mesmo livro, que não era o original de 1568, mas sim uma reprodução de 1906, com comentários de Gaetano Milanesi, dizia que o quadro mencionado deveria ser a Madona Colonna ou A Bela Jardineira, e que Passavant em 1839 teria ainda escrito que na orla da vestimenta da Madona estava assinado o nome de Rafael.

Ao ler isto Matteo, que já imaginava não haver mais possibilidade de novidades, se emocionou. O seu quadro tinha exatamente no manto da Madona a inscrição R.

Que detalhe fantástico, um historiador vinha a dar total valor à observação feita por Thélio, que havia visto o R no manto do lado direito da Madona.

Sim, alguém se antecipara a ele e mencionava que Rafael assinara uma tela e a inscrição ficava exatamente no manto da Madona.

A pergunta que ele fizera para Thélio, há um ano, para saber se Rafael assinava ou não, acabara de ser respondida.

Rafael assinara uma tela e, além disso, Passavant mencionava o local, na orla do manto. E no seu quadro as inscrições, coincidentemente, também se encontravam na orla do manto.

Mas isto era uma loucura! Thélio há meses atrás, além de

CAPÍTULO XXXI

mostrar o R, lhe mostrara com uma lente de aumento que o manto azul tinha sido retocado por outro pintor.

Não, Thélio! Não fora retocada, pensou Matteo consigo. A explicação acabava de ser dada. Vasari não só dizia que o manto não tinha sido terminado por Rafael, como dizia que quem o retocara, ou seja, quem o terminara, teria sido Ghirlandaio.

Mas era demais! Primeiro o cartão que deu a pista, depois o Raio X que comprovara a originalidade, agora o retoque no manto também era explicado. Vasari dizia, e assim estava escrito em seu livro, que na partida de Rafael para Roma, a pedido do Papa Júlio II, deixara para Ridolfo Ghirlandaio terminar o manto azul.

Não, isto não era coincidência. A ciência é assim mesmo. A verdade não é dúbia, mas certa e lógica.

Matteo olhou para os lados, com uma vontade incontida de exclamar de alegria, mas o ambiente não lhe permitia que extravasasse sua emoção, mesmo assim, dizia a si próprio que tudo estava sendo explicado.

Passado este primeiro impacto, respirando profundamente, Matteo procurou se recompor, afinal ele teria que continuar sua leitura e sua pesquisa.

Quem sabe, pensava, Rafael não teria assinado para que o comprador de Siena, ao receber o quadro, vendo a sua assinatura, não tivesse nenhuma dúvida quanto ao autor da tela, uma vez que, àquela altura, ele já se encontrava em Roma pintando as Stanzes do Papa?

Seria compreensível que Matteo com mais este dado precioso se desse por satisfeito. Mas queria saber mais e mais, e assim, pacientemente, dia após dia, sempre que podia retornava à biblioteca, lendo e relendo os livros sobre a vida e as obras de Rafael.

Matteo, nem de longe, imaginaria que novas surpresas ainda lhe estariam reservadas.

John Pope Hennessy também era citado como um dos crí-

CAPÍTULO XXXI

ticos contra a verdadeira autoria da Madona Colonna por Rafael. Restava-lhe então saber o que John pensava em seus escritos, que eram patrocinados pelo Instituto de Belas Artes, da Universidade de Nova Iorque. "Tanto quanto se pode afirmar", dizia Pope Hennessy, "a Madona Colonna nunca esteve em Siena, e não deve ter sido a pintura mencionada por Vasari".

Por que Pope fazia tal afirmação?

À medida que leu o capítulo "As Queridas Madonas", de Hennessy, Matteo mais uma vez sentiu-se recompensado, seu raciocínio há mais de um ano atrás já estava correto, pois o que Pope mencionava, ele havia observado e chegara mesmo a relatar em seus manuscritos.

Pope, através de um estudo quase matemático sobre a posição das Madonas e da criança, baseado nos esboços feitos pelo próprio Rafael de suas Madonas, concluiu que a Madona de Berlim jamais poderia ter sido pintada por Rafael, mas sim por um colaborador.

Hennessy afirmava que estudos feitos em todas as Madonas pintadas por Rafael, no período florentino, quando a cabeça da Madona estava para a direita, os joelhos estavam voltados para a esquerda, quando a cabeça estava para esquerda, os joelhos estavam para a direita. Isto não acontecia na Madona Colonna, ao passo que ocorria na sua, e era esta uma das grandes diferenças entre a sua Madona e a de Berlim. "Este pequeno esboço é um documento de crucial importância para os anos florentinos de Rafael", dizia Hennessy.

Matteo, como Pope escrevera, estava convencido de que o copista que fizera a Madona interpretara mal a posição das pernas, além de confundir o panejamento como se fosse uma pedra, e então pintou as duas pernas totalmente fora da própria possibilidade anatômica.

Sim, o Raio X de sua tela mostrava onde se localizavam os braços da cadeira e, por conseguinte, onde estariam as pernas da

CAPÍTULO XXXI

Madona, posição totalmente distorcida na pintura da Madona Colonna em Berlim, a ponto de Hennessy, mesmo sem saber da existência do seu quadro, se antecipar e contestar a Madona Colonna a seu favor.

Matteo poderia agora, além de tudo o que já registrara, também somar mais este fato de suma importância, que era a teoria defendida por Pope Hennessy, de que o quadro de Berlim não fora pintado por Rafael, devido à distorção anatômica feita pelo copista.

Que coragem tivera John Pope Hennessy, mesmo sem saber da existência de outra Madona, em se antecipar a contestá-la, a ponto de afirmar que a Madona Colonna de Berlim nunca estivera em Siena.

Sim, a Colonna não só não fora pintada por Rafael, como também era uma cópia imperfeita e em uma destas imperfeições, o copista confundiu o panejamento do manto com a posição das pernas a ponto de Hennessy afirmar que Rafael não cometeria tal deslize.

O estudo de Hennessy era de tal forma realizado em comparação com as outras Madonas que ele afirmara, de forma inquestionável, a falsidade da Madona Colonna.

Claro que Matteo imaginava que no seu quadro Rafael deva ter pintado o lado direito do manto onde teria assinado, e o lado esquerdo do manto, que é diferente no acabamento, tenha sido a parte terminada por Ghirlandaio. Vasari escrevera: "Nella partita di Raffaello rimase a Ridolfo Ghirlandaio, perch'e egli finisse um panno azzurro che vi mancava". Quando partiu, Rafael deixa Ridolfo Ghirlandaio com a incumbência de finalizar a pintura do pano azul. Ficava assim, evidente que a cópia deveria ter sido feita antes do término do manto e foi por isto que o copista cometeu um erro tão crasso e imperdoável, pois como a tela não estava pronta ele copiou e interpretou o que Rafael havia pintado.

CAPÍTULO XXXI

O quadro que Rafael deixou para Ghirlandaio terminar foi mal interpretado pelo copista, que cometeu o erro imperdoável e de suma importância, permitindo a Matteo afirmar que este erro por si desbancaria e mostraria ao mundo a farsa que fizeram com a última Madona pintada por Rafael.

Matteo, ao mesmo tempo em que lia, procurava também entender e interpretar o que poderia estar por trás de cada letra, de cada palavra, de cada frase. Separava, anotava e fotocopiava tudo para quando, no futuro, fosse explicar à imprensa pudesse mostrar os livros e o que seus autores, que a esta altura eram seus aliados importantes, tinham escrito.

Era um estudo lento, mas gratificante. Dia a dia aumentava sua convicção de que teria toda argumentação necessária a fim de não pairar qualquer dúvida quanto à veracidade da tela.

Ao sair da biblioteca, dentro de Matteo havia uma curiosidade incrível de ver o quadro e verificar o que estaria em cima do R, que ele não conseguira anteriormente interpretar. Ele se lembrava de que era algo parecido com um S, mas que nem ele nem Thélio conseguiram definir com clareza.

Mas como verificar isto, se o seu quadro estava depositado em um banco.

Fosse como fosse, teria que se deslocar até o banco e seguir todos os trâmites legais para chegar ao quadro.

Fazendo-se acompanhar de Lola, tão logo pode se deslocou ao banco, tendo junto a si uma lente de aumento que lhe auxiliaria na avaliação.

A tarefa era complicada, até porque isto era exigência do próprio banco. Vencidos todos os passos, estava Matteo agora em uma sala de altíssima segurança, acompanhado de um funcionário que, com a segunda chave, lhe ajudou a abrir seu cofre.

O funcionário pediu licença e, falando em inglês, disse-lhe para ficar à vontade. Quando estivesse pronto, que fechasse a por-

CAPÍTULO XXXI

ta retirando a chave e ele fecharia a do banco em seguida.

Ao contemplar a bela pintura, Matteo se emocionou. Ele sabia mais do que nunca que o quadro que ele tinha nas mãos poderia ser um Rafael. Embora já a tivesse contemplado inúmeras vezes, cada vez que a contemplava ainda sentia-se inebriado por sua beleza, como das vezes anteriores.

Colocando o quadro sobre a pequena mesa, com a lente de aumento na mão direita, voltou sua atenção para o lado direito do manto da Madona, onde havia a assinatura.

A lente lhe facilitava a visão, permitindo-lhe ver com clareza o R. Não havia dúvida, estava claro. Agora era ver a parte superior.

Angulando levemente a lente começou a notar a inscrição acima do R.

Foi olhando ora um lado, ora outro, e assim ficou alguns segundos. Quanto à parte superior, continuaria a dúvida, se era um S ou um 8. O mais provável era S de Sanzio ou Santi e se fosse um 8, ano em que Rafael teria pintado a tela, 1508.

— Que coisa fantástica — disse, extravasando sua satisfação. — Tudo se encaixa, todos os dados levaram para o mesmo caminho. É incrível! Ou S de Sanzio ou 8 de 1508.

Além disso, tinha o fator momento. Imaginar o que deveria ter significado para Rafael, durante a Idade Média, ser chamado pelo Papa para ir ao Vaticano. Era o apogeu do catolicismo. Roma, então capital do Cristianismo, vivia a epopeia da construção do Vaticano. Rafael, com vinte e cinco anos, ser chamado pessoalmente pelo Papa para participar ativamente de um grandioso projeto. Isto deve ter sido um fato tão marcante que tudo seria possível naquele momento.

O manto estava por acabar. Não poderia terminá-lo. Chamou Ghirlandaio e pediu que terminasse o manto do lado esquerdo e, apressadamente, antes da partida, assinou no lado direito do manto que já havia terminado o R. R de Rafael.

A DESCOBERTA

CAPÍTULO XXXII

Matteo entendia agora porque tantos autores ou criticavam a Madona Colonna, ou a desconheciam, ao ponto de nem a mencionarem em seus escritos como obra de Rafael. O que ficou evidente na casa de Camesasca, quando este ao procurar uma fotografia da Madona Colonna, em três de seus livros sobre Rafael, não encontrou nenhuma. E ainda, porque outros autores procuravam interpretar a Madona, a qual Vasari se referia, feita para Siena, como A Bela Jardineira.

Claro que quem conhece as obras de Rafael não poderia aceitar a Madona Colonna como uma obra de seu rico período de Florença.

Mas aí teriam que achar uma obra que justificasse a obra que Vasari mencionava, dizendo que faltava o acabamento do pano. Das obras conhecidas, a que mais se encaixava era A Bela Jardineira. Só que entravam numa grande contradição, pois Rafael pintara seus últimos quadros em Florença, em 1508, e o quadro A Bela Jardineira estava assinado e datado por Rafael, em 1507, e esta era a provável obra feita para a família Tadei, conforme mencionava Vasari.

Matteo acreditava, à medida que avançava em seus estudos, que a sua Madona era a Madona feita por Rafael para Siena. Esta, conforme afirmava Vasari, "feita por Rafael, sendo que pediu a Ghirlandaio que terminasse de pintar o pano azul". Provavelmente isto justificava certa desarmonia de beleza no panejamento e na cor entre a perna direita e esquerda da Madona, a ponto de confundir o copista que pintou a Madona Colonna, provocando o fatal erro mencionado por Pope Hennessy. E para que o comprador de Siena não ficasse alegando não ter sido Rafael que elaborara a tela, assinou, conforme dizia Passavant, na orla do manto o nome.

Hennessy, que estudou a posição das Madonas, baseado principalmente nos esboços feitos pelo próprio Rafael, que estão expostos em Oxford, percebendo o erro grosseiro do copista, afirmou que a Colonna nunca estivera em Siena e não fora pintada por Rafael.

Os esclarecimentos feitos na biblioteca iam deixando Matteo cada vez mais motivado, e ele mergulhava fundo na pesquisa. Qualquer referência a outros autores ele checava até as últimas considerações. E quanto mais estudava mais convicto ficava de que a Madona Colonna não passava de uma grande farsa.

Rumohr, mesmo fazendo parte do grupo escolhido para dar parecer sobre as obras que iam sendo compradas para o Museu de Berlim, não concordava que a Madona Colonna fosse obra de Rafael. Já no século passado se opôs a reconhecê-la como obra de Rafael.

Passavant, que fora diretor do museu de Frankfurt, em 1839, chamou a Madona Colonna de imperfeita.

Roberto Longhi não aceitou, e também afirmou que quem teria pintado o quadro fora um jovem praticante local, que estava a pintar o quadro da anunciação em Florença.

Cavalcaselle também se declarou formalmente contrário à Madona Colonna como obra de Rafael, afirmou que, possivelmente, Domênico Alfani a teria pintado.

Os franceses, em trabalho publicado pelo Ministério da Cultura da França, com aval dos conservadores e museólogos da França, inclusive componentes do Museu do Louvre, desconsideraram a Madona Colonna como obra de Rafael.

Mesmo sabendo que A Bela Jardineira provavelmente se-

CAPÍTULO XXXII

ria a tela descrita por Vasari, feita para a família Tadei, tentaram encontrar a tela que Rafael pintara para Siena. Não concordando como sendo a Madona Colonna que estava no Museu de Berlim a obra feita para Siena, colocaram A Bela Jardineira como uma possibilidade. Assim escreveram: "não há nenhum registro, nenhuma descrição que a tela original tenha desaparecido, salvo que alguém prove".

Ao ler estas palavras, Matteo sentiu que os franceses, mesmo sem saberem, o desafiaram, e reforçaram ainda mais sua suspeita. Maria Colonna fora enganada. Ou seja, em vez de receber a original, recebeu em Roma a falsa, a cópia a qual posteriormente vendeu para Berlim e por isso os franceses nem a mencionam como obra de Rafael, mas a omitem e pensam ser A Bela Jardineira.

Os mentores da trama em Florença, posteriormente, não poderiam denunciar, nem registrar o fato, porque denunciariam a si próprios como farsantes. Cairiam na mesma cilada da qual foram protagonistas.

E os franceses que afirmaram que não havia nenhum registro, nenhuma descrição de que a tela tenha desaparecido salvo que alguém provasse, em breve saberiam que não havia registro nem descrição por que alguém fez uma cópia que está em Berlim e a verdadeira estava escondida com imigrantes italianos que a levariam ao Brasil.

A Madona Colonna não era aceita por muitos críticos como obra de Rafael. Os franceses, acreditando ser A Bela Jardineira a mais bela Madona, tentaram então colocá-la como a obra a que Vasari se referia de Siena, por acreditarem que a última obra florentina seria a mais bela, mas esbarraram no fator tempo. Rafael assinara A Bela Jardineira em 1507, ano da sua elaboração.

Assim, Matteo definiria, ao mesmo tempo, duas coisas importantíssimas da vida de Rafael. A primeira, que A Bela Jardineira, quadro exposto no Museu do Louvre, era de fato o quadro que fora pintado para a família Tadei em 1507, como mencionava Vasari. A segunda, que o quadro feito para Siena em 1508 existia e ele, Matteo, o possuía.

Matteo chegava ao final de sua missão. Como um quebra-cabeça ele tinha montado todas as peças. Rafael pintara em 1508 a sua tela e como ela estava inacabada, conforme afirmou Vasari, pediu a Ghirlandaio que terminasse de pintar o que faltava do pano azul da Madona. Isto explicaria primeiro o erro do copista da Madona Colonna, que provavelmente na época interpretara mal o acabamento do manto, o panejamento, porque a tela não estava pronta, fazendo na cópia uma distorção imperdoável, colocando a perna direita e esquerda totalmente fora da anatomia, como comprovam os estudos de Hennessy.

Assim também vários críticos, vendo as imperfeições da Madona Colonna, foram se posicionando contrários à Madona de Berlim.

Bardi, quando viu a tela de Matteo, ele que fora mestre de Camesasca, ele que já descobrira anteriormente outras obras de Rafael, pressentiu ser o quadro de Matteo um Rafael, mas como sábio, não queria correr, como ele próprio disse, em função da idade avançada o risco de não ser entendido ou não ter tempo de vida suficiente para defesa, pedindo então o parecer de Camesasca. Camesasca, que já em publicações anteriores tinha se manifestado em seus escritos favorável à Madona Colonna como obra de Rafael, não quis agora mudar sua opinião. Seria desastroso para si, primeiro incluir em seu livro que a Madona Colonna era obra de Rafael e depois desmentir a si próprio dizendo que se enganara e que a verdadeira obra era a que Matteo possuía.

Se não acreditasse Bardi que o quadro de Matteo era autêntico, não teria solicitado documentação fotográfica especializada, não teria solicitado a avaliação de Camesasca e não teria dito que este quadro tinha que ser bem estudado, afirmando categoricamente que a Madona Colonna era falsa.

Assim, a de Berlim era uma cópia provavelmente feita no mesmo ano de 1508, em Florença. Pode até ter sido feita por um aluno seu, só que como Rafael não havia acabado o manto, o copista interpretou mal e terminou o quadro com o erro imperdoável.

Matteo estava consciente de que muitos outros fatores lhe dariam suporte: os pregos na forja, a carta do frei, o restauro com as análises químicas dos componentes, a remoção da parte sobrepintada, o Raio X provando que seu quadro não era uma cópia, a história reconstituída. Porém, um desafio importante para ele seria provar de forma incontestável que a Madona Colonna era uma cópia, e, no seu entender, até medíocre se comparada com a beleza inconfundível de uma obra de Rafael.

CAPÍTULO XXXIII

O retorno era previsto, mas Matteo jamais imaginara que seria da forma como estava sendo. Com o coração partido, ele trazia a história e as provas de que o quadro de Berlim para alguns escritores não era verdadeiro. Os escritores não sabiam da existência de sua Madona, mas independente disso, já contestavam a Madona de Berlim. Deixaria, contudo, seu quadro, por questão de segurança, na Alemanha.

Imaginava encontrar na Europa aliados que pudessem lhe ajudar a provar que sua teoria estava correta. Mas não, o retorno lhe deixava na mesma situação da partida. Os aliados que imaginou surgir, não os encontrou. Seu livro, que havia enviado a várias editoras, ninguém ao menos se propusera a ler. Sentia-se como alguém que tivera um sonho. Ao acordar, partira para realizá-lo, porém, assim como sonhara, também Matteo permanecera. Tudo não passara de um sonho.

Matteo não fizera tudo que planejara, mas também tinha consciência de que muita coisa que ele nem imaginara existia, e isto ele só pôde saber por ter vivido e pesquisado durante o tempo em que permanecera em Heidelberg. Havia trocado o sonho do imaginário pela investigação do desconhecido. O desconhecido ele acabara descobrindo e o imaginário ele ainda poderia realizar.

Agora era enfrentar a realidade do dia a dia. Voltaria à faculdade onde lecionava, à sua clínica e ao hospital, à sua terra natal.

O sonho de algo mais concreto quanto ao seu quadro teria que deixar por hora de lado. Havia muitas outras prioridades

CAPÍTULO XXXIII

além do seu quadro, a sua família, a medicina, o seu futuro profissional, enfim, tudo aquilo que fora o centro de sua existência até o aparecimento do quadro.

O tempo foi passando a passos largos e Matteo nem percebia que bom tempo passara, sem que ele desse um único passo à frente em sua pesquisa. Mas parecia que algo de sobrenatural comandava sua trajetória, pois quando menos esperava por novidades, foi informado por um de seus alunos que a mãe dele estaria dentro de alguns dias recebendo um pesquisador e restaurador italiano, o qual ela conhecera quando fizera estágio em Florença.

— Vou conversar com minha mãe – disse o estudante – para saber quando o seu colega chegará. Quem sabe não poderás assim conhecê-lo pessoalmente. Sei que seu destino é o Chile e que só permanecerá em Florianópolis por alguns dias. Parece que seu objetivo é rever pessoas de seu relacionamento familiar. Sei que tem parentes que vivem em Santa Catarina. Vou falar com minha mãe para sentir o que ela pensa a respeito.

— Ficaria muito grato se pudesse conhecê-lo pessoalmente – ponderou Matteo.

A notícia não poderia ser melhor para Matteo e no dia seguinte, antes mesmo de começar a aula, o aluno lhe comunicou que sua mãe gostaria de lhe falar, passando a Matteo o número de seu telefone.

O dia para Matteo fora extremamente estafante, mas mesmo assim ele não esqueceu de que teria algo importante para fazer naquela noite: ligar para Cirlete, a mãe de seu aluno.

— Boa noite, dona Cirlete. É um prazer falar com a senhora. Sou Matteo, professor de seu filho.

— Boa noite, Dr. Matteo. Meu filho me contou um pouco de sua história. Jamais poderia imaginar uma história tão incrível! Será um prazer ajudá-lo. Penso que o restaurador italiano é a pessoa certa para o que procuras. É estudioso e muito conceituado.

CAPÍTULO XXXIII

Acho que sua opinião poderá ser valiosa.

— A senhora sabe quanto tempo ele irá permanecer em Florianópolis?

— Segundo me falou anteriormente, ele permanecerá apenas dois a três dias. Por isso penso que seria importante eu falar com ele antes, para saber o que ele acha desta sua história e se haverá tempo para atendê-lo.

— A senhora não tem ideia de como seria importante para mim ter contato com alguém ligado ao mundo da pintura.

— Pelo que sinto de você e pelo que meu filho contou de sua história, posso ter ideia sim. Farei o seguinte: falarei por telefone com meu amigo e depois te darei um retorno contando qual a reação dele a respeito da sua história.

Dois dias após, Matteo recebeu um telefonema de Cirlete que não só confirmou o horário de chegada do italiano, como o informou que sua história teria despertado curiosidade no visitante. Mal Matteo assimilara a boa notícia, foi novamente surpreendido por Cirlete, que o convidou para ir junto com ela até o aeroporto recepcionar o visitante.

Se já estava feliz em saber que sua história despertara curiosidade no italiano, ser convidado a recepcioná-lo transformou sua fisionomia em alegria viva estampada. Enfim, os dias que faltavam para a chegada do ilustre desconhecido foram de expectativa.

Matteo mal se conteve de ansiedade. Vivia um misto de esperança e nervosismo. Sua mente revivia as frustrações que tivera quando morara na Alemanha. Havia descrito tudo. Fizera um livro, gastando um bom dinheiro para traduzi-lo para o alemão, gastara para trazer um fotógrafo especializado, investira num restaurador, vivera com toda a família quase sete meses na Alemanha, onde ele, salvo sua pesquisa, nada conseguira em termos de relacionamento com estudiosos e especializados em artes. E agora, quando menos esperava, estaria a seu lado uma pessoa que tal-

A DESCOBERTA

CAPÍTULO XXXIII

vez pudesse lhe ajudar. Quantas vezes ele se policiava para não ser considerado um lunático, um sonhador, um anormal fora da realidade. Afinal, o que ele vivia ninguém, por mais criativo que fosse, poderia inventar. Por isso, era importante que ele conseguisse convencer o estudioso de que o que ele estava lhe contando e mostrando era a realidade dos fatos.

Havia sim deduções suas, mas os fatos e documentários eram verdadeiros. E agora iria conhecer uma pessoa que poderia ser o aliado que ele procurava.

Também pensava que o italiano poderia ser mais uma daquelas pessoas que mal iriam lhe escutar e depois lhe descartar, sem lhe dar o menor crédito. De qualquer forma era uma possibilidade real. Encontrar uma pessoa que estudara em Florença, que era, segundo Cirlete, profundo conhecedor de obras de arte, já deixava transparecer em Matteo uma nova esperança. Se em outras vezes se sentira frustrado, poderia fazer mais uma tentativa, mesmo que ela fosse em vão.

Embora houvesse planejado sair de casa ao meio-dia, a ansiedade antecipou sua vontade e às onze horas já estava a caminho do aeroporto. Em seu cérebro questionamentos intermináveis fervilhavam.

Tentava imaginar como seria o ilustre desconhecido. Seria simpático como são os italianos? Ou um poço de frieza como, às vezes, são os nórdicos?

Envolto nestes pensamentos, onde mil perguntas e questionamentos se faziam, ouviu o toque do celular. Atendeu. Era Cirlete se desculpando, dizendo que tivera um contratempo de última hora, e que se Matteo não se opusesse, gostaria que ele recepcionasse o visitante em seu lugar.

— Não vejo problemas. Pelo contrário, me sinto lisonjeado. Mas como fazer para identificá-lo?

— Seu nome é Marco. É muito fácil reconhecê-lo, ele virá

CAPÍTULO XXXIII

em voo procedente de Salvador. É um senhor por volta dos quarenta e cinco anos, totalmente calvo. Não são muitos os calvos nessa idade, e procedente de Salvador provavelmente será o único. Penso que não terás nenhuma dificuldade em reconhecê-lo. Nós nos comunicamos e avisei que irás recebê-lo. Já fiz uma reserva em nome dele no Hotel Beira Mar Norte.

— Para mim será uma honra recepcioná-lo. Espero que não ocorra nenhum contratempo. Podes ficar tranquila que no horário combinado lá estarei.

Ao despedir-se de Cirlete, se já estava ansioso, agora com o convite para recepcionar o visitante sozinho, a adrenalina de Matteo subiu a tal ponto que se podia perceber facilmente pelo aumento brusco na velocidade de seu carro.

Um tanto apreensivo Matteo adentrou o aeroporto. Olhando para o saguão principal, quase vazio, surpreso ficou ao perceber sentado em um dos bancos um senhor calvo que poderia corresponder à pessoa descrita por Cirlete. Seria este o italiano que procurava? Mas o horário não correspondia ao que Cirlete informara.

Parou por um instante e então começou andar em direção ao desconhecido. O sorriso nos lábios e o fato de levantar-se confirmava o que Matteo suspeitava.

Sorrindo e falando em italiano disse:

— Sono arrivato presto. Sonno Marco.

O avião havia chegado antes do horário.

— Prazer, eu sou Matteo. Mas o que aconteceu, chegastes antes do horário previsto?

— Às vezes isto acontece. Mas não tem importância. O importante é ter chegado bem.

— O que o senhor pretende fazer agora? Quais são seus planos? – perguntou Matteo.

— Gostaria primeiro de me instalar no hotel que Cirlete já

CAPÍTULO XXXIII

reservou. Conhece?

– Sim, Cirlete já me deu o nome e a localização. Conheço bem onde se localiza, já me hospedei algumas vezes nele. Eu gosto muito do lugar.

– O que você acha? Podemos ir?

– Sim! Vamos! – Matteo ainda se ofereceu para carregar as malas do visitante, que agradeceu com um sorriso e disse:

– Se puder me fazer esta gentileza, ficaria grato.

– Então, vamos!

Como Matteo falava razoavelmente o italiano, o diálogo corria fácil e sem problemas. Em torno de meia hora chegaram ao hotel que, pela expressão de Marco, parecia lhe agradar.

Enquanto Marco conduziu suas bagagens ao apartamento que lhe foi indicado, Matteo permaneceu na recepção aguardando seu retorno.

Marco, assim que retornou, falou que não havia assumido nenhum compromisso para aquele final de dia. Matteo se ofereceu para lhe fazer companhia no jantar, ao que o italiano o interrompeu e disse:

– Cirlete me contou que você tem um quadro antigo e que gostaria de saber minha opinião. É verdade?

– Sim – respondeu Matteo. – É uma história intrigante. Não sei se primeiro gostarias de escutar tudo o que aconteceu, ou se antes queres ver as fotos do quadro.

– Por quê? O quadro não está contigo?

– Não, é uma longa história. Não sei se queres e tens tempo para escutar.

– Mas você tem somente fotos ou outros dados também? Por foto é muito difícil dar algum parecer – falou Marco, um tanto decepcionado.

– É, eu deixei o quadro na Europa. Tenho comigo uma série de anotações e documentos que já pesquisei anteriormente. Não

CAPÍTULO XXXIII

sei se gostaria de ver.

— Pois não, tenho bastante tempo.

— Então me aguarda um pouco, que irei buscar, estão no meu carro.

Já de volta com o material, Matteo começou relatar a Marco suas aventuras desde a compra da tela até o momento atual.

Marco, pacientemente, foi escutando, vez por outra o interrompendo e perguntando algum detalhe.

Assim que Matteo terminou sua exposição e após avaliar o material que este coletara, Marco de forma taxativa disse:

— É muito difícil este quadro ser um original. Pelas leis da probabilidade eu diria que dificilmente é um original. Mas se tens interesse em realizar a pesquisa, eu posso ajudá-lo. Claro que isto terá um custo, sobre isto conversaremos depois. Conheço bons laboratórios com boa credibilidade.

— Como devo proceder? – questionou Matteo.

— Primeiro precisarei do quadro. Quando poderá me entregá-lo?

— Teria que planejar uma viagem à Europa, mas isto não é tão complicado. – Mas e a pesquisa? É muito cara?

— Não, são preços acessíveis – amenizou Marco.

— Então, faremos o seguinte: tão logo eu me organize, irei à Alemanha, pegarei o quadro e levarei à Itália.

— Está perfeito, ficarei aguardando você na Itália. E quanto tempo acha que levará para viajar? – perguntou Marco.

— Penso que em dois a três meses estarei te entregando a tela.

— Ótimo.

O jantar que se seguiu a este encontro inicial, serviu para deixar Matteo bastante tranquilo. Marco lhe transmitia seriedade, cautela e parecia ser uma pessoa extremamente sensata.

Após ter combinado com Marco que o próximo encontro seria na Itália, quando levaria o quadro, Matteo retornou para

CAPÍTULO XXXIII

casa contente. Ele sabia que a partir daquele momento dispunha de um aliado reconhecido no mundo das artes, que se propôs a ajudá-lo nas pesquisas, tão necessárias para dirimir de uma vez por todas as dúvidas a respeito da autenticidade de sua tela.

CAPÍTULO XXXIV

Assim que o avião aterrissou, Matteo e Lola desceram e, apesar de um pouco cansados da longa viagem entre São Paulo e Frankfurt, armazenaram suficiente energia para realizar o que planejaram.

Deixaram o avião, pegaram as bagagens e trataram de alugar um carro médio, com o qual poucos minutos depois partiam de Frankfurt.

Sendo esta uma das inúmeras viagens que faziam à Alemanha, não encontraram nenhuma dificuldade em se locomover pelas excelentes estradas daquele belo país.

Matteo sentia prazer em dirigir pelas autoestradas alemãs, se bem que naquele momento o que lhe importava não era desfrutar a viagem, mas sim chegar logo ao seu destino, pegar a tela e levá-la à Itália.

Sabia que naquele dia não seria mais possível retirá-la do banco, por isso, chegando a Heidelberg, procuraram de imediato instalar-se em um bom hotel. Não iriam poder fazer muita coisa, mas como conheciam bem a cidade, antes do jantar que planejaram em uma conhecida choparia, resolveram matar um pouco a saudade do encantador lugar, onde tiveram a felicidade de viver com sua família um dos melhores períodos de suas vidas. O casal andou pela *hauptstrasse*, assim chamada a rua principal, sentindo prazer e ao mesmo tempo nostalgia por Heidelberg não ser mais a cidade onde viviam.

Na manhã seguinte, feito o breakfast e o check-out, Matteo

CAPÍTULO XXXIV

e Lola deixaram o hotel e foram ao banco onde a tela estava depositada. Depois de cumpridos todos os trâmites legais, checaram para ver se nada ocorrera de anormal durante o tempo em que ela ficara distante deles.

Ao abrir o embrulho onde a pintura se encontrava, a emoção que sentiram lhes deu a certeza de que tudo estava como deixaram. Agora era pegá-la e seguirem rumo à Itália.

Era talvez a viagem final. A obra que fora concebida e elaborada na Itália, andara por tantos e variados cenários sem ter tido de todos a atenção que merecia, agora estava voltando ao seu ninho. Iria ter que passar por análises, estudos detalhados, teria que provar a sua identidade. Ela vivia a história dos imigrantes que um dia deixaram a pátria, mas o sonho, a vontade, a herança que carregavam lhes fazia voltar. Teria ela que, assim como os imigrantes que desejaram ser reconhecidos como cidadãos italianos, provar sua origem, sua descendência, sua paternidade.

O casal nostálgico, mas feliz, deixou Heidelberg com a sua paixão, com parte de sua história e de sua vida. Cruzou a Áustria e finalmente chegou à Itália.

Matteo se sentiu realizado. Poderiam até dizer que a análise não confirmaria a autenticidade da tela, mas ele vivera a história, aprendera muito, viajara, conhecera pessoas, caminhos jamais imaginados. Aprendera não só a amar a arte ainda mais, como também a respeitar e a valorizar o espaço que cada ser humano faz ao dar tudo de si para ser perfeito. Uns conseguem, enquanto outros, por mais que desejem, não chegam onde gostariam. Mas o importante não é só realizar o sonho, mas sim ter um sonho e, mesmo que não o realize por completo, viver para ele.

As ruas, antes largas e espaçosas, tinham se transformado em pistas simples, que aos poucos conduziam Matteo e Lola ao endereço que Marco fornecera.

O cenário era encantador. Em meio a vinhedos – ao fundo

montanhas rochosas cobertas em parte por neve – se localizava a casa que o endereço indicava. Matteo adiantou-se, apertou a campainha e aguardou. Ouviu o barulho da porta abrindo, deixando visível a figura que a abria. Ele a reconheceu. Era Marco.

– Piacere! Como foi a viagem?

– Confesso que foi um pouco estressante. Enfim, sair com uma tela que traz junto de si uma história que tu bem conheces e cruzar dois países não foi nada simples para mim.

– Mas agora vocês já chegaram. Vamos esquecer os momentos de angústia e relaxar um pouco. Entre. Temos muito o que conversar e o que ver.

Marco, procurando ser o mais cordial possível com o casal, lentamente foi conduzindo Matteo e Lola ao interior de sua residência e depois, até o seu local de trabalho. Com paciência foi lhes mostrando o laboratório de restauro, os equipamentos de que dispunha e a equipe de trabalho.

Matteo gostaria de se hospedar em um hotel, mas Marco e sua esposa disseram que havia um quarto que já estava totalmente preparado para recebê-los.

– Vocês serão nossos hóspedes. Aqui vocês terão toda liberdade para fazer o que desejarem. Se quiserem ir ao laboratório apreciar o quadro, se quiserem repousar, se desejarem beber ou comer algo, a geladeira está abastecida e façam de nossa casa a sua casa.

Uma vez instalados, Marco fez questão de dizer a Matteo que ele poderia circular e ter acesso ao laboratório sempre que desejasse.

Enquanto Lola trocava ideias com a esposa de Marco, Matteo passava horas e horas a contemplar telas, restauros, enfim, adquirindo uma gama de informações sobre assuntos que pouco ou nada conhecia, mas que Marco fazia questão de lhe explicar detalhadamente. Além disso, Marco foi mostrando todos os pas-

CAPÍTULO XXXIV

sos a serem seguidos para restaurar uma pintura. Os materiais, as pesquisas e demais meios de investigação disponíveis para esclarecer a época de execução da mesma.

Matteo, como um aluno, foi ouvindo, questionando tudo. Quanto mais ouvia mais seguro se sentia. Não fora uma escolha sua, mas agora, se lhe fosse dada a opção da escolha para restaurar o quadro, com certeza ele escolheria Marco.

Os dias passados em contato com Marco fizeram com que Matteo entendesse e sentisse que sua tela merecia uma nova restauração. O serviço feito anteriormente, segundo Marco, dificultou o trabalho de restauração e também algumas repinturas antigas dificultaram o trabalho. Mesmo assim, daria para refazer tudo o que já havia sido feito e melhorar em muito a qualidade dos retoques.

Se Matteo sonhava chegar ao fim desta história, agora com a tela nas mãos de Marco era certo que o final estaria próximo.

Marco lhe garantira que iria colher uma pequena amostra da parte azul e iria encaminhar ao laboratório CRLC – Científica SRL – em Vicenza. Se na amostra fosse encontrado azurita – um corante azul derivado de uma pedra semipreciosa, que por ser muito cara na época de Rafael só os grandes pintores usavam – seria grande a possibilidade de a tela ser um Rafael.

O interesse mútuo pela pesquisa e o desejo de esclarecer a verdade, após seu retorno da Itália, estabelecera um relacionamento cordial entre ambos, o que permitia a Matteo ligar com frequência a Marco para saber como os fatos evoluíam.

Matteo ficara tranquilo quando vira o Raio X feito no laboratório italiano. O Raio X revelou com mais clareza os braços da cadeira onde a Madona estava sentada, que Thélio relatara anteriormente e Camesasca, ainda que contrariado, confirmara.

Agora, era aguardar a pesquisa da azurita.

Embora estivesse envolto com seus inúmeros afazeres que

CAPÍTULO XXXIV

se acumularam durante sua viagem, dias após, quando recebeu o telefonema de Marco, a primeira coisa que aflorou em sua mente foi a pesquisa: saber da existência ou não da azurita em sua tela.

– Acho que você está com a razão – disse Marco. – A análise revelou azurita em sua tela.

– Isto é bom demais! – exclamou Matteo.

– Acho que valeu o esforço – disse Marco. – Agora que tenho o resultado positivo, já me antecipei e, mesmo sem falar contigo, marquei com uma pessoa, especialista em Rafael, um encontro para saber a opinião dele sobre a tela. Quero ouvir o que ele pensa a respeito.

– Mas que coisa fabulosa! Mais um dado favorável. A azurita é positiva! Não sei como te agradecer tudo o que estás fazendo. Sei que sem tua ajuda eu dificilmente iria conseguir realizar esta etapa tão importante. Só posso lhe agradecer, Marco.

– Matteo, para mim é uma satisfação. A origem de um quadro como este não pode ficar sem ser elucidada. Isto é a minha vida. A cultura, a arte e o restauro fazem parte da minha existência. Eu me realizo fazendo isto.

Percebia-se que a alegria de um contagiava o outro enquanto conversavam sobre os detalhes e os passos seguintes que tomariam.

Matteo se despediu com a promessa de que Marco tão logo tivesse a opinião do mencionado especialista, lhe comunicaria.

O tempo corria rápido, mas a angústia por uma nova opinião fazia o tempo parecer eterno. Quantas idas e vindas, mas Matteo sentia que o final estava mais próximo. Disto Matteo estava convicto. Em breve receberia outra boa notícia? Ou seria mais um obstáculo?

Marco mencionara o dia do encontro e no dia seguinte Matteo ligou para saber como fora. Marco então lhe explicou que o especialista havia ficado impressionado com a história, com a

CAPÍTULO XXXIV

beleza da tela, mas que exigia, para dar sua opinião final, análise química e estratigráfica de vários pontos da pintura. Marco acrescentou:

— Atendendo a seu pedido, já estou colhendo material para enviar ao laboratório para que procedam as análises solicitadas.

— Mas, Marco, a existência da azurita já não basta? – perguntou Matteo.

— Infelizmente, não. Apesar de ser um dado favorável, não é o suficiente para que uma pessoa tão reconhecida no mundo das artes possa dar o seu parecer final. Especialistas precisam se cercar de todas as evidências para emitir suas opiniões.

— Se é assim, então só nos resta encaminhar o material – emendou Matteo.

— Calma, Matteo, enfim me parece que a tua história está se completando. Com estes resultados, poderemos tirar as conclusões finais com mais exatidão.

— Mas tantos retoques, o primeiro a pedido de Rafael, o segundo no convento e mais o restauro no Brasil, não irão dificultar a análise?

— Com certeza estes retoques podem dificultar um pouco, mas não impedirão uma análise mais precisa, e inclusive podem te ajudar a confirmar tudo que você já pesquisou com detalhes científicos.

— Em quanto tempo você acha que teremos a resposta do laboratório?

— Penso que em duas ou três semanas ficarão prontos. Mas fique tranquilo. Tão logo tiver o resultado, ligarei para te contar os detalhes – disse Marco.

Àquela altura, Matteo já se acostumara ao fator espera. Foram tantas que esta também iria passar como passam os momentos da vida. Bons ou ruins, os momentos não são eternos, por mais que às vezes desejemos que sim. Temos que ter sabedoria

CAPÍTULO XXXIV

para entender que certos minutos parecem demorar uma eternidade, e que certos dias, que gostaríamos que fossem eternos, passam como se fossem segundos.

Matteo aproveitou este tempo para rever seus escritos, pois era sua intenção, tão logo terminasse a análise, publicar e dar divulgação a esta extraordinária história, acrescida com dados de toda pesquisa e documentação até aqui coletada.

À medida que o tempo passou os contatos com Marco se tornaram frequentes. Certo dia, ao ligar para Marco, este, após saudar Matteo, lhe anunciou:

– Os resultados chegaram.

– E o que podes me adiantar? – perguntou Matteo.

– São muitos quesitos a serem considerados, por isto não poderemos conversar por telefone. Teremos que sentar e analisar detalhe por detalhe. Como estarei indo ao Brasil daqui a dois meses, levarei a você toda a pesquisa para que então possamos conversar e avaliar com cautela os resultados.

– Mas, por quê? A análise é negativa?

– Não. Foram encontrados tanto pigmentos antigos como outros mais recentes, por isso precisamos avaliar criteriosamente todos os detalhes antes de tirarmos as conclusões.

– Como assim? – perguntou Matteo.

– Acho que por telefone não iremos chegar a nenhuma conclusão sábia. Por isto, gostaria que aguardasse a análise que levarei pessoalmente para você. Como são mais de vinte páginas de relatório de análises químicas, isto só poderemos fazê-lo pessoalmente.

– Não será fácil esperar, mas se pensas que assim é o ideal, aguardarei.

– Não sofra por antecipação, é melhor aguardar, ler tudo com calma e só após muita reflexão, tirar as conclusões.

Matteo imaginava que como o quadro recebera dois retoques, um no convento e outro pelo restaurador, deveria haver coisas que não iriam combinar com a época de Rafael. Mas, por que Marco achava melhor conversar pessoalmente? Saberia explicar? Haveria mais novidades? Haveria uma nova surpresa?

De qualquer forma teria que esperar para ver o que a análise científica revelava. A ciência sempre é fria, exata e quando tecnicamente bem feita é incontestável.

A análise química revelaria o material que foi usado, não estava selecionando se era retoque, restauro ou original. Mas seria clara quanto ao material encontrado, por conseguinte à época de sua execução.

Será que os corantes mais recentes não coincidiriam com o que já sabia anteriormente? Que o lado esquerdo, conforme Thélio dizia e lhe mostrara com lentes especiais, teria sido pintado, quem sabe, bem mais tarde?

Provavelmente, pensava Matteo, o manto azul sobre o qual Vasari escrevera que Rafael não terminara, que deve ser do lado esquerdo, devem ter acabado, pela lógica, somente após terem feito a cópia; isto explicaria porque a cópia saiu com o defeito crasso e grosseiro, colocando a perna esquerda do quadro de Berlim totalmente fora do padrão anatômico. Ou seja, a perna esquerda estava onde deveria estar a direita, e a direita onde era apenas o manto caindo sobre o braço da cadeira. Porque, conforme Thélio lhe mostrara, a parte retocada por outra pessoa no seu quadro era no manto do lado esquerdo.

Mas isto era sua suposição. Teria primeiro que ver de onde Marco coletou as amostras e depois ver o que a análise de cada amostra revelava. E aí saber se havia ou não explicação cabível.

Marco chegaria em dois meses. Matteo em sua mente foi de certa forma tentando encontrar os pontos do quadro que poderiam ter corantes mais recentes. Sabia que o retoque branco que os frades fizeram para cobrir o sexo do neném, por volta de 1920,

CAPÍTULO XXXIV

quando a obra ainda estava no mosteiro em Rodeio, com certeza deixara vestígios do branco em quase toda tela, pois quando Thélio o removera, de certa forma espalhara partículas do branco pelo restante da tela. Em todas as lacunas, na parte azul no céu e no manto, Thélio lhe falara que usou azul da Prússia. Claro que se algum fragmento for removido com parte de restauro, ou próximo dele, terá que seguramente aparecer azul da Prússia.

Teria mesmo Ghirlandaio terminado o quadro em 1508, como Rafael solicitara? Ou quem sabe, estando o quadro em mãos de farsantes, para evitar que soubessem do seu ato, não permitiram que Ghirlandaio o terminasse.

Referente às partículas brancas ele já tivera uma experiência nada agradável, com o laboratório McCrone.

Marco lhe afirmara que haviam sido encontrados tanto pigmentos antigos como mais recentes.

O próprio Marco lhe dizia que era preciso conversar pessoalmente. Estaria Marco, para não decepcioná-lo, deixando para revelar uma verdade desapontadora pessoalmente? Mas isso não parecia ser lógico, pensava Matteo. Afinal, tudo até aqui tivera lógica e bom senso, e não iria ser agora que seria desapontado. "Há pigmentos tanto antigos como mais recentes", dizia Marco.

Dois meses após, Aeroporto de Navegantes em Santa Catarina. Assim que o avião aterrissou, percebia-se em sua face que Matteo não se continha de ansiedade. Era a espera por um amigo que lhe trazia um documento, o veredito de uma luta, um trabalho paciente e abnegado de anos. Dentro de suas bagagens vinha a verdade. Ao abraçar o amigo italiano, sentia que Marco o abraçava com cordialidade. Mas o amplexo recebido não fora o suficiente para descontrair Matteo completamente.

Rapidamente retiraram as bagagens e se dirigiram ao carro. Marco acomodado, com os cintos de segurança já atados, observou Matteo afastando-se do aeroporto em direção a Quatro Ilhas.

CAPÍTULO XXXIV

Era ali o seu refúgio, o seu lugar sereno e tranquilo.

Ali, poderiam conversar demoradamente sem serem incomodados. Era um pequeno paraíso em frente ao mar de águas cristalinas esverdeadas.

Era lógico que Marco inicialmente queria andar sobre as areias brancas sentir a brisa do mar, relaxar da longa viagem que fizera de Milão a Navegantes.

Por isto Matteo, mesmo ansioso, combinou com seu amigo que somente no dia seguinte sentariam para conversar sobre o assunto que norteava sua mente: o resultado da pesquisa.

Em uma sala onde o murmurar das ondas era mais forte que o tilintar das xícaras, sentados, Marco e Matteo faziam o seu desjejum. Terminado o café, Marco foi o primeiro a mencionar o seu interesse em falar e comentar o relatório da análise. Colocando o relatório que deveria conter aproximadamente vinte páginas sobre a mesa, Marco inicialmente prendendo entre os dedos uma página do relatório, disse:

— Esta aqui é a primeira análise que confirmou a existência da azurita, logo indicou a possibilidade de que um grande mestre a tenha pintado. Mas é claro que hoje em dia, fraudadores também podem fazê-lo com o intuito de enganar. O que, no caso do seu quadro penso ser impossível, pois o quadro veio com imigrantes que naquele tempo não tinham o conhecimento sobre pigmentos que temos hoje. Agora, esta outra – abrindo o relatório com várias páginas – é a análise do seu quadro. Alguns dados como a azurita, o preto de osso, o cinabre, indicam materiais de uso na era antiga. No entanto, há materiais como o azul da Prússia, o óxido de zinco, que só foram usados a partir do século XVIII. Portanto, eu vou deixar o relatório contigo para que você faça a sua própria análise e tire as suas conclusões. Antes, porém, quero que veja isto – assim, pacientemente, Marco ainda abriu o relatório e explicou todos os detalhes da pesquisa, de onde tiraram as amostras, como

CAPÍTULO XXXIV

foi feito o corte estratigráfico, a análise química, o laboratório que realizou a análise, enfim, tudo o que a seu ver era importante Matteo conhecer.

Fechando o relatório, Marco ainda disse:

— Acho que poderá ter explicação para tudo, mas nisto eu não quero interferir. Você conhece muito mais detalhes do que eu sobre o quadro. Sabe a história, pesquisou coisas que eu sei por que me contou, mas a conclusão quem pode tirar e deve fazê-lo é você.

— Mas tu pensas que mesmo assim o quadro pode ser verdadeiro?

— Eu acho que pode ser, mas quem pode e deve afirmar isto se estiver convicto é você.

— Sentarei com calma, lerei todo o relatório, avaliarei cada detalhe da análise e finalizarei com minhas conclusões. O que achas?

— Perfeito. Concluirás tua história mostrando que é possível uma pessoa que nunca lidou com restauro estudar, pesquisar e fechar com chave de ouro uma história que transcende a imaginação. Acho importante você ler o relatório com prudência. Leia, releia, pois como te disse foram encontrados tanto materiais de uso no período da Renascença como em períodos mais recentes. Faça com calma sua avaliação. Eu, pessoalmente tenho minha opinião. Tão logo o restauro estiver terminado, lhe darei junto com esta pesquisa um relatório pessoal no qual relatarei tudo que puder constatar.

— Vou seguir teu conselho e, depois de tudo avaliar, vou tirar com certeza algumas conclusões.

— Isto é o correto. Se tiveres dúvida, fale comigo. Também gostaria de te adiantar que conforme o combinado, o teu quadro com o restauro está ficando lindíssimo.

— Marco, eu não sei como te agradecer. Serei grato a você

CAPÍTULO XXXIV

por toda vida.

Assim, dias após Marco ter retornado à Itália, Matteo se retirou em seu escritório e começou a analisar o relatório. Médico acostumado a pesquisar detalhes, isto ele sabia fazer muito bem.

O relatório, com documentação fotográfica e microscópica com aumento que ia de 120 a 596 vezes, relatava que foram retiradas quatro amostras de diferentes locais, mostrava os cortes estratigráficos, como eram formadas as camadas pictóricas dos quatro pontos.

Complementando a microscopia, acompanhava o relatório da análise química dos corantes encontrados em cada um dos pontos.

Matteo, à medida que ia lendo e relendo, começou a montar o quebra-cabeça. Quanto mais lia, mais claras as coisas começavam a ficar para si.

Vez por outra, ligava para Marco para esclarecer as dúvidas que apareciam. Marco lhe informou que de sua parte estava terminando o relatório, com todos os dados e passos que dera desde o início até o final do restauro.

– Gostaria de te entregar pessoalmente – disse o italiano.

Ao tomar conhecimento, Matteo, que já tinha para si uma conclusão, decidiu esperar este novo encontro e relatório, para então fechar o seu raciocínio. Tinha certeza de que o relatório de Marco só iria ajudá-lo a tirar conclusões mais acirradas e precisas. Falhar no final era coisa que ele não se permitiria.

Novo encontro entre ambos foi então planejado.

Matteo, sabendo que o restauro estava terminado, sugeriu a Marco encontrarem-se em Roma. Poderia assim, além de receber o seu relatório agora final e decisivo, rever a Madona com seu restauro italiano. Poderia também aproveitar para rever sua segunda pátria, a Itália, e nada melhor do que um encontro em Roma, onde Rafael viveu seus últimos anos.

CAPÍTULO XXXIV

— Marco, se você me permitir, poderia reservar o hotel que me foi indicado por uma amiga italiana, que trabalha nas forças armadas e tem um bom relacionamento com o hotel, onde conseguirei um bom preço?

— Não vejo problemas. Faça como achar melhor.

Os contatos telefônicos se intensificaram e, dias após, o encontro no Hotel Canadá foi marcado.

Enquanto o avião aterrissava suavemente no Aeroporto Leonardo Da Vinci, Matteo e Lola já começavam a se preocupar com o meio de locomoção que os levaria ao centro de Roma.

Alugaram um carro, pois Matteo preferia se deslocar em suas viagens com carro próprio, o que lhe possibilitava andar por onde desejassem e se fixar pelo tempo que lhes convinha.

Em pouco tempo chegaram ao centro de Roma e conduzidos por GPS não encontraram dificuldade para estacionar o carro próximo ao Hotel Canadá. Na recepção, ao questionarem se seu amigo já chegara, foram informados de que até o momento ele não havia feito o check-in.

Após fazerem seu registro e na posse da chave de seu quarto, subiram ao apartamento indicado. Tomaram rapidamente uma ducha e resolveram descansar um pouco para aguardarem Marco.

Em menos de uma hora, tocou o telefone:

— É signore Matteo?

— Si, sonno io.

— Signore Marco vuole parlare com lui. Un átimo.

— Oh, Matteo, sono io, Marco.

— Piacere. Como foi a viagem?

— Ótima.

— Podes me aguardar um pouquinho, que já descerei.

— Mas como não. Aguardo-te aqui na recepção.

— Até já.

Neste novo encontro, Marco além de lhe entregar seu rela-

CAPÍTULO XXXIV

tório, fez questão de esclarecer todas as dúvidas que Matteo tivera sobre o relatório da análise química realizada pelo laboratório de Vicenza.

– Sabe Marco, o relatório feito por McCrone, comparado com este feito na Itália, chega a ser ridículo. Não consigo entender por que não analisaram os outros pigmentos, como o azul, o vermelho e demais cores. Será que não acreditavam que teríamos capacidade de realizar um trabalho sério e bem intencionado?

Marco salientava a existência de duas mãos distintas, uma nobre de alto nível técnico que fizera a primeira parte, a parte antiga, e outra de menor nível, de menor qualificação que executara a segunda parte. Matteo para si pensou: Marco com isto comprovava a afirmação de Vasari, que escrevera que "na partida Rafael deixou o manto azul e outras pequenas coisas que faltavam à Madona".

Marco relatou com tanta convicção que não só foram duas mãos que executaram a obra, como também fez no computador a montagem completa do quadro em dois planos. O primeiro plano, aquele pintado pelo primeiro artista, e o segundo plano, pintado pelo menos habilidoso. Ou seja, Marco reforçou o que Thélio há muito já havia verificado, e cientificamente provado pela análise dos corantes, mostrando assim que Vasari escrevera a pura verdade: "Alguém retocou este quadro", já havia dito Thélio. Um detalhe importante, a azurita encontrada foi colhida no manto do lado direito, onde Thélio afirmava que teria sido feito por um grande artista.

Outro dado observado e relatado por Marco era com relação ao craquelado. A pintura à medida que envelhece sofre um processo natural de retração e com os anos aparecem rachaduras. O aspecto do craquelado sugere que a pintura possa ter sido inicialmente executada em madeira e posteriormente transferida para a tela. Evidente que este era um dado importante, mas não

CAPÍTULO XXXIV

vital, pois Rafael tanto pintara em madeira como em tela. Mas claro que, se o quadro tivesse sido pintado em madeira, aquela suposição que Matteo tivera quando imaginara que as outras três telas, com dimensões similares à sua de 44 a 60 cm, seriam similares por que um mesmo fornecedor as teria entregado, teria agora suporte científico. Ou seja, Rafael teria pintado não três, mas quatro telas com as mesmas dimensões da sua. Finalizando, o relatório ainda afirmava que o Raio X fornecia dados comprovando que a tela não se tratava de cópia. O relatório dizia textualmente, não de maneira tão severa, como Camesasca escrevera, quando disse que era uma cópia de um copista frio e inábil, mas não menos contundente afirmava baseado em dados científicos e irrefutáveis que seu quadro não era uma cópia. Em outras palavras, acabava de provar cientificamente que Camesasca cometera um erro grosseiro em afirmar que seu quadro era uma cópia. Thélio tinha razão quando no Brasil afirmara que seu quadro não era cópia. Agora, além de Thélio, um laboratório Europeu afirmava que seu quadro não era cópia.

— Marco, acho que o seu relatório, baseado na pesquisa, data dos corantes e as conclusões do Raio X, não poderia ser mais lógico para a conclusão da minha tese. Gostaria de comemorar contigo mais esta etapa. O que achas de sairmos à noite para comemorarmos?

— Tens alguma ideia de onde poderíamos ir?

Como Matteo já estivera por inúmeras vezes em Roma, sugeriu o restaurante Shangri La.

— Você conhece?

— Sim, já estive lá, tanto a localização quanto o ambiente me encantam, sem falar no cardápio que é de gosto refinado.

— Neste caso está decidido. Jantaremos no Shangri La.

Com suas esposas elegantemente vestidas já dentro do carro de Marco, Matteo sinalizou que era hora de partirem.

CAPÍTULO XXXIV

Localizado nos arredores de Roma, rodeado por belos jardins com árvores majestosas, com candelabros portentosos iluminando a entrada privilegiada para apreciadores de frutos do mar, os casais concordaram que aquele seria o lugar ideal para comemorarem os últimos acontecimentos.

Sentados, degustando um vinho tinto de safras anteriores, Marco e Matteo comentavam entre si a epopeia até então vivida por este último. Suas esposas atentas a seus comentários, calmamente escolhiam os pratos que seriam servidos.

Enquanto os pratos eram servidos um a um, num ritual gastronômico de primeira linha e de sabor inigualável, saboreando delicioso vinho italiano da toscana, a conversa corria solta. Mas a emoção vivida por Matteo até aquele momento foi o assunto primordial.

Matteo estava feliz, mas ao mesmo tempo intrigado. Tentava explicar a Marco sua teoria:

– Veja Marco: Thélio estava convicto de que o manto havia sido iniciado por um artista e concluído por outro, como fizera questão de mostrar na execução do primeiro restauro. Porém, o relatório das análises dos corantes, que você entregou, me fez pensar que o manto teria sido todo pintado pelo segundo artista, embora fossem colhidas somente duas amostras do manto e isso após o restauro que Thélio havia feito. Mas se a azurita encontrada nas análises tivesse sido usada por Rafael para pintar parte do manto, Thélio estaria totalmente correto em sua análise e observação. Não há lógica em pensar que quem retocara usaria primeiro azul da Prússia, e depois colocaria azurita. Com que objetivo alguém faria isso se não soubesse que poderia tratar-se de um Rafael? Mesmo porque, até aqui ninguém, salvo os mentores da farsa, sabiam que poderia se tratar de um autêntico Rafael. Penso, Marco, que minha história chegou ao seu final.

– Pode ser, Matteo. Mas me explique como chegou a esta

conclusão?

— Veja, este é meu raciocínio: o quadro foi pintado por Rafael em 1508. Ridolfo Ghirlandaio deveria terminá-lo, mas os marchands ou alguém que eu não saberia nominar resolveu ficar com o original, não permitindo que Ghirlandaio cumprisse o pedido de Rafael. Pediram então a um pintor local que fizesse uma cópia, a qual teria sido, depois de concluída, enviada ao gentil homem de Siena. O copista, que pode ter sido até um aluno de Rafael, como o quadro não estava terminado, pintou tudo igual, evidentemente, dentro das suas características. Mas o manto que não estava finito ele interpretou erroneamente e fez a aberração anatômica imperdoável, segundo Pope Hennessy. A cópia então com o defeito foi para Siena, posteriormente à coleção Salviatti, destes para Maria Colonna, que a vendeu, em 1827, ao embaixador prussiano em Roma. Uma vez chegada à Alemanha, foi exposta em Berlim, mesmo com a avaliação contrária de dois alemães reconhecidos, Rumohr e Passavant. O original, por receio ou precaução de não serem descobertos, os mentores da trama esconderam e não deixaram que Ghirlandaio terminasse, passando-a de geração em geração. Por isto não há registro que a tela original tenha desaparecido, conforme descreveram os franceses do Ministério da Cultura na reunião nacional dos museus, com participação dos componentes do Museu do Louvre, que se estendeu do dia 15 de novembro de 1983 a 13 de fevereiro de 1984: "Não há nenhum registro ou descrição que a tela original tenha desaparecido, salvo que alguém prove". Entre 1700 e 1800 ou mesmo posteriormente, quem sabe até no mosteiro em Rodeio, o proprietário da tela, conforme comprovam as pesquisas dos corantes, então decidiu terminar as partes da pintura que faltavam e assim contratou algum restaurador desconhecido que a terminasse. Pode até ser que a obra estivesse em madeira e este a tenha transferido para tela, como você sugere, pelo craquelado

CAPÍTULO XXXIV

da pintura, pois tu comentaste que já era neste tempo um processo comum na Europa. Portanto, se fosse feita a transferência da madeira para a tela, isso teria ocorrido na Europa, antes do imigrante tê-la trazido para o Brasil. Independentemente de estar em tela ou em madeira, inicialmente o restaurador terminou o manto azul e outras pequenas coisas que faltavam. Isto justificaria o término do manto do lado esquerdo, com queda de qualidade e com tonalidade de cor um pouco diversa da original, conforme observou Thélio, e comprovado através da análise dos corantes usados, ou até mesmo boa parte do manto, se a análise futura mais detalhada dos pigmentos só do manto comprovar. Pois Vasari relatou que Rafael teria pedido a Ghirlandaio que terminasse o manto azul, não especificando quanto do manto azul faltava por ser feito, se faltava todo manto ou parte dele. Isto explicaria porque fora encontrado o azul da Prússia e outros pigmentos mais recentes, junto com azurita, que era um pigmento muito usado por Rafael e Leonardo Da Vinci. A tela agora já terminada, pelas mãos de Antônio Bellini, imigrante italiano, chegou ao Brasil. Após passar por Antônio Bellini, apareceria em 1917 no convento franciscano, onde permaneceu por muitos anos e onde sofreu a pintura grotesca sobre o sexo do menino e o busto da Madona. Posteriormente, quando a tela já estava bastante comprometida, os frades a entregaram a Natal Trevisan, bisneto de Antônio Bellini. Com a morte de Natal, sua esposa decidiu vendê-la. Por sorte ou por destino, finalmente terminou em minhas mãos.

Ao final de sua explanação, Matteo perguntou:

— Que achas do meu raciocínio?

— Tem muita lógica, por isso é importante você guardar todos os documentos e análises para ter como comprovar tudo o que relatou.

— Sem dúvida. Tudo o que eu disse, como já te falei, posso comprovar. Muito do que eu disse foi baseado no que já disseram

CAPÍTULO XXXIV

ou escreveram museólogos e estudiosos de renome, a partir do momento em que o quadro se tornou de conhecimento público. Pois seguramente, se ele estivesse em exposição antes de 1827, o que só ocorreu a partir do momento que foi comprado pelos alemães, certamente já teria tido outros museólogos contrários a sua elaboração por Rafael. Assim, Marco, eu penso que há muitos trunfos a meu favor: os pregos na forja, o craquelado e a análise de certos pigmentos provam a antiguidade – época de Rafael; a carta do frei prova que viera da Itália; o Raio X prova a originalidade; os exames comprovaram a existência de materiais de uso na época antiga, como o cinabre, o vermelho, o preto de osso e a azurita, que são a prova de que fora iniciado na época em que Rafael vivia, e os pigmentos mais recentes, como o azul da Prússia, que são a prova de que o quadro fora terminado por outro artista, muitos anos após; o relatório com provas químicas que você me entregou comprova que a pintura fora realizada por duas mãos distintas, o que está plenamente de acordo com a história de Vasari, que, em 1564, escreveu que Rafael não terminara a obra, mas sim, Ghirlandaio; a contestação de Longhi e a distorção anatômica das pernas que Pope Hennessy tão bem demonstrou provam que não fora Rafael o autor da Madona de Berlim. Os museólogos, os escritores, como Hennessy, Passavant, Longhi, Rumohr, Cavalcaselle, Gamba, Pietro Maria Bardi e os críticos do Ministério da Cultura da França, junto com os museólogos do Louvre, serão os aliados que, mesmo sem saberem da existência da tela, anteriormente já contestavam a Madona Colonna. Tão importante quanto os museólogos e o que os exames já comprovaram, há a beleza ímpar da obra de Rafael com as sombras que a outra não apresenta que falam por si.

– É verdade – disse Marco –, a beleza de sua tela é muito, mas muito superior à de Berlim.

– Matteo então, com a voz firme complementou – O que

CAPÍTULO XXXIV

e a quem se referia o "R" encontrado na borda do manto da tela? E agora, com tudo isto, será que o mundo das artes irá se aliar a mim e, respeitando e fazendo jus à beleza ímpar das obras inimitáveis de Rafael, assumir: FIM DE UMA FARSA?

CAPÍTULO XXXV

O jantar de comemoração entre os dois casais havia sido um encontro prazeroso. Naquela noite, ao se despedirem após o jantar, antes de se recolherem em suas acomodações, Matteo visivelmente emocionado agradecia Marco pelo que este fizera por ele e pelas artes, quando ouviu quase um veredito:

– Sabe Matteo, os dados científicos, a pesquisa que você fez até aqui, como o Raio X, os corantes que foram usados, o histórico e a recuperação da obra ajudarão muito os historiadores a darem seus pareceres. O que deveria ser feito você já fez. Agora, é esperar para ver o que irá acontecer assim que o mundo das artes tomar conhecimento de sua incrível, porém verídica, história.

Dois dias após muita conversa, vários passeios pela cidade, visitas a pontos turísticos e pitorescos de Roma, Matteo e sua esposa, sabendo que seus amigos iriam partir na manhã seguinte, comentaram que gostariam de fazer a refeição matinal junto a eles.

Logo após tomarem uma ducha e bem agasalhados, Lola e Matteo desceram para a sala do café. Procuravam uma mesa para se sentarem quando notaram que Marco e esposa já os esperavam para juntos fazerem a primeira refeição do dia. Feitos os cumprimentos habituais, foram se servindo de sucos, frutas, queijos, frios variados, pães, croissants e geleias de sabores inesquecíveis, acompanhados de café.

Quando parecia que o café estaria terminando, Marco diri-

CAPÍTULO XXXV

gindo-se a Matteo disse:

– Gostaríamos, antes de nos despedirmos de vocês, que subíssemos ao nosso apartamento para verem a surpresa que lhes reservamos.

– Surpresa?

– Sim, uma surpresa.

– Podes me adiantar que tipo de surpresa? – perguntou Matteo.

– Se te adiantar deixa de ser surpresa – falou Marco.

– Se for assim, por mim podemos ir agora – retrucou Matteo.

– Vamos esperar nossas esposas terminarem o café e então iremos juntos.

– Para nós está ótimo – falou Lola, que atenta escutava tudo.

Minutos depois ambos os casais eram vistos adentrando ao apartamento que Marco e a esposa ocupavam.

O casal apressou-se em acomodar seus amigos nas poucas cadeiras que haviam em seu apartamento. Em seguida, Marco, retirando um embrulho que continha uma caixa de madeira com amplas dimensões e pegando uma chave de fenda que trazia consigo, começou a desparafusar a mesma.

Calmamente retirou um, dois, três parafusos. Assim que retirou o quarto parafuso, parte da caixa de madeira abriu e deixou transparecer o que Matteo já imaginava que seria: sua Madona restaurada.

– Que beleza, Marco!

– Lindíssima! – exclamou Lola.

– Incrível! Incrível! – falou Matteo.

– É o que consegui fazer em termos de restauro – declarou Marco.

– E a moldura, como é linda! – disse Lola.

– Uma obra como esta merece no mínimo uma moldura deste nível. Esta eu faço questão de dar de presente a vocês, pelo esforço e persistência que empreenderam durante todo o caminho que percorreram até aqui.

Vendo a alegria estampada nos semblantes de Matteo e Lola, Marco não parava de sorrir.

– Pelo que vejo vocês gostaram.

– Amamos! – respondeu Matteo, com os olhos marejados de lágrimas. – Não sei como te agradecer – emendou. – A gratidão que tenho por vocês será por toda vida. Espero um dia poder retribuir em parte tudo que fizeram por nós. Pessoalmente sei que se você, Marco, não tivesse cruzado o nosso caminho, talvez ainda estivéssemos no mesmo ponto onde estávamos quando te conheci.

Apreciando a beleza que os olhos e faces da Madona e da criança expressavam com o novo restauro, Matteo recordou-se de uma frase citada pelo prefeito de Florença, Matteo Renzi, que certa vez, referindo-se às belezas incalculáveis de Florença, mencionou Dostoiévski: "A beleza salvará o mundo". SIM! A BELEZA SALVARÁ UM RAFAEL.

CAPÍTULO XXXVI

Vendo seus amigos partirem, Matteo sabia que outra preocupação os afligiria a partir daquele instante. Suas reservas tinham sido feitas para o mesmo período. Portanto, se quisessem permanecer por mais dias em Roma teriam que encontrar algum outro local, pois já tinham sido informados que o hotel estava lotado e que não haveria disponibilidade para os dias seguintes.

Matteo conhecia outros locais onde se hospedara anteriormente. Entrou em contato e conseguiu vaga para os dias que ainda pretendiam permanecer na cidade romana no Imperiale Hotel, localizado na famosa Via Veneto.

Já acomodados em seu novo hotel, agora bem mais tranquilos por tantas e boas novidades vivenciadas nos últimos dias, Matteo e Lola aproveitavam o tempo que dispunham para expressarem os sentimentos de emoção e gratidão que nutriam entre si. Sentimentos estes que permitiram que em meio a tantas dificuldades vencessem uma a uma, sem que houvesse entre si qualquer constrangimento ou mágoa. Tinham ambos a convicção de que se chegaram onde chegaram, era porque durante todo o tempo, e principalmente nos momentos mais difíceis, um fora âncora para o outro, para que nunca desanimassem ou desistissem de sua meta.

Era início de uma tarde ensolarada. Sentindo-se bem quando despertou do descanso, que habitualmente costumava fazer após o almoço, Matteo, junto com Lola, resolveu fazer uma caminhada.

CAPÍTULO XXXVI

Como Fontana Di Trevi, Piazza Spagna e outros pontos turísticos ficavam próximos ao hotel onde se hospedaram, foram vistos caminhando por estes lugares.

Caminhavam sem pressa, admirando lugares, edificações e monumentos históricos, quando ao passarem em frente ao Pantheon – que fora um templo construído em 27 a.C. às divindades pagãs, hoje dedicado a heróis italianos – Matteo, que já visitara seu interior com Lola em outras idas à Itália e seguramente já havia passado dezenas de vezes em frente ao mesmo pelas inúmeras ocasiões que estiveram em Roma, convidou sua esposa para entrarem.

Já em seu interior admiravam o monumento ao grande herói italiano Vittorio Emanuele, quando Matteo, atraído por um pequeno e discreto mausoléu de cor mais clara um pouco mais distante, começou a caminhar em sua direção, enquanto sua esposa permanecia em frente a Vittorio Emanuele. Repentinamente, já mais próximo, Matteo parou, olhou com mais cuidado e leu:

SANZIO RAFAEL – 1483 a 1520.

Estava em frente ao túmulo do personagem que ele tanto admirava, que tanto procurou defender. A emoção do repentino encontro transfigurou Matteo. Cerrou seus olhos, concentrou-se, reviveu calmamente a curta vida do pintor, sua precoce partida do universo. Tomado por uma força estranha, de intensidade jamais vivida que incorporou a si, em êxtase se sentiu, e como uma promessa a Rafael, tomou a decisão de relatar ao mundo: A sua DESCOBERTA.